Hanna

Laurence Peyrin

Hanna

roman

KERO

DU MÊME AUTEUR

La drôle de vie de Zelda Zonk, éditions Kero/éditions de l'épée, 2015.

ISBN : 978-2-36658-174-4

À mes amies,
Nathalie,
Carole, Saléra,
Alex et Virginie,
toutes les facettes d'une femme.

Prologue

Hanna était ce jour-là, à ce moment-là, complètement immobile, plantée à l'orée de Central Park.

C'était un jour comme un autre à New York, deux mois après qu'elle avait quitté Paris, puis l'Irlande. La jeune femme en exil n'avait guère mis de temps à développer ce fameux sentiment d'appartenance à la ville – Jeffrey avait raison, Manhattan n'était pas farouche : il suffisait d'une bonne paire de chaussures et elle s'offrait à vous. Hanna l'avait d'abord sillonnée par fragments, de Central Park à Madison Square, s'éloignant prudemment, par cercles excentriques, des centres névralgiques du Rockefeller Center ou de Times Square. Puis, certaine que la Grosse Pomme ne lui voulait pas de mal, elle avait pris de l'assurance, longeant Broadway dans de laborieuses flâneries qui l'emmenaient jusqu'au ferry de Staten Island.

C'était une fuite calculée pas après pas, comme une convalescence, un pansement qu'on arrache d'une blessure encore fraîche. Tous les jours – sauf ce jour-là –, Hanna marchait, rendue à une solitude que ni son mari ni les gens bienveillants qu'elle rencontrait ici n'auraient pu combler. Plutôt que d'être seule dans un coin de campagne, elle l'était désormais au milieu des autres et s'appliquait à le cacher – y compris à elle-même. Est-ce que c'était mieux ? Oui, sans doute. Lorsqu'elle se sentait basculer dans la mélancolie, elle enchaînait les musées ou flânait devant les alignements de *brownstones*. Parmi ces bâtisses d'un brun-rouge patiné par les siècles, dont les petits escaliers et les fenêtres arrondies donnaient tant de cachet aux quartiers épargnés par le modernisme, elle jouait à chercher celle qui serait sa maison idéale, fixait son attention sur ce qui était tangible et matériel – les gratte-ciel plus loin, les bateaux sur l'estuaire, les étals des marchés.

Un jour comme les autres à New York, c'était faire partie d'une globalité fourmillante mais unie ; ce sentiment-là était prégnant depuis le 11 Septembre, lui avait-on expliqué. C'était être membre d'une communauté, et il y avait des communautés de tout, ici.

Ce jour-là, extraordinairement immobile, Hanna se posait cette question : combien de femmes parmi ses huit millions d'habitants étaient enceintes ? Depuis quelques heures, elle-même savait qu'elle l'était. Enceinte parmi les femmes enceintes de New York. Dans cette communauté qu'elle venait d'intégrer, combien vivaient l'un des plus beaux jours de leur vie ? La plénitude, l'accomplissement, la transmission absolue, les bras d'un homme qu'on serre, pieds nus dans la cuisine. Pour combien d'autres n'était-ce qu'une péripétie, ou un choc terrible, ou un problème à vite régler ?

Et puis aussi : combien de femmes attendaient un enfant de leur amant ? Parmi celles-ci, combien mentiraient à leur mari ?

Plantée à l'orée du parc, perdue dans des statistiques insensées, Hanna attendait que Jeffrey lui rapporte son écharpe oubliée dans le vestibule.

Sous la neige, Central Park semblait nu, fragile sans ses frondaisons. Le soleil éclairait le manteau blanc par larges pans d'une réverbération assassine. Hanna plissait les yeux, sortant de temps en temps une main prudente de ses poches pour s'en faire une visière, repousser une mèche que le vent coupant collait sur ses lèvres.

C'est ce jour-là, à ce moment-là, quand le vent lui donna une gifle plus forte que les autres et la fit vaciller sur ses pieds, que tout aurait pu basculer, dans la neige de Central Park, alors que Jeffrey l'avait laissée seule quelques instants.

Hanna aurait pu tout laisser tomber, ne pas commencer à se mentir, à mentir à Jeff – elle aurait pu prendre son sac et s'en aller.

La vie n'est parfois qu'une succession de gestes à accomplir, elle aurait pu dérouler sa mécanique impitoyable – partir et tout recommencer ailleurs, seule, sans regret. C'était le bon moment.

Hanna entendait au loin la joie des enfants fuser sur la patinoire du parc. Leurs cris fendaient le ciel monochrome. Le vertige la fit vaciller de nouveau, et elle planta ses poings dans ses poches pour bien se caler sur le trottoir. Elle ignorait comment elle tenait debout. La belle mécanique de la vie attendait une impulsion. Et Hanna promenait son regard sur le parc, cherchant un point d'ancrage, ne le trouvant pas. Elle se sentait presque s'envoler.

Il s'en fallut de si peu. Cet instant-là ne tint qu'à quelques secondes – et à un regard.

Le regard ému de Jeff, redescendu de l'immeuble, la transforma en quelque chose d'engourdi, d'absent, d'incapable. Quand il lui tendit son écharpe, elle était retombée sur terre. Elle ne s'envolait plus.

« Viens, lui dit-il. On va passer cette échographie. »

Ce jour-là, perdue à l'orée du parc, Hanna prit le premier sentiment qui passait à sa portée – sans doute un cri de joie venu de la patinoire – et offrit à son mari un sourire éblouissant.

PARTIE I

NEW YORK

1

Encore un hiver. Celui-ci agonisait. Il eut quelques soubresauts neigeux avant que le début du mois de mars n'apporte sa promesse de grand nettoyage. Les silhouettes griffues des arbres de Central Park se remplumaient. Les gens relevaient la tête, sortaient les mains de leurs poches. Un rythme nouveau s'imprimait à la ville, qui retrouvait son énergie proverbiale.

Après une grossesse qui lui avait semblé durer des années, Hanna avait repris sa marche dans Manhattan – mais aujourd'hui, elle ne marchait plus seule. Dans les allées qu'elle arpentait le nez en l'air, s'attachant à observer les étourneaux sansonnets qui se réinstallaient sur les bras des lampadaires, elle avait adopté la démarche lente et chaloupée des mères-à-poussettes qu'elle avait si longtemps enviées.

Sous la capote, Eleanor Reagan, petit bout d'un peu plus de six mois, suivait le ballet du vent dans les ormes.

« Tiens, ma chérie », lui dit Hanna, calant sous son harnais un doudou en coton brodé qui menaçait de tomber. Elle colla un baiser sonore sur le petit front au parfum de biscuit, fermant les yeux. Elle veillait à toujours regarder sa fille comme étant aussi celle de Jeffrey, mais parfois une autre image se superposait avant qu'elle ait eu le temps de dompter son esprit. C'était le cas en ce jour lumineux et tiède qui lui rappelait un été à Kinsale. Elle évitait pourtant consciencieusement tout ce qui, de près ou de loin, pouvait lui remémorer Michael. *Fais comme s'il était mort.* Le deuil était nécessaire – et il ne s'agissait pas d'autre chose, au final. Elle n'avait emporté ici aucun de ses vêtements de Paris ou de Kinsale, laissant derrière elle jusqu'à sa trousse de toilette – son parfum, ses crèmes, rouges à lèvres et crayons, il avait fallu tout racheter en arrivant à New York. Tout devait être neuf, sans mémoire.

Accroupie à côté de la poussette, Hanna regarda sa fille, s'appliquant à penser à Jeffrey. Mais aujourd'hui, cela ne marchait pas. Qui croyait-elle tromper ? Pas Marsha, en tout cas, qui, elle s'en souvenait, avait réagi à l'annonce de sa grossesse par un long silence.

« Comment ta gynéco explique-t-elle ce miracle ? avait-elle fini par demander. Ce bébé qui arrive comme ça, après dix ans d'essais infructueux ?

— Changement de climat ?

— Je ne te le fais pas dire. L'air parisien est réputé pour son taux de testostérone. »

Ce jour-là, en raccrochant, Hanna s'était sentie soulagée de ne pas avoir à supporter les regards désapprobateurs de Marsha tous les jours, mais la vérité était que son amie lui manquait. Elle seule aurait pu partager ses angoisses, durant cette année écoulée comme dans un songe dangereux, à la limite du cauchemar.

Le songe avait commencé dans le cabinet d'un médecin : le Dr Banks était une femme petite, aux cheveux courts et noirs au point qu'ils en semblaient bleu marine. Des yeux très verts, une bouche rebiquant sur les côtés, la cinquantaine radieuse. Hanna se souviendrait longtemps de ce visage. Elle avait été exaspérée par l'image de sérénité que le Dr Banks lui renvoyait, alors qu'elle se sentait si tordue à l'intérieur. Des nausées, des vertiges l'assaillaient depuis son arrivée à New York. Ce n'est rien, s'obstinait-elle à se dire. Ce n'est qu'un putain de chagrin d'amour.

Aujourd'hui, alors qu'elle était assise sur un banc face à Turtle Pond, l'endroit le plus exotique de Central Park, avec ses criques et ses roches moutonnées où se posaient les amoureux du week-end, Hanna ressassait sa naïveté d'alors. Combien de temps avait-elle voulu ignorer ce que son propre corps tramait, à quelle injustice il se livrait contre elle ?

Elle releva le petit plaid en molleton léger sur le menton d'Eleanor qui s'endormait, s'étonnant qu'elle ait pu tenir dans son ventre.

Elle se revoyait dans le cabinet du Dr Banks, sentant encore le broiement du tensiomètre, le disque froid du stéthoscope en différents endroits de son dos et de sa poitrine, soufflant, inspirant, toussant, faisant tout ce qu'on lui demandait dans l'espoir d'un diagnostic bénin – de l'anémie à la pneumonie, elle aurait pris n'importe quoi.

« Bien, avait dit le docteur en ôtant les embouts de ses oreilles. Rien à signaler. Quand avez-vous eu vos dernières règles ?

— Je ne sais plus. Peu de temps après mon arrivée. Fin janvier. Et aussi le mois dernier je crois, mais faiblement. »

Le Dr Banks avait haussé un sourcil, surprise par tant d'approximation.

« Que prenez-vous comme moyen de contraception ?

— Rien.

— Rien ? Envie d'un bébé ?

— Je suis stérile. »

Ces trois mots définitifs auraient dû suffire à tenir la radieuse Dr Banks à distance de son corps, morne plaine. Mais le médecin l'avait fait passer dans une autre pièce, la pilotant par le coude comme une vieille malade frappée de démence.

Des échographies, Hanna en avait subi un certain nombre. Rien que du froid, du vide. Elle détestait voir son intérieur. Elle avait tourné la tête.

« Bien, avait dit le Dr Banks. J'aimerais vous montrer quelque chose. » Hanna avait regardé l'écran, au bord du gouffre. « Rien de grave, lui avait dit le médecin, en accrochant son regard de ses yeux rendus encore plus verts par le reflet de l'écran. Mais je ne sais pas trop comment vous allez le prendre. »

Puis tout dans sa vie avait changé. Le Dr Banks avait pointé une auréole mouvante sur l'écran.

« Là. C'est un bébé. »

Là. C'est un bébé.

Ces quatre mots-là, Hanna les entendait encore. Elle se pencha sur sa fille endormie, regarda sa montre. Il n'était pas tard, elle avait encore une bonne partie de l'après-midi devant elle. Elle laissa ses yeux glisser sur le plan d'eau qui étalait devant elle une tranquillité limpide, cherchant à calmer l'afflux tempétueux des souvenirs de ces derniers mois.

L'instant précis où il avait fallu l'annoncer à Jeff en tentant d'oublier que ce moment n'était sûrement pas le leur – mais elle avait fait l'amour avec son mari une semaine à peine après avoir quitté Michael, alors il était possible de rayer tout le reste. « Mais comment… Comment… Tu es sûre ? » avait balbutié Jeffrey. Elle revoyait son visage, son corps tendu, ses yeux bougeant à toute vitesse comme s'il cherchait une réponse dans l'air.

L'instant précis où son mari l'avait prise dans ses bras, et où, dans l'odeur de son cou devenue presque étrangère, elle avait compris qu'elle avait basculé dans le mensonge.

L'instant précis, à l'orée du parc, où il lui avait tendu son écharpe alors qu'elle pensait à s'envoler.

L'instant précis où elle avait senti le petit corps d'Eleanor glisser hors de son ventre, où sa main avait touché ses cheveux poisseux, et où elle avait vu les yeux de Jeffrey si près des siens qu'elle avait cru que la vie ainsi serait acceptable.

En un sens, elle l'était. Acceptable. Cela demandait de petits efforts, des ajustements quotidiens – Hanna se conformait à ce que Jeffrey attendait d'elle, affichant une plénitude de façade et une maturité qui devait cependant autant au chagrin qu'à la maternité. Elle aurait voulu que chaque effort la rapproche de la résilience.

Les yeux fermés, sur son banc de Central Park, elle attrapait la paix par petits morceaux, ne parvenant toujours pas à les relier entre eux pour trouver un véritable repos. Mais c'était *sa* vie, elle avait signé pour ça.

Le soleil se cacha derrière des nuages moutonneux arrivés du littoral – les gratte-ciel ici étaient comme des falaises, une fois franchies le temps changeait vite. Hanna frissonna et rouvrit les yeux. Eleanor s'était remise à babiller. Il était temps de rentrer dans son bel appartement de Washington Square, de vaquer à ses occupations quotidiennes – bain, pour Eleanor puis pour elle, un biberon, un peu de cuisine, de la lecture. Puis attendre son mari.

Et quoi d'autre ? Les visites de Sybil, sa dévouée belle-sœur, les coups de fil à Marsha en tenant compte du décalage horaire, les mails que sa sœur Gail lui écrivait de Londres en prenant bien soin d'y joindre des photos de Patti, tout cela ne remplissait plus assez ses journées et les rendait dangereuses.

Et puis il y avait cette histoire d'héritage, cette maison de Kinsale que Zelda Zonk lui avait léguée, qu'il lui faudrait un jour régler. Elle soupira, s'astreignant à garder les yeux bien ouverts pour ne pas replonger dans des pensées néfastes. Pouvait-on refuser un héritage ? Plus exactement : pouvait-*elle* refuser l'héritage de Zelda ? Le cottage aussi était dangereux. L'attirance qu'il exerçait, tout ce qu'il renfermait de Michael, tout ce qui la rapprochait de lui, était dangereux.

Un an avant, dans ce même parc, Hanna avait décidé de ne pas s'envoler. De rester ici, d'oublier le reste. Il était temps d'avancer, se dit-elle en se relevant. Elle devait trouver une occupation qui fasse d'elle quelqu'un d'autre : elle en avait marre d'être la migrante timorée, l'épouse docile, la mère béate. Elle y avait d'abord vaguement réfléchi, mais l'idée s'imposait aujourd'hui dans son éclatante simplicité. Décidée, elle ôta le frein de la poussette, puis regagna Union Square, d'un pas plus vif que d'habitude.

« Une librairie », dit-elle. Jeffrey leva un œil paresseux de son ordinateur.

« Mais une librairie spéciale, où l'on pourrait passer un moment pour lire et boire un café. Tu as remarqué le nombre de gens qui lisent debout, chez Barnes and Noble ? On dirait qu'on les a plantés là, la tête penchée. Moi, j'aimerais un endroit où les gens s'installent confortablement et restent longtemps. »

Jeffrey étira les mains derrière sa nuque, bâilla d'un air satisfait ; visiblement, il avait bien travaillé. Et sa femme avait désormais toute son attention.

« C'est une bibliothèque, ce que tu me décris là, ma chérie. Et les bibliothèques sont subventionnées, parce que, si les gens lisent le fonds sur place, l'argent ne rentre pas. »

Voilà. Ce ton paternaliste. Il ne changeait pas. Malgré les bouleversements successifs de leur vie commune qui auraient pu transmuer n'importe quel despote en modèle d'ouverture d'esprit, Jeffrey Reagan restait régi par son système binaire : il était tour à tour le père indulgent et le mari pressé – jamais le partenaire. Hanna en venait parfois à se demander si sa manière de s'adresser à elle avait quelque chose à voir avec de la manipulation mentale. Crispée, elle jeta un œil circulaire sur la pièce qui faisait office de bureau :

spacieuse, haute de plafond, percée de deux grandes fenêtres par lesquelles les lumières hivernales du Madison Square se déversaient, froides et blanches la journée, ou, comme à ce moment-là du soir, scintillantes guirlandes autour de la silhouette acérée du Flatiron Building. Jeffrey avait commencé à monter des étagères ; dans des cartons, des dossiers, des bouquins, des papiers attendaient. Il s'était installé. Pas elle, pas vraiment.

« Je sais bien, s'agaça-t-elle. C'est pour ça que je travaille à un modèle économique, avec un système d'abonnement. Les consommations feront rentrer de l'argent. Café, thé, pâtisseries… J'envisage un partenariat avec Sarabeth's pour les pancakes, Magnolia Bakery pour les cupcakes. Je ferai venir du café d'Italie. Angelo de chez Eataly m'a dit qu'on pourrait grouper nos commandes pour éviter les frais. Gail m'enverra des colis de thé de Londres, elle a une amie chez Whittard, et par British Airways elle ne payera pas le port. Rien que des produits de qualité, clairement identifiés, pas comme ces jus de chaussette qu'on boit à tous les coins de rue… Et les clients loueront les livres, avec une option d'achat s'ils veulent les rapporter chez eux.

— Comme un crédit-bail pour une voiture ?

— Si tu veux. »

Elle avait aussi envisagé un système de marque-pages personnalisés, des critiques à laisser sur un registre. Et des grands fauteuils confortables, des tables basses, de vraies bibliothèques avec une échelle roulant sur des rails. Ça sentirait bon – une odeur miellée, apaisante. Elle appellerait la librairie Pemberley, ce lieu de vie idéal décrit par Jane Austen dans *Orgueil et Préjugés*.

Mais à quoi bon expliquer tout cela à Jeffrey, puisqu'il était incapable de la prendre au sérieux ? Elle attrapa un bavoir et une lingette humide sur l'accoudoir, s'apprêtant à se lever. *Va donc faire une lessive*. Elle se sentait si lourde, parfois, alors qu'elle était maigre comme un clou.

« C'est une bonne idée, dit Jeff. Ça mérite effectivement d'être creusé. » Elle se laissa retomber mollement sur le canapé, glissant sur lui un œil circonspect. Il avait l'air sincère.

« J'ai déjà creusé, Jeff. Inutile de jouer les examinateurs de thèse.

— Tu es de mauvaise humeur.

— Absolument. J'ai la vague impression que tu me regardes comme une enfant capricieuse qui a juste besoin de tromper son ennui.

— Loin de moi l'idée que la maman d'un bébé de six mois puisse s'ennuyer. »

On y était. Hanna laissa passer entre eux un courant glacial. Il le prit comme une gifle et se rembrunit.

« Ce n'est pas ce que je voulais dire », maugréa-t-il.

Hanna garda le silence, hautaine. C'est tout ce qu'il méritait. Jeffrey referma son ordinateur d'un coup sec, passa la main dans ses cheveux. De là où elle était, malgré la pénombre du bureau, elle le voyait bouillir.

« Et merde, finit-il par siffler entre ses dents. En fait, si, c'est ce que je voulais dire : loin de moi l'idée que la maman d'un bébé de six mois puisse s'ennuyer. C'est exactement cela. »

Il ouvrit un tiroir, le referma, sans aucun autre but que de faire du bruit, devina-t-elle.

« Mais vois-tu, poursuivit-il plus fort, ce n'est que l'expression de mon admiration : un bébé de six mois, c'est pas de la tarte. Les nuits, les couches, les biberons, tout ce que tu fais plus que moi, après t'être en plus tapé une grossesse et un accouchement, de mon point de vue d'homme, c'est surhumain. C'est ce que je te dis, pas autre chose. »

Il était vraiment énervé, à présent. Hanna le regarda se lever, ôter ses lunettes et pincer le haut de son nez comme s'il était sous l'empire d'une migraine épouvantable.

« Le problème, Hanna, ce n'est pas ce que je te dis, mais ce que tu veux comprendre pour alimenter je ne sais quelle colère féministe. »

Elle ouvrit la bouche pour protester, il l'arrêta d'un signe de la main. Assise, elle se sentait toute petite.

« Là où je te parle de respect, tu as envie de voir de l'aliénation, poursuivit-il, remuant l'air autour de lui. C'est quand même dingue ! "Ben merde, tu dois pas t'ennuyer" veut forcément dire "tu as assez de boulot pour rester à la maison", dans ma bouche de putain de phallocrate.

— Je ne t'ai rien dit…

— Ah oui, c'est vrai, mais tu as vu tes yeux ? À me flinguer sur place. »

Il soupira puis se laissa tomber sur le sofa à côté d'elle. Muette, elle le regarda faire pivoter sa tête d'un côté et de l'autre en se pinçant les trapézoïdes pour évacuer les tensions. Parfois, il valait mieux qu'elle se taise, qu'elle laisse passer l'instant. Des disputes, ils en avaient de temps en temps – plus qu'*avant*, d'accord. La différence entre eux, c'est qu'ils ne situaient pas cet *avant*-là au même endroit. Lui traçait probablement la frontière entre leur vie de couple harmonieuse telle qu'elle l'avait été et le marasme qu'elle était devenue quelque part aux confins de la maternité et de l'épuisement. Elle, beaucoup plus tôt, derrière une porte bleue à Kinsale, ou sur un pont à Paris.

Alors forcément, ajuster leurs calendriers aurait été dévastateur, elle ne pouvait pas prendre le risque d'envenimer une discussion. Mieux valait laisser croire à Jeffrey qu'ils payaient le tribut des couples solides, l'érosion tranquille, l'acceptation d'être un peu moins chaque jour que ce qu'ils étaient la veille.

Elle se tourna vers lui et d'un geste brusque lui fit ôter les mains de ses épaules. Elle se cala sur ses genoux puis entreprit de masser le haut de son dos, enfonçant sans pitié ses pouces dans les creux de sa nuque. Il soupira d'aise.

« Tu es une emmerdeuse, dit-il. Mais tu masses divinement bien.

— Avoue que tu préférerais que je reste à la maison à te cuisiner de bons petits plats. Tu deviendrais obèse et tu roterais ta bière devant la télé pendant que je ferais la vaisselle.

— En uniforme de soubrette, rit-il. N'oublie pas l'uniforme de soubrette. Aïe ! Appuie encore là, s'il te plaît. »

Elle le massa encore un peu, sentant son parfum familier lui monter dans le nez. Voilà, c'est ce qu'il fallait faire : rassurer Jeffrey, s'imprégner de lui.

« Pourquoi ne reprendrais-tu pas un atelier, comme à Cork ? » dit-il, alors qu'ils se laissaient aller sur le sofa. Hanna contempla le plafond un moment puis ferma les yeux.

« C'est vrai, insista-t-il. Broder, coudre, réparer les objets... Tu sais faire, ça.

— Ça n'empêche pas que je sois capable d'autre chose. Que j'aie envie de faire autre chose. Tu avais dit qu'ici on changerait de vie. C'est ce que je fais.

— Bien sûr. Bien sûr que tu peux faire plein d'autres choses. Et c'est une très bonne idée. »

Il s'était tourné pour déposer un baiser sur son front, et elle sursauta à son contact. Il semblait que ce soit devenu la manifestation la plus proche d'une forme d'intimité : un baiser sur le front – lui se penchant sur elle.

« Ça va être compliqué, dit-il après un court silence. Il faudra trouver un local libre qui convienne. Je devrais mettre mon frère sur le coup.

— J'ai déjà appelé Sybil. Elle va lui en parler.

— Oh ! Oh ! très bien, fit-il, désarçonné. Et pour l'argent...

— J'ai revendu mes parts de l'atelier à Marsha. À l'époque où j'avais investi, l'affaire ne valait pas plus que mes économies, rappelle-toi. Depuis, elle a pris de la valeur. Je n'ai besoin de rien, Jeff. »

Il hocha la tête et ne dit plus un mot : sa femme n'avait pas besoin de lui. Hanna sentit sa vexation et posa la tête sur son épaule, se sentant vaguement coupable de ne plus lui être inféodée. *J'ai de l'argent à moi*, se dit-elle. *Et je suis aussi l'héritière d'un cottage à Kinsale. C'est dire si je suis une femme libre. Libre et déloyale.*

Jeffrey ne savait pas, pour Kinsale. Il faudrait qu'elle se débrouille seule de cela aussi. Un jour.

Hanna replia le bavoir et la lingette avec application, sentant le regard de son mari sur elle. Il lui semblait qu'il passait son temps à l'étudier sans jamais parvenir au bout de son analyse.

« Je sors fumer une cigarette », finit-il par dire. Elle ne protesta pas – elle ne le faisait jamais.

Sur le trottoir encore peuplé à dix heures du soir, le reliquat de brume froide qui traînait à la queue de l'hiver le saisit. Jeffrey était descendu si vite qu'il avait oublié de prendre sa veste. Parfois, il ne réfléchissait plus, il fallait juste qu'il sorte, point. Mais tant mieux : le froid le mordait comme un adversaire qu'il savait identifier, contre lequel il pouvait encore mobiliser ses forces. Il savait faire face aux guerres, aux morts, aux conditions extrêmes. Oui, ça, il savait. Hanna, elle, était un adversaire redoutable. Elle trimballait des armes bien trop sophistiquées pour lui. Il eut conscience que plusieurs passants se retournaient sur lui. Ce n'était pourtant pas l'usage, à New York. Une drag-queen pouvait se promener avec un iguane sur l'épaule que personne n'y jetait seulement un coup d'œil – il l'avait lu quelque part : ici, le potentiel était tel que ce qui était étrange ne se mesurait pas à ce qui était *normal*, mais à ce qui était *plus étrange*. Il en déduisit que, en plus de son tee-shirt du Trinity College à manches courtes, ce qu'il dégageait devait être vraiment effrayant. Il se sentait comme une cocotte-minute, et ça devait se voir sur sa tronche aussi clairement que s'il avait émis de la vapeur par une soupape.

Il dépassa le SDF habituel installé sur un banc devant Eataly, dont la pancarte disait « Trop laid pour se prostituer », en lui faisant un signe de tête, comme s'il saluait un collègue. Tiens, Eataly, se dit-il. Il ne savait même pas qu'Hanna y taillait régulièrement une bavette avec un type nommé Gino, Roberto ou autre. Il en savait de moins en moins sur Hanna, il n'était plus à niveau depuis bien longtemps. Et lorsqu'elle le prenait de court, comme ce soir, il se disait qu'il ne serait jamais tranquille. Qu'il s'était piégé lui-même. Alors, il était au bord de l'implosion.

Il acheta un paquet de Marlboro et un briquet jetable au *deli*, et fuma compulsivement deux cigarettes coup sur coup, faisant le tour du bloc en rentrant la tête dans les épaules. Prenant son temps.

Au pire, il savait où aller. Au boulot, bien sûr, pour une urgence. Il avait beaucoup d'urgences, ces temps-ci.

2

Kirk, le frère de Jeffrey, était un agent immobilier efficace et un beau-frère serviable. Sybil, sa femme, une frivole délicieuse de l'Upper East Side pas dupe d'elle-même : ses manières, sa façon de rire de ses congénères huppés et de ses propres travers en faisaient une compagnie récréative. Ils étaient bien différents de ce qu'en avait dit Jeff avant qu'ils s'installent à New York : au lieu du couple snob et déconnecté des réalités qu'il s'était plu à dépeindre, Kirk et Sybil étaient l'ours et la poupée d'un conte de fées moderne. Lui, costaud comme Jeff mais toujours rasé de frais, plus ouvert et moins bougon, elle, presque frêle mais respirant la santé et la joie de vivre. Ils renvoyaient l'image immédiatement sympathique d'un homme et d'une femme conscients de leur vie privilégiée et bien décidés à en profiter à chaque instant. Le bonheur les rendait généreux.

Tous les deux furent enthousiasmés par l'idée d'Hanna et se mirent en quatre pour elle : il ne fallut que trois semaines à Kirk pour dénicher à SoHo un fonds de commerce. Emballée par l'espace idéal édifié dans les mêmes briques rouges que les *brownstones* qui lui plaisaient tant, Hanna ne mesura pas vraiment sa joie lorsque son beau-frère l'informa qu'*en plus* la gaine d'extraction était neuve et le système d'évacuation conforme. *Chouette.* Les normes d'hygiène la dépassaient un peu, elle n'avait pas l'intention de cuisiner elle-même, mais si Kirk était content elle était tranquille.

Le loyer était anormalement bas pour l'endroit. Alors qu'Hanna s'en étonnait, Sybil lui glissa qu'il ne fallait pas chercher à comprendre, affichant une complicité avec son mari qui lui pinça le cœur : décidément bien loin du couple du *Bûcher des vanités* que Jeff avait caricaturé, Kirk et Sybil Reagan avaient l'un pour l'autre un respect tendre et profond. Aussi, quand Sybil s'investit davantage dans son projet – au début pour tromper son ennui de *socialite* désœuvrée, ensuite par réel intérêt –, Hanna y trouva une sorte de confort affectif par procuration.

Sa belle-sœur proposa d'abord de l'aider à la rédaction des statuts de Pemberley (elle connaissait une douzaine d'avocats), puis à démarcher les pâtisseries de Manhattan (qui pourvoyaient à ses *tea-times* ainsi qu'à ceux de toutes ses copines friquées depuis des siècles), ensuite à lui choisir un architecte d'intérieur (qui devait un service à son mari). Ainsi fonctionnaient les Reagan de New York : en rognant sur ses marges, Kirk dénichait pour des primo-investisseurs comme Hanna des locaux commerciaux à bas prix auprès de propriétaires auxquels il avait permis de se développer en leur rendant un jour le même service, et, par une sorte de système pyramidal tout à fait toléré, ce beau monde s'épanouissait, s'enrichissait grâce aux compétences des uns et des autres. C'était un vase clos où régnait une odeur suave d'orchidées et de petits gâteaux emballés dans des billets de cent dollars.

Pour finir, Sybil proposa d'apporter son tribut financier à l'affaire. Cela tombait bien, Hanna tirait la langue sur ses livres de comptes, malgré toutes les économies réalisées. Jeffrey avait eu raison sur un point : son projet aurait été bien compliqué si elle avait eu à s'y atteler toute seule. Pour le reste, son mari ne s'était mêlé de rien. Ils se voyaient peu. Hanna, qui avait refusé l'idée d'embaucher une nounou à domicile, même quelques heures, emmenait Eleanor partout avec elle et de ce fait n'était jamais pressée de rentrer.

La petite était sage comme une image et passait de sa poussette à ses bras ou à ceux de Sybil avec le même sourire. Finalement, les deux femmes lui installèrent un parc au beau milieu de la librairie, où le bébé babillait et tentait de se mettre debout tandis qu'elles apportaient à la déco leurs dernières touches personnelles.

Le week-end, Hanna et Sybil arpentaient les puces de Brooklyn, le Flea Market, dès l'ouverture à l'aube, l'une derrière la poussette, l'autre tirant un chariot de grand-mère dans lequel elles entassaient tous les livres qu'elles trouvaient en bon état, pour parfois pas plus de cinquante *cents* le volume. Bientôt, les étagères en pin blond de SoHo n'eurent presque plus rien à envier aux 18 miles de rayonnages du mythique Strand, quelques centaines de mètres plus haut sur Broadway.

En ôtant un soir la pellicule de plastique qui recouvrait le bar tout neuf, caressant le bois clair qui dégageait un parfum sucré d'encaustique, s'appliquant à faire le tour de Pemberley pour mieux s'imprégner de tout ce qui en faisait un endroit unique – sa peinture orangée, les carreaux noir et blanc à l'ancienne, les échelles roulantes sur les meubles qui montaient jusqu'au plafond –, Hanna se dit tranquillement qu'elle avait atteint son but : dans le seul souci de la pleine réussite de son entreprise, d'autres émotions l'avaient quittée. Les chiffres, les listes de ceci et de cela formaient une carapace. Elle s'endurcissait. Elle s'autorisa brièvement à penser à Michael, et se demanda ce qu'elle lui devait de cette nouvelle consistance, si cette sorte de férocité qu'elle mettait dans chacune de ses tâches ne lui était pas entièrement destinée. Si, sans lui, sans son abandon, elle se serait découverte aussi tenace.

Elle se demanda aussi si Zelda Zonk serait fière d'elle. *Regardez, Zelda, je fais enfin ce que je veux.*

Puis elle tira le rideau de fer.

Lorsque Pemberley ouvrit, cinq mois après qu'Hanna en eut lancé l'idée dans le bureau de Jeffrey, le parc d'enfant avait été intégré dans le décor, et Eleanor se tenait parfaitement sur ses jambes.

L'été s'annonçait.

3

Hanna avait traversé sur un nuage les quelques jours suivant l'ouverture de Pemberley, comme s'ils étaient concentrés en un seul, entrecoupé de vagues plages de sommeil. Elle avait servi des coupes de champagne, échangé des banalités avec les amies de Sybil lors du cocktail de bienvenue où la librairie s'était révélée bien trop encombrée pour les mondanités, rempli des fiches d'inscription à la main, testé toutes sortes de thés, bercé Eleanor pour l'endormir dans l'arrière-boutique, rangé des livres, installé un carillon à l'entrée, changé de vêtements deux ou trois fois, le tout dans un ordre mal défini. Elle flottait, ressentait presque de l'ivresse à l'idée de ce qu'allait être sa vie désormais.

Voilà pourquoi elle ne fut pas aussi ravie qu'elle aurait dû l'être quand Gail l'appela pour annoncer leur visite. Sa sœur était toujours la même : elle détestait prévoir et se plaisait à vivre dans un état d'émerveillement permanent. Dans deux jours, Patti, Craig et elle seraient à New York, voilà la bonne surprise qu'elle voulait lui faire.

A priori heureuse de les voir, Hanna s'était pourtant rembrunie au téléphone : bon sang, rien de ce qu'elle faisait n'avait donc d'importance ? Serait-elle éternellement celle qui n'a pas d'emploi du temps plus solide qu'un vague hobby organisé ?

« Je vais travailler, Gail, avait-elle tranquillement objecté. Je ne pourrai pas être toujours avec vous. » Mais, consciente du symbole que cette première vraie réunion de famille représentait, Hanna avait fait des efforts de décoration dans l'appartement blanc de Madison Square qu'elle avait négligé au profit de Pemberley. Elle avait filé au Flea Market où elle était sûre de trouver vite fait un tapis en kilim pour rendre le salon blanc plus accueillant – plus familial ; elle en était revenue avec des kilts multicolores qu'elle avait jetés sur les canapés, deux lithographies de New York au XIXe siècle et une affiche originale de *Breakfast at Tiffany* où Audrey Hepburn tirait sur son fume-cigarette. L'affiche avait un coin déchiré, et la pièce se mit à ressembler furieusement à un studio d'étudiant. Mais il semblait que tout le monde s'en foutait ; en rentrant du bureau ce jour-là, Jeff avait à peine haussé un sourcil. Et en débarquant, Gail trouva l'appartement « mignon », ce qui dans sa bouche ne voulait rien dire.

Patti avait grandi. Encore quelques mois, et elle entrerait dans l'adolescence, jolie fleur un peu maigrichonne poussant dans tous les sens. Hanna en fut bizarrement dérangée. À travers le prisme de la séparation, sa nièce lui apparaissait par séquences. Celle de ces vacances de juillet à New York montrait une gamine éclose de ses rondeurs d'enfance, aux cheveux moins longs et plus foncés, au menton moins rond et plus volontaire. La différence avec Eleanor, petite et potelée, était saisissante.

Alors qu'elle disposait les flûtes à champagne sur un plateau, Hanna jeta un œil sur la bruyante famille attablée et, dans une subite prise de conscience, comme une pensée qui vole au vent puis se pose sans qu'on s'y attende, se demanda ce que sa propre mère dirait du tableau.

Il y avait ses deux filles, ici, ce soir : Gail et Hanna, gamines de Dublin issues d'une lignée séculaire, grandies dans l'isolement qui sied aux noblesses désargentées ; et cette tribu hétéroclite qu'elles avaient malgré tout réussi à se rattacher : Jeffrey, romancier célèbre, journaliste reconnu, Craig, jeune médecin londonien. Et puis Kirk, magnat de l'immobilier new-yorkais, Sybil, délicate porcelaine jet-set, leur fille Victoria dite Rory, pur produit faussement rebelle de l'Upper East Side. Tout le monde semblait bien s'entendre. Craig échangeait avec Kirk sur les hôpitaux new-yorkais, et contre toute attente Gail riait beaucoup avec Sybil. Patti tenait fièrement Eleanor sur ses genoux, fascinée par le maquillage légèrement punk de Rory.

Il y a quelques mois, Hanna n'aurait jamais envisagé de mélanger les deux familles. Jeffrey présidait à tout cela en *pater familias* un peu surpris, passant régulièrement les doigts dans ses cheveux – signe de fatigue.

« Laisse, Hanna, je vais le faire », dit-il. D'un signe de la main, elle l'empêcha de se lever. Elle aimait s'occuper, et être debout lui donnait le recul nécessaire sur cette allégorie familiale. Evelyn McCann, exilée volontaire dans l'opulence capiteuse de son riad marocain ne voyait rien de tout ça, se disait-elle. Quant à leur père, Hanna en oubliait jusqu'à son prénom. Comment était-ce possible ?

Elle se rassit dans une sorte de vertige, puis, résolument souriante, aida Patti à écraser des fraises en purée pour Eleanor.

Bien plus tard, quand tout le monde eut déserté, elle prit son temps pour nettoyer la cuisine qui n'en avait pourtant pas besoin. Dans un joyeux vacarme, chacun avait aidé à ranger les reliefs du repas – charcuterie de chez Eataly, salades de légumes et de fruits frais du marché bio d'Union Square, Hanna ne s'était pas cassé la tête. Cet élan la déstabilisait un peu, comme si quelque chose l'empêchait d'en faire partie. Toute à ses réflexions sur la vie, la descendance et l'amour maternel, elle n'avait pas envie d'aller se coucher. Le champagne et l'euphorie qui avait présidé au repas la maintenaient au-dessus du sol.

Elle s'appliquait à briquer le plan de travail quand la silhouette parfaite de sa sœur en peignoir de soie perle s'encadra dans le clair-obscur de la porte.

« Patti était surexcitée, soupira Gail. Elle vient seulement de s'endormir.

— Et Craig ?

— Sous la douche. Il a toujours des tensions dans les épaules, l'eau chaude le délasse... Qu'est-ce que tu fais ? »

Hanna agita son torchon pour toute réponse.

« Mais Hanna, c'est assez propre, non ? On n'avait rien laissé, si ?

— Non, c'est bon. Je traînais juste un peu.

— Ah ! Jeff est dans son bureau.

— Je suppose.

— Ce n'est pas une question, je te le dis : Jeff est dans son bureau. »

Hanna haussa les sourcils, pliant son torchon.

« Oui, et alors ? »

Gail marqua un temps d'arrêt, puis secoua la tête, ouvrant le réfrigérateur.

« Et alors, rien. Je suppose qu'à une heure du matin, c'est normal... Tu as du jus d'orange ? »

Hanna n'eut pas besoin de répondre. Gail se débrouillait toujours très bien pour trouver ce qu'elle voulait – y compris ce qu'on n'avait pas l'intention de lui donner. En l'occurrence, Hanna n'avait aucune envie de livrer son mariage en kit à sa sœur à cette heure-ci. Elle soupira discrètement et flanqua son torchon dans une panière de linge sale.

La brique de jus d'orange fut promptement débusquée derrière un filet de courgettes, et Hanna opéra un repli vers la porte tandis que Gail piquait un verre sur l'évier.

« Hop, reste là une minute.

— Gail, j'ai sommeil.

— Une minute. »

Gail remplit deux verres, et s'assit sur un des hauts tabourets. Avec la manche qui glissait de son épaule et ses jambes fuselées, sous cette lumière tamisée, elle avait l'air d'une call-girl.

« Qu'est-ce que vous avez, tous les deux ? » attaqua-t-elle.

Hanna termina son verre tranquillement.

« Que veux-tu dire ?

— Oh, Hanna, je t'en prie. Tu n'adresses pas la parole à Jeff, Jeff ne te parle pas non plus.

— Tu exagères, Gail. C'était une mauvaise soirée ? Je n'ai pas trouvé.

— Non, Sybil et Kirk sont très sympas, Rory est marrante. Jeff est comme à son habitude, un peu ours, mais toi tu m'as l'air à l'ouest. Je vous ai connus tellement amoureux que vous en étiez stupides, et là… On dirait que vous utilisez tous les stratagèmes pour ne pas vous croiser. Et à cette heure, il a déjà filé dans son bureau sans même te claquer une bise sur l'épaule. »

Oui, c'était vrai. Comment tout cela avait-il cessé d'être normal, depuis combien de temps le processus insidieux avait-il accéléré sa vitesse de routine ?… De l'intérieur, Hanna n'avait rien mesuré. La distance rendait le jugement de Gail impitoyable.

« On est crevés. La naissance d'Eleanor. On travaille beaucoup tous les deux.

— Et c'est très bien pour toi, Pemberley est un bel endroit. Vraiment, je t'encourage. »

Amusée par le ton sentencieux de sa sœur, Hanna tenta de réprimer un sourire mais, le champagne aidant, n'y parvint pas.

« Merci, madame, mais je n'ai pas besoin de ton espèce de bénédiction papale », se moqua-t-elle. Elle rit. *Non mais franchement.* Déstabilisée, Gail croisa et décroisa les jambes sur son tabouret de bar.

« Oui, bon. Fiche-toi de moi, mais moi je m'inquiète pour toi. Pour vous. Toi et Jeff. Tu es si loin, maintenant. Que vas-tu faire, si ça ne marche plus ? »

Hanna soupira, les yeux au ciel. Sa sœur ne savait rien, fichtrement rien d'elle et Jeff. Le champagne ou ce qu'il en restait commençait à lui battre les tempes.

« Franchement, tu ne crois pas que tu vas un peu vite ? Tu es à côté de la plaque, Gail, laisse tomber.

— À côté de la... On ne se voit plus aussi souvent qu'avant. Ça m'oblige à être plus réactive.

— Arrête. Rien ne t'oblige à quoi que ce soit avec moi.

— Tu regrettes ?

— Je regrette ? Mais quoi ?

— Je ne sais pas, moi, Dearbly, la boutique avec Marsha. D'être venue à New York. »

Hanna cligna des yeux. Gail allait trop vite, parlait à la vitesse d'une mitrailleuse. Elle avait mal à la tête. « Mais non ! J'aime New York, j'aime Pemberley qui vient à peine d'ouvrir, j'aime ma vie ici avec ma fille...

— Jeff a une maîtresse ? »

Hanna fixa sa sœur, incrédule. Elle n'avait même pas baissé d'un ton pour proférer une telle énormité.

« Tu exagères !

— Pardon. J'essaye juste de comprendre. »

Hanna n'avait pas eu le réflexe de défendre son mari. Non qu'elle fût certaine de sa fidélité – elle ne s'était même jamais posé la question –, mais simplement parce que ce n'était pas là que Gail trouverait la réponse au problème posé. Et puis c'était quand même dingue que Jeff fût le seul à avoir le privilège de ses soupçons.

Hanna, la discrète, celle qu'on ne voyait pas venir, avait donc commis le crime parfait.

« Ne t'inquiète pas, dit-elle fermement, ce n'est qu'une zone de turbulences, comme tu disais autrefois dans ton micro. Tiens, au fait, parle-moi un peu de ta vie. Comment ça va avec Craig ? Bien ? Tu es vraiment sûre ? Je te demande ça parce qu'à un moment de la soirée, j'ai remarqué qu'il bâillait. Où en est votre couple ? Je m'inquiète, vois-tu. »

Sans le vouloir, elle était montée dans les aigus. D'où venait cette soudaine colère ? Elle ferma la bouche et se servit un verre d'eau. Saisie, Gail n'avait pas bougé. Hanna avala une gorgée, fermant les yeux pour faire disparaître à la fois sa migraine et sa sœur, et se retrouver par miracle dans les bras de Morphée.

« Gail, tu te rends compte que ça a toujours été comme ça ? dit-elle d'une voix sourde. Que j'ai toujours été celle qui ne devait rien te cacher, dont on ne respecte pas l'intimité, comme lorsque j'étais à l'hôpital ? (Lancée, elle rouvrit les yeux : Gail semblait sculptée dans la cire.) Bordel, j'ai droit moi aussi à ma sphère privée, à penser toute seule, même à des trucs qui ne te conviennent pas, j'ai le droit de pleurer si je veux, de m'engueuler avec mon mari et d'avoir des jours de merde sans qu'on en fasse tout un plat ! Moi aussi, j'ai droit à mes secrets, aux trucs que je ne veux pas raconter, même pas à toi ! »

Essoufflée, Hanna tira rageusement sur une mèche de cheveux venue se coller sur son gloss. Gail était sidérée. Elle mit un temps infini à répondre, sans bouger, ses cheveux éclairés par la lueur d'une bougie récalcitrante semblant flotter autour d'elle, comme une savante mise en scène.

« Je suis désolée », lâcha-t-elle.

Hanna haussa les épaules, calmée.

« Désolée de quoi ? D'avoir toujours douté de mes forces, ou de découvrir que j'ai le droit de cacher des choses, même à toi ? »

Gail bougea enfin, réunissant les pans de son peignoir de soie perle autour d'elle. Hanna l'avait vue frissonner. C'était très joli.

« Je ne sais pas. Les deux. Je suis désolée de toujours vouloir me mêler de ta vie. Je t'aime, tu sais.

— Je sais. Mais ça ne doit pas faire de moi une personne fragile.

— J'ai peur pour toi.

— Mais moi aussi, j'ai peur pour toi, j'ai peur pour ma fille, j'ai peur pour Patti, Jeff, et tous ceux que j'aime. C'est normal. Mais ça ne doit pas être… dévorant, tu vois. (Elle réfléchit un instant, soupesant le fond d'eau dans son verre.) L'amour et la peur qu'on a pour les gens ne doivent pas les déposséder de leur vie. De leur envie de se mettre en danger, parfois. On a tous droit à nos tempêtes. »

Elles restèrent côte à côte, à tripoter leurs verres vides, telles deux compagnes d'infortune remâchant leurs peines dans un bar en pleine nuit. Gail fut la première à rompre le silence.

« Eh ben… dit-elle. Voilà qui va me donner à réfléchir. »

Hanna haussa les épaules, fatiguée.

« Je ne plaisante pas, continua Gail, captant son regard. Je vais y réfléchir. Lâcher du lest. Apprendre à être plus respectueuse. Des conneries comme ça. »

Nouveau silence.

« Tu sais, dit Hanna au bout d'un moment, ce soir, je me demandais… À ton avis, quand est-ce que ça a merdé, entre les parents et nous ? Je veux dire, on était une famille, avant. »

Gail sembla considérer que la question méritait réflexion. Elle prit la dernière gorgée dans son verre, se rinçant la bouche avec le jus d'orange puis l'avalant en faisant claquer sa langue.

« Je crois que ça a merdé dès le départ, dit-elle. M. et Mrs McCann n'étaient pas faits pour vivre ensemble, nous sommes les fruits de cette union contre nature. On fait comme on peut. »

Elle posa son verre, semblant vouloir ajouter quelque chose, puis se ravisa : Hanna bâillait à s'en décrocher la mâchoire. « Dodo », dit-elle.

Hanna se leva pour aller rincer les deux verres. Gail frissonnait. Elle semblait perdue dans ses pensées.

« Hanna, finit-elle par dire. Tu me caches des choses ?

— Oui. Absolument. Et toi ? »

Gail ne répondit pas.

« Tu as raison, dit-elle simplement. On a tous droit à nos tempêtes. »

Michael était près d'elle.

Si près qu'elle voyait les éclats noirs dans ses iris gris-vert. Son regard était brumeux, un peu ailleurs, mais il lui souriait, de petites rides en soleil s'épanouissant sur ses tempes.

Hanna sentait son parfum, peau et fougère, qui lui parvenait au rythme du léger battement dans le creux de son cou.

Elle voulut poser les mains sur ses épaules, les nouer autour de sa nuque pour l'attirer vers elle, mais ses doigts étaient gourds, tordus, ses bras en plomb. Le regard de Michael se fit flou, puis il tourna la tête, un léger mouvement. Hanna mobilisait ses forces pour l'atteindre ; un nœud grouillant bloquait sa respiration. Cherchant l'air, elle ne put évacuer qu'un gémissement terrible qui la réveilla.

« Hanna ? »

La plante de ses pieds effleura le tapis bouclé. Elle était dans sa chambre, à New York. Une main chaude lui enserra le poignet. Jeffrey.

« Hanna, chérie ? »

Elle se libéra en retenant ses larmes et s'enfuit, pliée en deux. Dans le noir, elle tomba à genoux devant la cuvette des toilettes, rendant son rêve, son cauchemar. Secouée de spasmes, elle s'entendait geindre – des sons incohérents, résonance éperdue de la crampe qui lui broyait l'estomac.

« Hanna, qu'est-ce qui t'arrive ? »

La lumière se répandit sur le sol carrelé de la salle de bain, mordant ses chevilles tremblantes.

« Chérie ? »

Elle ne pouvait s'arrêter de pleurer. Un mécanisme s'était mis en route qui s'autoalimentait sans qu'elle puisse intervenir. Michael était toujours là, malgré tous ces mois passés à le tenir à distance. Il avait suffi qu'elle baisse sa garde, avalant trop de champagne, laissant le confort la gagner après avoir bataillé pour Pemberley, pour qu'il se rappelle à elle. Avait-elle vraiment cru le faire disparaître ? Elle avait sous-estimé la puissance des souvenirs, les trahisons de l'âme humaine. Accablée, elle sentit les larges mains de Jeff prendre toute la place sur son dos, lui frotter doucement les épaules.

« Chut, chérie, Hanna, ça va aller… »

Sur le tempo lent des caresses, son souffle désordonné se régula, ses larmes se fatiguèrent, laissant des hoquets sporadiques à leur traîne. L'eau du robinet coula, puis un tissu frais vint se poser sur ses joues brûlantes.

« Tiens. »

Elle ouvrit péniblement les yeux. La lune pleine de l'ampoule nue qui se balançait au plafond l'éblouissait. Elle n'avait jamais pris la peine de s'occuper de cette salle de bains. Elle évitait les miroirs, les bains trop longs, et n'y passait que le temps nécessaire.

Hanna s'essuya les paupières de ses mains encore douloureuses – ses terminaisons nerveuses y palpitaient. Elle voyait Jeffrey avec le même éloignement que s'il était sous l'eau. Il la moucha comme une enfant, elle repoussa sa main.

« Ça va », dit-elle d'une voix rauque.

Son mari lui remplit un verre d'eau, elle but lentement puis enfouit son visage dans un amas de mouchoirs en papier, sous prétexte d'essuyer les derniers vestiges de la catastrophe. La vérité était qu'elle ne voulait pas parler. Et qu'elle ne voulait pas qu'il lui parle.

« Un cauchemar ? » demanda-t-il doucement.

Elle secoua la tête, sentant les sanglots gonfler de nouveau. *Michael.*

« Je ne sais pas, murmura-t-elle. Je ne m'en souviens pas.

— Tu m'as fait peur, c'était violent. Je ne t'ai jamais vue comme ça. »

Hanna refoula ses larmes, revenant à la réalité, glaçante : Seigneur, avait-elle dit quelque chose dans son sommeil ? Avait-elle appelé… *quelqu'un* ?

« J'ai bu trop de champagne, dit-elle. J'ai dû délirer un peu.

— Je me suis réveillé parce que tu pleurais. Tu m'as vraiment fait peur, répéta-t-il.

— Décidément, je passe ma vie à te faire peur. »

Jeffrey rit doucement et s'assit près d'elle. Merde, elle n'avait pas envie d'épiloguer. Ni de retourner se coucher. Elle sourit, cherchant à faire bonne figure, mais elle était terrifiée. Elle ne savait même pas quelle heure il pouvait être.

« Quatre heures, dit Jeff.

— J'espère que je n'ai pas réveillé toute la maison.

— Si Ellie ne bouge pas, c'est que personne ne bougera. »

Elle força un nouveau sourire. Elle n'aimait pas trop ce diminutif que Jeff donnait à sa fille, elle aimait son vrai prénom, tiré de la sublime chanson des Beatles, *Eleanor Rigby* – « Mon Dieu, une chanson sur les gens seuls, tu es irrécupérable », avait protesté Marsha. Elle en éprouvait un drôle de sentiment, comme si Jeff n'avait pas tous les droits paternels. Mais cette fois elle ne le reprit pas. Michael était là, dans l'ombre, trop dangereux. Elle avait mal. Elle aurait pu dire n'importe quoi.

« C'est une période fatigante, soupira Jeff. Tellement de changements… » Il eut un geste vague de la main et ne termina pas. Hanna se demanda s'il parlait pour lui-même. Cloisonnée dans son monde, évitant autant que possible toute interaction qui pourrait perturber l'ordre nécessaire à sa survie, elle n'avait aucune idée de la façon dont Jeffrey avait vécu les choses. La naissance d'Eleanor, par exemple. Hanna cligna des yeux. Elle ne se souvenait pas si Jeff avait eu l'air heureux, ce jour-là. Ni ceux d'après, d'ailleurs. En y repensant, il avait longtemps affiché un air de surprise qui lui avait donné une mine juvénile, presque fragile. Cet air-là l'avait-il vraiment quitté ? Elle glissa un œil vers lui. Il regardait le plafond, pensif. Il avait maigri, lui aussi. En même temps qu'elle. Hanna pressa gentiment son bras.

« Viens, on retourne se coucher », dit-elle.

Au lit, elle pria pour qu'il n'y ait pas vu une invite explicite. Mais il ne la touchait plus de cette façon-là depuis quelque temps. Combien de temps ? De cela non plus, elle n'avait aucune idée.

Lorsqu'il se fut rendormi – rapidement, comme à son habitude –, Hanna resta pelotonnée dans les bras de son mari, le corps meurtri par l'absence, et les yeux grands ouverts sur le vide opaque de la chambre. *Michael.*

Avec une rage silencieuse, elle refoula toutes les questions interdites – où était-il, avec qui, pensait-il à elle, l'avait-il aimée ? –, les noyant sous des listes de commandes à passer pour Pemberley, des codes couleur pour les coussins et les rideaux, des comptes d'apothicaire…

De temps en temps, le timbre lancinant d'une sirène lui parvenait, atténué par le double vitrage et le ronron de l'air conditionné ; le gyrophare qui allait avec brassait alors la nuit, en modifiant imperceptiblement la couleur. Cette ville ne dormait jamais. Hanna aurait tellement voulu faire comme elle.

4

« Tu as mauvaise mine, chuchota Sybil. Tu es malade ? »

Hanna sourit à la jolie jeune femme qui s'était penchée sur elle dans une envolée de Nina Ricci et de cheveux cendrés. Ses sourcils parfaitement dessinés s'élevaient vers le ciel dans un élan d'empathie. Ses mains fines dansaient autour d'une tasse en porcelaine vert pomme, versant le lait, disposant le sucre à la manière impeccable d'une hôtesse de la Cinquième Avenue. Sybil était un très gentil tourbillon.

« Je dors mal, en ce moment, répondit Hanna sur le même ton. Trop de choses à penser. »

Sybil lui offrit une moue exagérément complice : bien sûr, le boulot, le bébé, la vie difficile d'une mère active. Elle virevolta sur ses talons aiguilles et disparut derrière une demi-cloison encombrée de livres colorés, son plateau à la main. Sybil s'amusait à jouer les serveuses à Pemberley, d'autant que pour le moment la clientèle était en grande partie composée de ses relations personnelles, de riches oisives qui venaient donner une caution littéraire à leur thé de cinq heures.

Il y avait cependant d'autres habitués qui n'étaient pas issus du même sérail et ne se déplaçaient pas en meutes parfumées : des solitaires, comme l'inévitable professeur de lettres à la retraite, ou l'étudiante timide qui bachotait dans son coin.

Le premier, le professeur Martin Allenwood, un type aussi immense et costaud qu'un basketteur des Knicks, avait rempli sa fiche en pleins et déliés, hochant sa tête noire couronnée de blanc avec un bonheur manifeste. Il s'ennuyait, avait-il confié à Hanna, mais fuyait les espaces trop peuplés. Il attendait l'ouverture d'un lieu plaisant comme Pemberley depuis longtemps.

La deuxième, l'étudiante, avait gribouillé sa fiche avec des pattes de souris. On croyait lire quelque chose comme Lara ou Lana en guise de prénom. Le nom de famille était plat car plein de voyelles, long comme un mille-pattes. Un « v » ou un « r » à la fin. Il évoquait l'Est. Hanna en déduisit que la jeune fille, qui venait tous les matins avec une pile de cahiers, n'était peut-être pas en règle. Elle la trouvait préoccupée. On apprenait beaucoup de choses en faisant remplir aux gens une fiche à la main. On fantasmait leur vie.

« Ne tirez pas sur l'oiseau », la prévint le professeur Allenwood. À moitié endormie sur son bon de commande, Hanna sursauta. Quel oiseau ? Elle jeta un œil inquiet sur Eleanor qui babillait dans son parc.

« *Ne tirez pas sur l'oiseau moqueur.*

— Pardon ?

— Harper Lee. Vous l'avez lu ? »

Le vieil homme agitait un bouquin d'où s'échappait la queue d'un marque-page en plumes.

« Ah, soupira-t-elle. Non, toujours pas. Je suppose que je devrais en avoir honte.

— Vous avez le temps, jeune femme. En attendant, vous êtes très créative… Cette plume dedans, c'est exprès ?

— Tout à fait, professeur Allenwood. Une plume pour l'oiseau moqueur. Si vous regardez bien, vous trouverez un billet de cent dollars dans *L'Américain* de Henry James et un ticket de métro dans *Les Saisons de la nuit.* Des faux, malheureusement.

— C'est une bonne idée, bravo.

— Qui a ses limites. J'ai du mal avec les denrées périssables. J'ai bien pensé à mettre une tranche de pastrami dans *Brooklyn Follies*, mais j'ai eu peur que les services d'hygiène me tombent dessus. »

Le professeur éclata de rire, Hanna lui fit écho. Mon Dieu, que cet endroit lui faisait du bien. Eleanor eut l'air d'accord, et fit joyeusement rebondir Elmer l'éléphant sur son tapis multicolore. Hanna la prit dans ses bras. *Ne tirez pas sur l'oiseau moqueur...* Il y a bien longtemps, Zelda Zonk lui en avait aussi parlé. « *Le prix Pulitzer, ma chère...* » Elle eut un pincement au cœur et colla un long baiser dans le cou de sa fille.

« Cette petite est un rayon de soleil, dit le professeur. Vous faites bien de la garder ici près de vous, elle nous rajeunit tous. »

Hanna sourit. Elle n'envisageait pas de confier sa fille à quelqu'un d'autre. Pas pour le moment.

« Et puis elle a des yeux magnifiques.

— Merci.

— Vraiment. Leur couleur est peu commune : entre le vert et le gris... De qui tient-elle ce miracle ? »

Hanna avait les yeux d'un noisette doré, donc ce n'était pas d'elle, de toute évidence. Elle sentit son ventre se serrer, quelque chose se bloquer en elle. Une clé avait tourné, une mécanique occulte mobilisant ses rouages.

« Je ne sais pas. Des gènes récessifs, probablement », dit-elle en pilote automatique. Elle savait au fond d'elle-même qu'Eleanor grandissant, on lui poserait la question de plus en plus souvent. Plus tard, sa fille mettrait ces yeux-là en valeur avec un trait de khôl, du mascara, maquillant son point fort tel qu'on le lui conseillerait sur les blogs pour ados. Pour qui voudrait la connaître mais ne saurait pas son prénom, elle deviendrait « Tu sais, la fille aux beaux yeux ».

Ce gris-vert-là, ce lac si pur aurait dû être un gouffre de questionnement pour Jeffrey aux yeux sombres. La confiance en l'autre vous empêchait-elle donc à ce point de voir ce que tout le monde voyait ?

« C'est vrai, intervint Sybil, de retour avec son plateau vide. Je crois que cela remonte à deux générations. Mon mari m'a dit que l'arrière-grand-mère d'Eleanor avait les mêmes. Elizabeth Reagan, une des premières femmes médecins. Elle a laissé son nom à un hôpital à Boston, vous savez ? Des yeux terribles. Elle en imposait. »

Hanna hocha la tête, à moitié paralysée. Sybil et Kirk avaient donc recherché l'origine de cette curiosité génétique. Son cœur hésitait entre le soulagement et la révolte. *Ce n'est pas ça,* bouillait une voix dans un coin de son cerveau. *Ma fille a les yeux de son père. Un homme que j'ai aimé comme vous ne pouvez pas l'imaginer.* Elle serra Eleanor dans ses bras pour faire taire la voix. Un jour, le temps faisant son œuvre assassine, elle finirait par se calmer.

Le souffle court, Hanna enfouit son nez dans les cheveux de sa fille. Son cœur battait trop vite, des fourmillements la gagnaient. Elle pensa au Xanax qu'elle gardait toujours dans son sac à main : la plupart du temps, la pensée en elle-même avait un effet placebo. Cette fois, elle sut que cela ne suffirait pas. Tremblante, elle déposa Eleanor dans son parc. Elle entendait Sybil tracer la biographie du Dr Elizabeth Reagan au professeur Allenwood dans une sorte de logorrhée verbale. La voix chantante de sa belle-sœur, qui semblait buter sur les dates, revenant sans arrêt sur son récit dans un rire flûté, tintait comme des cloches dans tous les coins de sa boîte crânienne. Elle vacilla sur un vertige et gagna l'arrière-boutique où elle rafla son sac à main avant de s'écrouler sur un tabouret devant l'évier.

Avalant un cachet, elle eut un sentiment de défaite. Putain, elle n'avait aucune envie d'être faible ! Les crises d'angoisse, l'histoire de la petite souris dans son trou, ce n'était plus elle ! Marre de tout ça. Si elle n'y prenait pas garde, tout la rattrapait : ce rêve avec Michael l'autre nuit, la voix de Zelda lui parlant de *Ne tirez pas sur l'oiseau moqueur*, la question du vieux prof sur les yeux d'Eleanor...

« J'avais bien vu que tu étais malade... » Elle rouvrit les yeux, son verre d'eau à moitié renversé sur ses genoux. Sybil se tenait devant elle, quadragénaire épanouie et gâtée par la vie. Bien sûr, ses pommettes étaient suspectes, ses lèvres un peu trop parfaitement ourlées, mais en creux apparaissait une ingénuité de gamine. Hanna voyait bien ce qu'un grand costaud comme Kirk avait pu lui trouver. Exactement la même chose que Jeff avait trouvé en elle. Dans la famille, les hommes avaient vocation à protéger les petites filles fragiles. Hanna se dit tout cela en se sentant absolument lamentable sur son tabouret, sa robe mouillée lui glaçant les cuisses. Le mensonge et l'amnésie forcée avaient ses corollaires – la honte et les crises d'angoisse en faisaient partie.

« Ça va mieux, dit-elle résolument, sentant le sang mauvais refluer sous les ondes du médicament. Ne t'inquiète pas, juste un peu de spasmophilie. »

Sybil grimaça.

« La maladie du siècle. J'ai du Valium, si tu veux. Moi, j'en ai tellement pris que ça ne me fait plus rien. »

Hanna haussa un sourcil : quelles pouvaient bien être les angoisses de sa belle-sœur ? Elle qui avait tout pour être heureuse. Ce n'était pas de l'ironie, mais une vraie question. Sybil y répondit sans qu'elle ait à la lui poser.

« Longtemps je ne me suis pas sentie à ma place, expliqua-t-elle en s'adossant au mur, un chiffon entre les mains. Tu sais, c'est un boulot à plein temps, de vivre dans l'Upper East Side ! Il faut entretenir le réseau, faire du lobbying sans arrêt. Déjeuner avec Unetelle, aller à la gym avec Machine, boire le thé avec les autres… Moi, je venais de Modesto, en Californie, mon père tenait un garage, tu imagines le choc des cultures… (Elle leva les yeux au ciel.) Quand Kirk m'a ramenée ici dans ses bagages, il a fallu que j'apprenne sur le tas. »

Hanna rit doucement. Sybil lui faisait du bien. Bien sûr, sa fraîcheur et son empathie ne remplaçaient pas la verve assassine de Marsha ni leurs fous rires au-dessus d'un mimosa et d'une corbeille de chips au vinaigre, mais elle était positive, d'une simplicité saine.

« Alors, tu veux mon Valium ? sourit Sybil en lui tapotant la main.

— Non, je te remercie, j'ai pris ce qu'il fallait.

— Oh et puis tu sais, dans ces cas-là, la chaleur humaine fait des miracles

— Merci, Sybil.

— Tiens, je m'assois à côté de toi cinq minutes. Eleanor garde la boutique, on est tranquilles.

— Oui. Les gens l'aiment bien.

— Une véritable mascotte ! Je te fiche mon billet qu'à deux ans elle saura lire *Ulysse* de James Joyce alors que personne n'est jamais arrivé au bout.

— Le professeur Allenwood sera content », rit Hanna.

Elles parlèrent un moment de la clientèle qui commençait à se faire, de leur manière de voir les gens d'après l'écriture de leurs fiches. Selon Sybil, la jeune fille anxieuse venant de l'Est n'était pas une migrante en situation irrégulière, mais une ballerine hongroise qui dansait au ballet du Met. Et Allenwood n'était pas un professeur de lettres, mais un auteur mélancolique qui n'avait jamais réussi à écrire son deuxième livre. Elle en vint à parler de Jeffrey, de l'admiration que son frère avait pour son talent d'écrivain. Hanna hocha la tête sans rien dire. En ce qui concernait son mari, des jours comme aujourd'hui où des détails l'avaient fragilisée, elle marchait sur des œufs.

« C'était vraiment sympa, ce repas, l'autre soir, dit Sybil. Patti est repartie ?

— Oui. Elle me manque. La petite fille qu'elle était me manque. Elle a vécu si longtemps avec nous… »

Hanna avait senti que Patti lui échappait ; elle n'avait pas eu l'air plus heureuse que cela de la voir. À moins que les calèches de Central Park et le M. & M's Store de Times Square n'aient mobilisé toutes ses capacités à s'émerveiller. C'était ainsi.

« J'ai cru remarquer que tu t'entendais bien avec ma sœur, dit-elle pour changer de sujet.

— Euh, oui, je crois. »

Sybil eut un sourire poli et n'en dit pas plus. Hanna la regarda, indécise.

« Vous avez beaucoup parlé, non ?

— Ta sœur a beaucoup parlé, oui. Ses voyages, tout ça… »

Sans peut-être le vouloir, Sybil avait mis une emphase bizarre dans sa phrase. Alertée, Hanna lui pressa doucement le bras.

« Hé… Oui, Gail aime bien être le centre du monde. J'ai tellement l'habitude de la voir comme ça que je ne fais même plus attention… Quand nous étions petites, elle était mon idole.

— Oh, elle le sait, crois-moi », dit Sybil.

Un peu vexée, Hanna eut un mouvement de recul. Sybil posa précipitamment les mains sur ses épaules, l'air désolé.

« Oh, excuse-moi ma chérie, je ne voulais pas te froisser…

— Non, non, c'est bon, Sybil, dis-moi ce que tu penses de Gail, ça m'intéresse vraiment ! »

Sybil hésita.

« Eh bien, si tu veux que je te dise… On dirait qu'elle se prend un peu pour ta mère. Genre : heureusement que j'ai montré le chemin à Hanna. Les enfants, le couple, quitter ton euh… *trou,* c'est le mot qu'elle a employé, tu as tout fait sur ses bons conseils.

— J'ai gardé sa propre fille toutes ces années pendant qu'elle menait une vie d'adolescente sans responsabilités, dit doucement Hanna, les joues rouges.

— Je sais. J'ai trouvé son discours un peu fort de café. Mais c'était certainement juste maladroit, elle a beaucoup d'amour pour toi. »

Hanna hocha la tête, amère. Si Sybil avait pu assister à la scène qui avait suivi le repas, cette nuit-là dans la cuisine, qu'aurait-elle vu dans la reddition de Gail ? Un souhait sincère de s'améliorer ou une preuve supplémentaire de duplicité ?

« Et Kirk ? demanda-t-elle, noyée dans ses pensées.

— Quoi Kirk ?

— Qu'a-t-il pensé de Gail ? »

Sous-entendu : *en avez-vous parlé ? Comme vous avez parlé de la couleur des yeux d'Eleanor ?* Parce que les couples soudés et complices faisaient cela : ils parlaient, le soir en rentrant d'un repas de famille ; en quittant leurs chaussures, assis sur un coin du lit, en se démaquillant dans la salle de bains, ils refaisaient leur petit monde, se félicitant d'être eux-mêmes plutôt que les autres.

« Kirk a adoré Craig, dit Sybil. C'est vraiment un type intéressant, tout ce qu'il fait pour les enfants à l'hôpital…

— Et Gail ?

— Oh, tu sais… Kirk a un peu peur des femmes aussi indépendantes et… énergiques que ta sœur. Ça a certainement à voir avec la peur de la castration, un truc comme ça. (Elle rit.) Au moins, je suis sûre qu'il me sera fidèle, parce que s'il craint une femme aussi magnifique que Gail… »

Hanna appuya sa tête sur le dos de la chaise. Elle se sentait bien, maintenant. Assez parlé de Gail.

« Tu l'aimes vraiment, n'est-ce pas ? Kirk ? »

Sybil sembla décontenancée par cette question.

« C'est mon mari », dit-elle simplement. Pour Hanna, ce n'était pas une réponse. « Et ça suffit ?

— Eh bien, pour moi, cela veut tout dire. C'est lui que j'ai choisi, et lui qui m'a choisie. Il est mon compagnon, une partie de moi. »

Elle eut le geste charmant de pousser une mèche de cheveux imaginaire de devant ses yeux. Elle était soudain timide, presque gênée.

« Enfin, c'est comme si je l'avais toujours attendu. Et qu'il n'y aurait jamais que lui. Tu sais. »

Oui, Hanna savait. Mon Dieu oui, elle savait. Elle ferma brièvement les yeux.

Les babillements d'Eleanor qui lui parvenaient comme des caresses lointaines l'incitèrent à se lever. Elle tenait debout, tout allait bien.

« Tiens, dit Sybil, en fouillant dans sa poche. Je t'ai apporté ton téléphone, il n'arrêtait pas de vibrer sur le comptoir. »

Hanna lissa sa robe qui avait séché et consulta l'appareil : deux appels en absence, l'un de Jeff, l'autre inconnu – sans doute des fournisseurs, il fallait vraiment qu'elle fasse installer une ligne fixe à Pemberley.

Et puis un SMS. Quelques lignes.

Bonjour Hanna. Que faites-vous pour la maison ? Rappelez-moi, s'il vous plaît. Michael.

5

Une fois de plus, Jeffrey avait eu une urgence. Un article à finir qui l'empêcherait de rentrer tôt.

L'article se prénommait Marianne, avait une peau nacrée et rebondie, de longs cheveux blond vénitien jamais coiffés, et une absence totale d'interdits. Du moins en ce qui le concernait.

Avec elle, Jeffrey retrouvait la jouissance d'une transgression adolescente : fumer au lit. Marianne ne fumait pas, et elle chassait ostensiblement la fumée d'une main gracieuse ; mais elle était amoureuse, ce qui lui faisait jouer cette fausse exaspération qu'on a devant les petites manies de l'autre. Jeffrey en était flatté, et pas complètement indifférent. Marianne était plus jeune que lui, mais elle avait déjà du cuir sous sa peau de bébé. Elle avait le goût du risque, l'envie de se frotter aux choses – même aussi piquantes que lui. Et parce qu'il ne l'aimait pas comme Hanna, il n'avait pas besoin de la protéger ; cela le reposait de lui-même.

Marianne ne disait jamais « À quoi tu penses ? », ou ce genre de choses. Elle avait bien assez de sa propre existence. En prime, Jeffrey avait la satisfaction de la rendre heureuse, ce n'était pas compliqué.

« Bientôt minuit, il faut que je me sauve, dit-il en écrasant son mégot.

— N'oublie pas de laisser tomber ta chaussure dans l'escalier.

— Ha. Même sans ça, tu me retrouverais. Demain à la rédac ?

— Non, je te l'ai dit, je suis dans le New Jersey, demain.

— C'est vrai. L'affaire Palmer. Le triple meurtre.

— Enquête de voisinage. Le côté humain, tout ça.

— Bien. Ne tire pas à la ligne, quand même. »

Ils parlaient le même langage. Tout était simple, avec elle, mais jamais ennuyeux.

Marianne s'assit sur le bord du lit et s'étira comme un chat. Elle était vraiment jolie.

« Qu'est-ce que tu fais, tu ne restes pas au lit ? demanda-t-il en balayant le sol d'une main pour pêcher ses vêtements.

— Je vais juste chercher un verre d'eau.

— Non, c'est faux. Tu fais exprès de te balader toute nue pour que je reste une heure de plus. »

Elle lui sourit, de son large sourire qui dévoilait deux jolies canines de travers et semblait creuser des fossettes jusqu'au bas de son dos.

« J'essaye, mais ça ne marche jamais.

— Enfile ce peignoir. Chaque fois, tu es plus proche de réussir. Et ce soir encore un peu plus. »

Elle sourit de nouveau, et escamota ses charmes nacrés sous une épaisse couche d'éponge blanche. Elle ne tirait jamais aucun parti de rien. Elle était surprenante.

Jeffrey la regarda s'éclipser de sa démarche dansante : il n'avait rien à regretter. Il en avait besoin.

Il se rhabilla sans se presser, tandis qu'elle allumait la télé en sourdine sur CNN. Lovée dans son peignoir, le menton sur ses genoux, elle sirotait son verre d'eau en l'ignorant ostensiblement. Il tira sur ses lacets d'un coup sec et se leva en grognant. Puis se rassit d'un coup.

« Marianne, dit-il, lâche ce truc. »

Elle se tourna vers lui, surprise. Il lui confisqua la télécommande, qu'elle tenait serrée entre ses mains, plongea ses yeux dans les siens, et y trouva ce qu'il y cherchait. Il soupira, et se pencha pour déposer un baiser sur ses doigts.

« Pourquoi ne m'as-tu jamais demandé de passer la nuit avec toi ? demanda-t-il. Tu serais en droit de le faire. »

Elle haussa les épaules, retrouvant son sourire.

« Parce que tu ne peux pas, c'est tout. Pas la peine de dépenser de l'énergie à s'engueuler.

— Et ça te convient, comme situation ?

— J'ai 26 ans, Jeff. Tout me convient, sauf un plan de vieille maîtresse jalouse.

— Tu n'es pas jalouse ? »

Elle sembla peser sa réponse, puis s'allongea de nouveau, fixant le plafond avec un sourire énigmatique.

« Hein, dis, tu n'es pas jalouse ? » insista-t-il en lui secouant légèrement l'épaule. Dieu savait pourquoi il avait besoin qu'elle lui réponde, sans doute moins pour en tirer une quelconque fierté de vieux coq que pour se tranquilliser définitivement.

Elle se mit à caresser doucement son avant-bras, le regardant avec des yeux de poupée où flashaient les lumières changeantes de l'écran de télé.

« Pourquoi je serais jalouse ? C'est moi, ton truc en plus. C'est moi que tu viens retrouver. Tu m'as choisie, personne ne t'y obligeait.

— Un truc ? Je ne veux pas que tu te sous-estimes.

— Ce n'est pas mon genre. Je suis sûre de moi et de ce que je veux. Sinon, je n'aurais ni ma carte de presse ni toi dans mon tout petit appartement le soir.

— Je tiens vraiment à toi, Marianne. Tu n'es pas un pansement. »

Marianne se redressa.

« Oh, Jeffrey Reagan, qu'est-ce qui te prend ? C'est ton quart d'heure de contrition ? Au fond de toi, tu es affreusement conservateur. Je suis surprise que tu n'aies pas encore divorcé pour m'épouser et copuler dans la légalité. »

Il eut un sourire froid. Mais il détestait voir l'image de sa femme planer au-dessus des draps froissés. L'idée de la vengeance était inconfortable. Il n'en était pas là. Il en était juste à essayer de sauver sa peau d'homme, à arranger un peu l'image veule que lui renvoyait son miroir. Il y parvenait presque, grâce à Marianne et à ses caresses d'amoureuse éblouie.

Il tendit la main vers sa joue, elle ferma les yeux.

« Demande-moi de rester cette nuit », murmura-t-il.

Il vit de nouveau les lumières dans son regard stupéfait.

« Non, lâcha-t-elle.

— Non ? »

Marianne se rassit tranquillement, réunissant les pans de son peignoir autour d'elle. Jeffrey la contempla, interdit.

« Non ? répéta-t-il.

— Non. Pourquoi je ferais ça ? Pour te donner l'occasion d'une scène de ménage demain matin ? Merci, mais non. Si tu veux mon avis, tu as besoin d'une bonne engueulade avec ta femme, mais tu n'y arrives pas tout seul. Je veux bien te servir d'objet sexuel ou de confidente, j'en tire mes propres satisfactions, mais je ne veux pas être un prétexte. »

Elle laissa ses mains retomber sur ses cuisses dans un claquement.

« Jeff, je ne veux rien avoir à faire dans ta vie quand je ne suis pas là avec toi. Et crois-moi, c'est pour ça que ça fonctionne entre nous. Ce n'est pas ton avis ? »

Il réfléchit, passant en revue tous les auteurs, toutes les pages qu'il avait lues, pour y découvrir quelques passages éclairés sur la faiblesse masculine, sur la virilité castrée par les sentiments trahis, mais n'y trouva rien pour expliquer sa présence ici. L'aveu le plus simple s'imposa donc à lui.

« Ma fille, dit-il tout à trac. Ce n'est pas ma fille. »

Silence. Elle était la première personne à qui il le disait, et il n'y en aurait peut-être jamais d'autre. Marianne se contenta de réagir par un battement de cils imperceptible, et cantonna tout le reste derrière ses poumons qui avaient cessé de fonctionner sous le coup de la confidence.

« Comment le sais-tu ? souffla-t-elle.

— Je l'ai toujours su.

— Il y a quelqu'un d'autre ? »

Il ricana. « Si ce n'est pas moi, ça me paraît évident.

— Oui, je sais, c'est con. Mais peut-être… »

Elle cherchait quoi dire d'acceptable. Jeffrey se prit la tête dans les mains, massant vigoureusement ses tempes.

« Marianne, dit-il d'une voix claire. Il n'y a pas de peut-être. Le problème, c'est moi, ça a toujours été moi. Une saloperie attrapée en Irak ou je ne sais où. Je suis stérile, je tire à blanc, voilà. Je le sais depuis des années, mais l'idée d'avoir un enfant était si éloignée de moi… Pour garder ma femme, je ne lui ai jamais rien dit. Elle a toujours cru qu'elle était fragile, qu'elle avait LE problème, et que moi j'étais là pour la soutenir. Je suis un parfait salaud. »

Il laissa le silence s'installer, sous le débit en sourdine des présentateurs de CNN, évitant de croiser le regard de Marianne.

« Maintenant, s'il te plaît, laisse-moi rester avec toi cette nuit. »

Lorsqu'il rentra à Madison Square, au beau milieu de la nuit, il fut surpris de voir la lumière allumée dans la chambre. Hanna l'attendait-elle enfin, prête à lui demander d'où il venait ?

Il ne nierait rien, décida-t-il. Et cela lui flanquait une trouille bleue. Il poussa la porte, prêt au feu.

Hanna dormait. Couchée sur le côté, elle avait poussé la couette au bout du lit. Elle avait eu trop chaud, respirait fort, son sommeil était profond. Sur la table de nuit, un verre où subsistait un fond ambré était posé à côté d'une grosse enveloppe mal fermée ; des papiers qu'elle y avait manifestement fourrés à la hâte gondolaient l'adresse écrite à la main avec de grands jambages à l'ancienne. Jeffrey s'approcha, renifla le verre dont il reconnut le parfum douceâtre à vingt centimètres : du whisky. Mais qu'est-ce qu'elle foutait avec du whisky dans la chambre ?

Il ne savait plus où il en était. Après que Marianne avait eu raison de ses derniers atermoiements en le flanquant à la porte de chez elle sur un baiser presque maternel, il avait espéré que rentrer au milieu de la nuit lui vaudrait une engueulade dans les règles.

Mais maintenant, il n'avait plus envie que sa femme se réveille : il devrait lui poser des questions sur sa soirée, l'enveloppe, le whisky, alors qu'il n'avait envie de parler que de lui.

Je suis un putain de mec tout seul, avait-il besoin de lui dire. Et il ne voulait pas entendre qu'elle l'était aussi, toute seule.

Eleanor était là, à sa place à lui. Hanna lui avait fait un nid avec l'édredon dont elle ne s'était jamais séparée pendant sa grossesse, et le bébé reposait au milieu, bien calé, son petit ventre recouvert par la main de sa mère qui se soulevait au rythme de sa respiration tranquille.

Jeffrey les contempla toutes les deux, saisi par cette image idéale. Tout aurait dû être si simple, se dit-il. Tout le monde avait droit à ça.

Il se pencha, effleurant doucement de ses lèvres sèches l'épaule nue de sa femme, retenant son souffle pour contenir les remugles froids du paquet de cigarettes qu'il avait fumé chez Marianne.

Puis il éteignit la lumière en mesurant ses gestes, ses pas lorsqu'il sortit pour aller dormir dans la chambre d'amis.

6

Hanna ne dormait pas beaucoup, et jamais que d'un œil. À la naissance d'Eleanor, chaque nuit était devenue une aventure et, bien que la petite fasse maintenant ses douze heures, il lui semblait qu'elle ne retrouverait jamais un sommeil profond. Cette nuit avait été une exception – grâce à la curieuse étreinte du whisky qui avait réussi à transformer les quelques mots d'un SMS en la présence presque physique de l'homme qu'elle aimait.

Sans être vraiment une sommation, ce message de Michael avait ouvert une porte dans son inconscient verrouillé à double tour, et elle en éprouvait un déconcertant sentiment de libération : en ce qui concernait la maison de Kinsale, Hanna pouvait – Hanna *devait* – sortir de la léthargie dubitative dans laquelle l'avait plongée le testament de Zelda. C'était réel : la vieille dame avait fait d'elle son héritière. Zelda Zonk l'avait *voulu*.

Les deux coups de téléphone échangés au cours de l'année écoulée avec Edwyn Collins ne pourraient dorénavant plus suffire. Le bonhomme, promu exécuteur testamentaire de sa vieille amie, avait assuré qu'il s'occuperait du cottage, qu'Hanna n'avait pas à se presser pour revenir en Irlande mettre de l'ordre dans les papiers, qu'elle pense d'abord à bien s'installer dans sa nouvelle vie à New York.

Il avait bien sûr effleuré l'esprit d'Hanna que partir s'installer à New York n'était rien moins qu'un gigantesque lapsus : ce faisant, elle suivait les pas de Marilyn Monroe, puisque c'était à Manhattan qu'elle était devenue *Zelda Zonk* – que ce soit la Zelda Zonk qu'elle avait connue plus âgée ou celle morte enroulée dans des draps de satin à Hollywood cinquante ans plus tôt.

Elle avait voulu oublier Zelda, prendre un peu d'avance, se reconstruire pour pouvoir de nouveau faire face au souvenir auréolé de mystère de celle qui l'avait révélée à elle-même – la vieille dame aurait tant aimé Pemberley, au moins *l'idée* de *Pemberley*.

Mais maintenant, il fallait qu'Hanna se réveille. Michael le lui demandait. Elle était à la fois terrorisée, incandescente, en pièces... Ses sentiments étaient indescriptibles. Elle avait dû recourir à une bonne vieille bouteille de whisky hors d'âge pour calmer les chevaux qui, dans un vacarme assourdissant, galopaient dans ses veines.

Et tant pis si en rentrant Jeffrey la trouvait ivre, un verre et un acte notarié à la main, elle lui expliquerait : elle avait hérité du cottage de Kinsale, mais elle allait le refuser. Il fallait juste qu'il le sache, parce que tout de même, elle en retirait une certaine fierté : elle était une femme suffisamment aimable pour qu'on lui offre une maison.

Une ivresse agréable l'avait gagnée, assez entêtante pour qu'en consultant à intervalles réguliers le réveil de la table de nuit elle calcule le décalage horaire avec l'Irlande. Mais pas assez forte pour appeler Michael. Elle se surveillait comme le lait sur le feu, elle était son pire ennemi : ça, elle l'avait appris avec lui.

Cette nuit, Jeffrey n'était pas rentré, et Hanna avait fini par s'endormir, Eleanor à ses côtés.

S'éveillant à l'aube avec le murmure lointain des maraîchers qui déployaient leurs étals sur Union Square, Hanna alla précautionneusement coucher sa fille toujours endormie dans la nursery, petit Trianon grège et vert d'eau. Sur un mur entier, elle avait peint un trompe-l'œil, une prairie moutonneuse qui rappelait un coin d'Irlande. On y voyait au loin un poney Connemara, à la robe isabelle.

Elle trouva la veste de Jeff et son sac à dos sur le canapé du salon qu'elle avait finalement voulu blanc, épuré. Seul le tapis en kilim apportait une touche de couleur. Jeffrey avait sauvé l'affiche cornée de *Breakfast at Tiffany* de la poubelle en la punaisant dans son bureau, et les murs redevenus vierges dégageaient l'impression d'inachevé d'une pièce que l'on ne fait que traverser alors qu'à l'inverse les chambres étaient chaleureuses, colorées de tentures, plaids et coussins, comme des refuges dans le désert.

De toute façon, un salon digne de ce nom exigeait qu'on s'y réunisse, en famille ou entre amis, ce qu'ils ne faisaient jamais.

Hanna trouva son mari dans la chambre d'amis, ramassant au passage une serviette de bain et une carte de métro qu'il avait semées derrière lui.

Jeffrey se réveilla sous un baiser, délicatement posé sur le coin de sa bouche, et sentant bon le dentifrice. Pour recouvrer ses esprits, il entreprit de se gratter un peu partout, ouvrit les yeux.

Hanna arborait un sourire timide – Jeffrey connaissait cet air-là, elle avait quelque chose à se faire pardonner.

« Tu es rentré tard ? demanda-t-elle.

— Non, pas trop. Enfin, je ne sais plus. J'étais au journal. »

Menteur. Morose, il toussa, comme pour évacuer un truc avalé de travers : il n'avait vraiment pas de couilles, c'était officiel. « Je suis désolée qu'Eleanor ait pris ta place », dit-elle, se mordant la lèvre inférieure. Il s'assit dans le lit, jetant un œil au réveil. 7 h 15. Il n'avait dormi que deux ou trois heures.

« Pas grave, dit-il.

— Elle était agitée, je l'ai prise un peu pour la calmer. Mais je me suis endormie avant de la ramener dans sa chambre... Tu aurais dû me réveiller en rentrant. »

Il tendit la main vers sa joue. Il aurait voulu être capable de pincer sa peau douce, de lui faire un peu mal, pour arrêter cette comédie. Après une hésitation, elle abandonna son visage dans sa paume.

« Mais non, dit-il. C'était un si joli tableau. »

Elle lui offrit un sourire, aussi faux que tout le reste, se dit-il. Puis elle redevint grave, presque absente. Il vit à l'œil nu les pulsations accélérer sur sa tempe et à la base de son cou. Elle prit une longue inspiration, puis :

« Jeff, dit-elle. Il faut que je te parle de quelque chose. Et je ne sais pas comment tu vas le prendre. »

Il sentit quelque chose de chaud se répandre sous son crâne. Une fraction de seconde, sa vision se brouilla. Donc, c'était maintenant – l'heure des aveux.

Il aurait voulu lui dire qu'il savait, pour ne pas passer pour un con jusqu'au bout, mais ç'aurait été lui infliger sa propre trahison : *Oui, je sais que la petite n'est pas de moi, parce que c'est moi le maillon faible.*

« Vas-y », lâcha-t-il d'une voix rauque. Une fois encore, il lui laissait toute la responsabilité de leur échec. Mais qui était ce type, le père d'Ellie ? L'avait-il déjà vu ? L'aimait-elle ? Quelle souffrance supplémentaire allait-elle lui infliger ?

« C'est à propos de Zelda, dit-elle d'une voix atone. Zelda Zonk.

— Pardon ? »

Il se passa rapidement la main sur le visage. Qu'est-ce que venait encore foutre cette vieille emmerdeuse dans l'histoire ? Marilyn ou pas, elle était morte, cette fois, non ?

« Elle me lègue sa maison de Kinsale. Et tout ce qu'il y a dedans. »

Jeffrey ouvrit puis ferma la bouche plusieurs fois, le temps d'intégrer cette nouvelle donnée.

« Et qu'est-ce que tu vas en faire ? » finit-il par demander, moins sidéré qu'agacé.

Hanna lisait dans ses pensées : ainsi, la vieille buse maintenait son emprise, du fond de l'enfer où elle avait dû descendre tout droit. Et sa femme allait de nouveau lui échapper, prendre sa valise et sa fille sous le bras, filer de l'autre côté de l'Atlantique et l'abandonner tout seul ici – enfin, presque seul. Elle secoua la tête, laissant tomber les mains sur ses genoux.

« Je ne sais pas.

— Un musée, peut-être ? »

Hanna le fusilla du regard. Il se radoucit.

« Excuse-moi, je plaisantais. Je faisais allusion à…

— Je sais à qui tu faisais allusion. Zelda n'est pas Marilyn, arrête avec ça.

— Bon, sérieusement, que vas-tu en faire ? »

Elle soupira, lui jetant un œil peu amène.

« Ne t'inquiète pas, je ne vais pas y habiter.

— Je ne pensais pas à ça.

— Bien sûr que si, tu y pensais.

— Je pensais à l'entretien. Même si tu comptes y passer des vacances de temps en temps, il vaudrait peut-être mieux…

— Il y a quelqu'un pour s'en occuper. Un retraité qui habite juste à côté. C'est prévu. »

Jeffrey sauta dans son jean. Il était en retard.

« Alors je ne comprends pas, dit-il. Pourquoi te la léguer à toi ? Tu ne la connaissais pas depuis si longtemps que ça.

— Ça va te paraître incroyable, mais je crois qu'elle m'aimait bien, dit-elle, sarcastique.

— Tu m'étonnes. À vue de nez, elle vaut combien, cette bicoque ?

— Aucune idée. N'imagine même pas que je vais la vendre.

— La louer, peut-être ? Tu ne vas pas laisser une maison inoccupée à 6 000 kilomètres d'ici. »

Il termina de boutonner sa chemise en silence. Hanna ne réagissait pas.

« Hein ? insista-t-il.

— J'en sais rien.

— Bon. De toute façon, c'est à toi de voir. »

Hanna hocha la tête, serrant les lèvres. Elle visa la porte. Elle voulait sortir de cette pièce.

« Mais dis donc, elle n'avait pas un fils ? »

Elle se retourna. Jeffrey s'était rassis sur le lit, tirant sur les lacets de ses Converse. Elle le regarda bien en face.

« Si », dit-elle. Bizarrement, Jeffrey suspendit son mouvement, comme un moteur pris de ratés. Avec une acuité dérangeante, Hanna vit passer sur son visage une succession de sentiments, l'éclairant et l'assombrissant tour à tour.

Puis il se pencha de nouveau sur ses chaussures sans rien ajouter et elle sortit de la chambre, laissant un silence épais derrière elle.

7

« Bonjour, Hanna. »

Michael avait décroché à la deuxième sonnerie, et parlé avant elle. *Sa voix, Seigneur.* Les kilomètres qui la séparaient de lui la blessaient comme six mille poignards.

Recluse dans l'arrière-boutique, Hanna s'était fait croire que l'appeler de Pemberley lui prêterait la même autorité tranquille que quand elle passait ses commandes chez le pâtissier – « *Vous me mettrez une douzaine de roulés à la cannelle et l'assortiment habituel de cupcakes, Oreo, beurre de cacahuète et vanille… Non, Michael, je ne peux pas accepter la maison.* » Elle avait attendu que l'horloge tourne pour que le décalage avec l'Irlande (était-il en Irlande ?) soit acceptable. Avait passé le temps en rangeant des livres qui n'avaient pas besoin de l'être, en riant trop fort avec les amies de Sybil, en faisant semblant de prendre ses aises derrière son comptoir.

Mais ses mains tremblaient si fort qu'elle ne parvenait pas à découper le marque-page en forme de lapin destiné à Lewis Carroll. Elle avait bu des litres de thé pour réhydrater ce que le whisky de la veille avait transformé en ravine aride – à moins que ce ne soit la terreur pure qui lui assèche ainsi la gorge. Avait avalé un Xanax. Puis n'avait plus tenu : c'était maintenant qu'il fallait le faire.

Les doigts douloureusement crispés sur le téléphone, Hanna prit conscience qu'il devait être seulement sept heures du matin de l'autre côté de l'Atlantique.

Peut-être Michael était-il sur ce lit, derrière la porte bleue. *Mon Dieu.* Elle eut la vision fugace de son épaule piquetée de minuscules grains de beauté, de la clavicule qui traçait un bord franc où s'accrocher.

Hanna ferma les yeux.

« Michael, je ne peux pas accepter la maison. »

Elle avait parlé vite : elle s'arc-boutait sur la délicieuse souffrance d'entendre de nouveau sa voix et en ressentait une avidité rageuse.

« Bien sûr que si, dit-il calmement.

— Bien sûr que non.

— Ma mère l'a voulu, et ce que ma mère voulait… Vous comptez la vexer ? Elle viendra vous tirer les pieds toutes les nuits, vous la connaissez. » Elle sourit. Elle allait bien. Il allait tout faire pour qu'elle aille bien. Il avait ce pouvoir-là. « Mais cette maison… souffla-t-elle. Elle est à vous. Gardez-la.

— Merci. Mais non merci. J'y ai passé suffisamment de temps, ça ira. Ma mère n'a pas voulu m'y enfermer, elle savait très bien ce qu'elle faisait, vous savez. »

Elle entendit le sourire à l'autre bout du fil. Elle sentait son parfum – peau et fougère. *Mon Dieu, et s'il n'était pas seul ? Zelda, pourquoi m'infliger ça ?* Elle oscillait à une vitesse inhumaine entre la plénitude et le vide, ce qui brûlait un instant en elle se glaçant l'instant d'après.

« Vous avez mis le temps, lui fit-il remarquer.

— Pardon ? Oui, je… En fait, je n'ai ouvert l'enveloppe qu'hier, après votre message, mentit-elle pauvrement.

— Hier ? Hanna, sérieusement, vous avez eu Edwyn deux ou trois fois au téléphone depuis l'ouverture du testament… Pourquoi tant attendre pour régler ça ? »

Elle inspira profondément en éloignant le portable de sa bouche. Elle devait se reprendre. Être forte. Les doigts de sa main gauche pianotaient sur sa cuisse à toute vitesse.

« J'ai été occupée par plein d'autres choses, lâcha-t-elle d'une voix plus assurée.

— J'imagine, oui. »

Non, il n'imaginait pas. Une fraction de seconde, elle faillit exploser : elle avait un travail, mais surtout un bébé – *son* bébé, qui occupait tout son temps.

Elle se pinça la cuisse méchamment.

« Je n'avais pas envie. J'avais peur. Ça vous va, comme réponse ? »

Elle avait envie de le bousculer pour qu'il soit désagréable et pouvoir raccrocher en le détestant. Mais il ne répondit rien, même pas le « Peur de quoi ? » qui s'imposait, et auquel elle aurait pu rétorquer tout le mal qu'ils lui avaient fait, lui en l'aimant, sa mère en mourant. Et que tout ce mystère dans lequel ils l'avaient engluée l'étouffait.

« Vendez-la, dit-il.

— Vous êtes complètement fou ? »

Il rit. Une torture.

« Je ne sais pas, moi, j'essaye juste de trouver une solution à votre problème.

— Oh, s'il vous plaît, épargnez-moi vos solutions à mes problèmes. Vous êtes le type le moins compétent que je connaisse pour ça.

— Je fais de mon mieux.

— De votre… ? Bon sang, c'est vous, mon problème. Vous le savez très bien. Alors arrêtez votre cinéma. »

Il ne répondit pas, mais elle savait qu'une petite lumière dansait dans ses yeux enchanteurs. Elle le connaissait. C'était comme si elle le voyait.

« Vous avez un humour assez… euh… cynique, dans la famille, reprit-elle, nerveuse. J'imagine qu'à ce moment précis vous vous payez ma tête.

— Quoi ? Bien sûr que non. Qu'est-ce que c'est que cette idée ?

— Parce que je me retrouve avec la maison de votre mère sur les bras alors que j'avais l'intention de vous éliminer proprement de mes souvenirs, voilà ce que c'est que cette idée.

— Ah bon. J'en suis désolé... Ce n'était pas ce que j'avais imaginé. »

Elle eut un grand vide. Que n'avait-il pas *imaginé* ? Que sa mère le déshérite au profit de son ancienne maîtresse, ou que son ancienne maîtresse veuille l'éliminer proprement de ses souvenirs ?

Deuxième option, se dit-elle en fermant les yeux : « *Fabriquons-nous de beaux souvenirs* », lui avait-il dit à Paris, pour justifier cette ignominie qui consistait à la rendre heureuse pendant trois jours et malheureuse tout le restant de sa vie.

« Je suis sérieux, reprit-il après un silence. Si le cottage est une source d'emmerdements pour vous, vendez-le. Il est en très bon état, vu le mal qu'elle se donnait à se casser toutes sortes d'os en grimpant sur des escabeaux pour refaire les peintures. »

Hanna sourit malgré elle. Avait-elle connu Zelda autrement que plâtrée ? Quelle fracture l'avait donc amenée au Mercy Hospital, où elles s'étaient rencontrées, elle ne s'en souvenait plus. Un fémur avait peut-être changé sa vie.

« Et puis il est bien situé, disait Michael.

— Pardon ? »

Elle rêvait, se laissant porter par sa voix, traversait la lande irlandaise et ses genêts couchés, entendait le galop des chevaux dans l'enclos, le fracas des vagues sur les falaises. Et le silence qui s'abattait sans prévenir, comme à cet instant de la conversation.

« Le cottage, dit Michael après une pause révérencieuse. Parfaitement situé pour qui veut se retirer du monde – un couvent de bonnes sœurs ou un repris de justice… »

Ou une star de cinéma qui change d'identité après un faux suicide, se dit-elle.

« Hanna, vous m'écoutez ? Je vous dis que vous devriez le vendre. Je vous jure que ça n'a pas d'importance.

— Pour vous non, se reprit-elle. Mais ça en aurait pour la mémoire de Zelda. Elle détesterait que des étrangers s'installent devant ses rideaux et ses trompe-l'œil. J'aurais l'impression de la trahir.

— Sans doute. »

Hanna soupira. Bien sûr, elle était piégée. Elle laissa échapper un petit rire ironique.

« Histoire de me donner bonne conscience, dit-elle, j'espère qu'au moins elle vous a légué son service à thé et sa boîte à couture.

— Bien sûr. Et tout un tas de chapeaux à plumes que je compte bien porter au derby d'Epsom. Ne vous inquiétez pas pour moi. Si ça peut lever vos dernières réticences, j'aime mieux vous dire qu'elle m'a laissé plus d'argent qu'il m'en faut. À vrai dire, je ne sais pas trop d'où il vient, mais elle m'a recommandé expressément de tout dépenser en voyages, pour ne pas être le plus riche du cimetière, comme elle. Je la cite, c'est dans le testament.

— Ah. C'est bien », dit Hanna, pensive.

Un déclic familier s'était fait entendre dans un recoin oublié de son cerveau : de l'argent venu d'on ne savait où, encore une croix à cocher dans la colonne « Mystères » du dossier Zelda Zonk.

« Oui, elle s'est bien organisée, disait Michael. À vous le nid au bord de l'océan, à moi la liberté du goéland, comme disait le poète. »

Quoi ? Hanna sentit sa main bouillir sur le téléphone.

« À moi le nid… Michael, soit vous le faites exprès, soit vous êtes complètement con. Je n'ai pas besoin d'un foutu nid, je ne suis pas une espèce de... de ménagère qui s'excite à l'idée de refaire sa cuisine ! Merde alors, vous avez le droit de me déclamer vos grands principes de liberté en me larguant au-dessus d'un œuf à la coque, mais ne faites pas de moi la femme qui vous arrange pour vous donner bonne conscience ! »

Elle tremblait de colère, de frustration, et d'autre chose aussi, quelque chose qui la brûlait. Elle entrevit Sybil passer une tête par la porte puis la refermer, et baissa d'un ton. Deux ans de chagrin et d'amertume étaient sur le point de déferler sur ce téléphone, il fallait qu'elle se reprenne. *Tout de suite.* Deux ou trois mots de trop suffiraient pour bouleverser la vie d'au moins quatre personnes.

« Vous êtes un foutu salaud », murmura-t-elle pour se calmer. Elle entendit Michael soupirer à l'autre bout du fil. « Hanna, je plaisantais, dit-il.

— Pas si sûr, dit-elle d'une voix rauque. Bon, je vais rappeler M. Collins. Puisque je n'ai pas l'intention de revenir en Irlande de sitôt, je suppose qu'il devra aérer tous les matins. »

Elle sentait des larmes de rage crépiter derrière ses yeux. Rage contre lui, son implacable désir de lui, rage contre elle-même et ses faiblesses de gamine.

« Hanna... »

Elle devina qu'il bougeait, peut-être s'était-il assis au bord du lit ? Elle vit son cou rugueux couvert d'une barbe d'après-nuit frotter contre le coton du tee-shirt blanc et ferma les yeux, s'arrêtant de respirer.

« Ce n'est pas évident pour moi non plus », dit-il.

Quoi ? Non, elle ne voulait pas entendre ça. Elle reprit sa respiration en une goulée amère.

« Ah bon ? Je croyais que tout était évident et facile pour vous. J'y ai mis du mien pour vous laisser les bons souvenirs que vous souhaitiez. Même si ça s'est un peu gâté sur la fin.

— Vous n'êtes pas qu'un bon souvenir, et vous le savez très bien.

— Non, ça, je ne le savais pas.

— Alors je vous le dis.

— Ah ! Super. Et pourquoi cette soudaine délicatesse ? Pas pour me séduire, au moins, parce que je vais vous dire, ne dépensez plus votre énergie : je suis aussi solidement ferrée qu'un fichu saumon dans la baie de Kinsale. Il suffit que vous me le demandiez, et je prends le premier putain d'avion qui passe pour atterrir directement dans votre lit.

— Hanna…

— Oh et puis c'est ridicule, arrêtons cette conversation. Je prends la maison, en souvenir de votre mère. J'y viendrai, mais ne vous inquiétez pas, je prendrai bien soin de vérifier que vous êtes à l'autre bout du monde.

— Hanna. Nom de Dieu, il faut que vous soyez sûre d'une chose : nous étions deux, ces jours-là. Je n'ai pas joué la comédie avec vous. Entendez au moins ça. »

Elle laissa échapper un petit rire triste. Ce n'était pas si simple.

« Bien, j'ai entendu. Formidable. Ça va remplir ma vie d'une joie nouvelle.

— Si vous venez à Kinsale, appelez-moi. Quand même.

— Pour me jeter dans la gueule du loup ? Vous rigolez.

— Simple convenance, si vous avez besoin de régler des trucs. Pour le cottage.

— Je verrai avec M. Collins.

— Bien. »

Nouveau silence. C'était si difficile. Le téléphone pesant une tonne dans sa main, Hanna ne savait plus quoi faire. Dire au revoir ?

Oui, vas-y, dis-lui au revoir.

Elle raccrocha en murmurant.

Sybil lui coula un œil circonspect par-dessus le comptoir. Une heure qu'elle allait et venait devant elle, ouvrant un registre puis le refermant, bougeant une tasse, remuant de l'air pour rien. Sybil n'étant pas Marsha, elle attendait le plus discrètement possible qu'Hanna vienne vers elle, mais elle bouillait à sa manière, de petites bulles fines et silencieuses qui lui rosissaient les joues d'impatience.

« Le type de l'ordinateur vient demain, lança-t-elle finalement pour ne rien dire.

— Je sais, dit Hanna qui saccageait tranquillement à coups de ciseaux un lapin en carton rose.

— Pas trop tôt », fit Sybil.

Hanna pencha la tête sur le côté, considérant le massacre auquel elle s'était livrée : un marque-page de foutu. Alice attendrait dans son pays des Merveilles. Et elle emmerdait Lewis Carroll et tous les symboles sexuels de son conte.

« On n'a pas besoin d'ordinateur, maugréa-t-elle.

— Ce sera plus pratique, Hanna. On ne peut pas tout consigner à la main sur des registres, les inscriptions, les commandes... Regarde, dit-elle en faisant un geste rond, aujourd'hui, il y a une demi-douzaine de nouveaux venus, ça marche !

— Et comment on faisait, avant toute cette foutue informatique ? Viendra un jour où les gens ne sauront même plus écrire !

— Tu t'es disputée avec Jeffrey ? »

Hanna regarda sa belle-sœur aux joues rougies par la gêne, ses cheveux tirés en une queue-de-cheval blonde qui lui donnait des mines innocentes de poupée, et se demanda si on l'avait entendue crier jusqu'ici, idiote ridicule.

« Je suis désolée si j'ai parlé trop fort, balbutia-t-elle.

— Oh non, non, s'empressa de dire Sybil, ne t'inquiète pas ! C'est juste moi, quand j'ai ouvert pour…

— Non, ce n'était pas Jeff. C'était quelqu'un que j'ai connu, en Irlande. Une histoire d'héritage, c'est compliqué. Mais tout va bien. »

Sybil hocha la tête. Elle semblait surprise mais soulagée. Que surtout rien ne vienne froisser la surface de son lac tranquille, se dit Hanna en observant sa belle-sœur saluer gentiment le professeur Allenwood. Elle se souvenait que dès son arrivée à Manhattan, Sybil l'avait introduite auprès de sa naturopathe, son acupunctrice et sa nutritionniste – rien que des femmes, toutes coulées dans le même moule solide mais feutré. Hanna n'avait pas grand-chose à en faire, elle n'avait pas vraiment envie de suivre le régime acido-basique prescrit à sa belle-sœur (la nutritionniste devait ignorer les orgies matinales de cupcakes au beurre de cacahuète auxquelles s'adonnait son intrépide patiente, quand le livreur de la Magnolia Bakery déposait ses cartons…), mais elle comprenait maintenant que ce faisant, Sybil s'octroyait une assurance sur un bien-être général nécessaire au sien.

Aujourd'hui, dans une sorte d'élan masochiste, Hanna aurait voulu que Marsha soit près d'elle. Marsha aurait appuyé sur ses blessures et elle en avait bien besoin pour évacuer les humeurs toxiques. Michael était toxique. Un simple coup de téléphone pouvait faire s'écrouler l'édifice miraculeux qu'elle avait bâti ici.

À ce moment précis où Sybil lui servait un thé avec un sourire réconfortant, Hanna se revoyait à l'orée du parc, ce jour d'hiver où elle avait failli s'envoler alors qu'Eleanor n'était qu'une promesse dans son ventre.

C'est pour cela qu'elle aurait voulu Marsha auprès d'elle aujourd'hui – pour lui poser la question qui parfois lui coupait le souffle : « *Ai-je bien fait de rester ce jour-là ? N'aurais-je pas dû tout quitter, rester quelqu'un d'honnête ?* »

Regagner l'Irlande avec son enfant à naître, tout dire à Michael et Zelda.

Marsha aurait su lui répondre. Et, évidemment, elle n'aurait pas aimé sa réponse.

Hanna eut un regard circulaire sur ce qui l'entourait, les murs ensoleillés, les cartons de livres en cours d'enregistrement et les étagères chargées de boîtes de thé multicolores : « *Bien sûr,* opposerait-elle à Marsha, *mais si je m'étais envolée, je n'aurais rien construit de tout ça non plus…* »

Elle appellerait son amie un autre jour, quand la crise serait passée, se dit-elle. Elles parleraient de tout et de rien, comme elles en avaient pris l'habitude. De l'atelier de Cork, des manies de Nelly Harvey, du succès de Pemberley, des premiers pas d'Eleanor…

« Eleanor n'est pas dans son parc ? se réveilla-t-elle d'un coup.

— Rory l'a emmenée faire un tour en poussette. C'est pour ça que je suis venue te déranger tout à l'heure », fit Sybil d'un air entendu.

Puis elle posa sa serviette brodée sur le bar et eut un geste vers la baie vitrée, un peu emphatique, comme si elle voulait obliger Hanna à la croire :

« Regarde, dit-elle, comme il fait beau ! Comme la vie est belle. »

8

Jeffrey avait expliqué à Marianne qu'il était temps de... Enfin, il valait mieux arrêter.

Il avait des scrupules – même si ça le prenait bien tardivement, oui, elle avait raison, mais mieux valait tard que... Enfin bref, il avait peur, c'est ça, si elle préférait : avec Hanna, la situation devenait compliquée. Elle avait hérité d'une maison en Irlande, et peut-être bien que le vrai père (enfin, *le géniteur*) d'Eleanor avait quelque chose à voir avec ça, et que tout risquait de foutre le camp.

Bien sûr, il comprenait que Marianne n'en ait strictement rien à fiche, mais il voulait quand même lui expliquer qu'il ne la quittait pas parce qu'il la trouvait trop jeune, nulle ou quoi que ce soit, il avait de *vrais* sentiments pour elle, mais il *devait* essayer de sauver son mariage. C'était un principe à la con, peut-être, mais un principe d'homme. Il ne lui demandait pas de le comprendre.

Ce à quoi Marianne avait souri et s'était contentée de répondre : « OK. N'oublie pas que je suis amoureuse de toi, Jeffrey Reagan. » En partant du bureau, plus tôt que d'habitude ce jour-là, il s'était dit qu'elle n'avait pas eu l'air plus inquiet que cela. Comme si elle était sûre qu'il lui reviendrait de toute façon.

Sur le trottoir du *New York Times,* à trois heures de l'après-midi, il avait eu l'impression de faire l'école buissonnière. C'était un sentiment enivrant et mélancolique, un truc qui tapait là sur le plexus. Planté sur place, son sac à dos se balançant au bout de son bras comme à son habitude, il n'avait pas su de quel côté se tourner de prime abord – il n'était plus dans son cadre.

Puis il avait commencé à descendre la Huitième Avenue, passant devant le terminal des bus de Port Authority où les voyageurs traînaient leurs valises, indifférents au grand barnum de Times Square éclairé comme en pleine nuit. Hanna serait-elle aussi aveugle et sourde à tout ce qui la retenait ici, si quelqu'un d'autre l'appelait en Irlande ?

Cette maison à Kinsale, l'homme qui se trouvait là-bas exerceraient peut-être sur elle une force d'attraction bien plus forte que tout ce que lui, Jeffrey Reagan, lui avait fait miroiter à New York. D'autant qu'au bout du compte, il n'était absolument pour rien dans tout ce qu'elle avait gagné ici : un enfant, un travail. En achetant des fleurs en chemin, il eut l'impression de s'offrir une couronne mortuaire. Il mit un peu moins d'une heure pour arriver à SoHo – à pied, refusant la facilité du taxi. Il avait besoin de parcourir cette distance, encombré de son sac et de son bouquet de roses, de trouver une sorte de mystique dans l'addition de ses pas.

Quand il arriva devant Pemberley, il s'aperçut qu'il n'avait jamais vraiment prêté attention à la devanture. Les boiseries vert bouteille, les jardinières débordant de pois de senteur, les larges carreaux devant lesquels se balançait l'enseigne – écrite à la main sur une ardoise –, tout concourait à faire un coin d'Irlande de ces quelques mètres enchâssés entre une agence bancaire et une boutique de mode. Pemberley. Voilà le royaume magique où Hanna s'échappait. Il n'y avait mis les pieds que deux fois – la première alors que les peintures n'étaient pas encore sèches, la seconde lors de l'inauguration, un cocktail où Sybil avait rameuté toutes les pintades qu'elle connaissait dans le coin. Il avait bu un coup et s'était tiré, prétextant une de ses fameuses urgences.

Il prit une profonde inspiration et poussa la porte qui s'ouvrit dans un tintement de grelots. Sybil le vit la première, fronçant tout d'abord les sourcils comme pour s'assurer qu'un sosie de lui-même ne traînait pas dans le quartier, puis arrondit sa bouche rose en un O parfaitement esthétique lorsqu'elle aperçut le bouquet de fleurs.

Non, lui répondit intérieurement Jeffrey, *ce n'est pas un anniversaire de mariage. Ce n'est qu'un début.*

Hanna ne savait pas quel sentiment prévalait chez elle, à ainsi voir son mari installé dans un des fauteuils rouges du coin salon – elle avait imaginé privatiser cet espace, isolé du reste de la librairie par des bibliothèques qui montaient jusqu'au plafond en lambris et une porte coulissante, pour des séminaires de l'université de New York toute proche, ou des lectures pour les enfants, mais Jeffrey Reagan était bien le premier écrivain à y poser les fesses.

Elle oscillait entre la surprise agréable, la franche inquiétude et la fierté de lui montrer ce dont elle avait été capable.

« C'est vraiment chouette, ici, confirma Jeff en reposant sa tasse. Et tu avais raison, le café n'a rien à voir avec le jus de chaussette qu'on trouve à tous les coins de rue. Non, vraiment, c'est bien. Bravo. »

Hanna sourit. « Tu n'as même pas un œil critique sur la façon dont les étagères ont été montées ?

— C'est sûr que j'aurais fait mieux. Ça sent la grande surface suédoise à plein nez.

— Oh, tu plaisantes ! On a racheté les meubles à une bibliothèque de Brooklyn !

— Bien sûr, je plaisante. C'est magnifique, chérie, vraiment. »

Par-dessus sa tasse de thé, Hanna lui jeta un œil curieux. Il avait l'air presque timide. Mais que faisait-il là, à quatre heures de l'après-midi ? Elle retourna la question dix fois dans sa tête, alors qu'elle allait chercher Eleanor qui sortait de sa sieste pour l'installer à leurs côtés et rompre cette glace entre eux. Sa fille calée sur la hanche, elle rafla une compote dans le réfrigérateur et répondit automatiquement au sourire complice de Sybil qui arrangeait les fleurs sur le comptoir.

« Merde, j'ai oublié la cuillère », marmonna-t-elle à peine rassise. Elle attrapa le couvert qui reposait dans la soucoupe de Jeffrey, le lécha pour en ôter le goût du café puis le plongea dans le petit pot de compote de pommes, symbolisant sans le vouloir la chaîne familiale censée les unir tous les trois. En deux minutes, elle était parvenue à échafauder une théorie sur la présence de son mari ici, et cela ne la gênait *absolument pas*, autant qu'il se rassure tout de suite, avec ses fleurs et son air inquiet.

« Tu veux reprendre le grand reportage ? suggéra-t-elle en donnant une cuillère de compote à Eleanor. Si c'est le cas, c'est une bonne idée. »

Jeff garda le silence quelques secondes, contemplant la mère donner la becquée à la fille. Puis il se leva.

« Donne, je vais le faire », dit-il en tendant les mains vers Eleanor. Déconcertée, Hanna laissa la petite lui échapper, serviette et petit pot compris. Eleanor grogna un peu mais se calma rapidement quand Jeff colla un baiser rassurant sur sa joue collante. Il faisait rarement ça, se dit Hanna. En règle générale, il n'était pas là aux heures des repas, et la dernière fois qu'il avait donné à manger à sa fille remontait à l'époque des biberons nocturnes, suffisamment tard pour qu'il soit rentré du boulot. Et les câlins… Non, ce n'était pas trop son truc. Comme s'il avait peur de mal faire.

Mais elle ne lui reprochait pas son manque d'implication. Elle n'aimait pas penser à ça.

Jeffrey donna une cuillère de compote à la petite et jeta un œil rapide à Hanna. « Je suis en train de terminer un livre, dit-il. L'as-tu oublié ? Donc non, ce n'est pas vraiment le moment de partir en reportage.

— Oui, souffla Hanna, décontenancée. Je pensais que peut-être tu venais de finir.

— Je te l'aurais dit. J'aurais partagé ça avec toi.

— Bien sûr.

— Je t'aurais peut-être même demandé de me relire.

— Jeff. Je suis désolée. Je ne comprends pas ce que tu…

— Ce n'est pas grave. Tu as beaucoup de travail, maintenant. »

Il posa le petit pot sur la soucoupe dans un tintement léger et essuya le menton d'Eleanor. D'un geste d'ours, il ramena le bébé contre son flanc et regarda Hanna.

« Je suis venu te demander de m'épouser.

— Quoi ? »

Soufflée, Hanna ne comprenait pas.

« Mais… On est déjà mariés, Jeff.

— À Las Vegas, oui.

— Mais qu'est-ce que ça change ? »

Jeff la considéra avec un mélange de surprise et de consternation.

« Ce que ça change ? C'était un mariage en toc, Hanna, tu le sais bien.

— On avait bien une licence ? On l'a signée.

— Je ne suis même pas sûr qu'elle soit valable.

— Jeff, si j'ai obtenu mon permis de séjour, c'est bien parce que je suis mariée avec un citoyen américain, non ? »

Jeffrey continuait à la fixer.

« Probablement », dit-il. Et il y avait dans ce mot-là toute la déception, toute l'amertume du monde. Il n'y avait que ça, dans leur vie de couple : des probabilités.

« Je voudrais un vrai mariage, dit-il lentement. Une cérémonie ici, à New York, avec de vrais témoins comme ta sœur et mon frère plutôt qu'Elvis vieux et Elvis jeune. Un officier de l'état-civil qui ne soit pas à trois grammes. Et puis un pince-fesses avec des gâteaux monstrueux et des putains de cocktails avec des trucs roses dedans. »

Hanna ne bougeait pas. Il la regarda, soudain très fatigué.

« Je pensais qu'on pourrait faire ça ici. »

Eleanor s'était mise à taper avec sa petite cuillère sur sa cuisse, poussant des cris félins qui traversaient l'espace où l'air s'était considérablement épaissi. Hanna regardait alternativement sa fille, puis Jeff, perdue. « Si tu veux, balbutia-t-elle.

— Si tu veux ? »

Jeff ferma la bouche, les yeux, semblant se contenir. Il se racla la gorge.

« Je crois que c'est la pire réponse qu'on puisse avoir à une demande en mariage, dit-il lentement.

— Oui, Jeff. Oui, je veux t'épouser. »

C'était trop tard, elle le savait. Elle se sentait misérable.

« Si tu veux, répéta-t-il. Autrement dit : je m'en fous. Bon sang, j'aurais préféré un non franc et massif.

— Ne crie pas, s'il te plaît.

— Je ne crie pas.

— J'ai peur que tu le fasses.

— Depuis quand as-tu peur de ce que je peux faire ? »

Il la foudroya du regard. Bien sûr qu'il ne voulait pas l'effrayer, et encore moins effrayer Eleanor. Jeffrey Reagan était un homme profondément gentil et bon, elle n'avait aucun doute là-dessus. Mais elle avait depuis longtemps cessé de le comprendre.

« Pourquoi maintenant ? » demanda-t-elle simplement.

Jeffrey haussa les épaules.

« Je ne sais pas. Peut-être parce qu'on est vraiment installés. Que tout le bordel est derrière nous. Pourquoi, il te faut une raison ? »

Hanna resta muette un moment. Quelque chose dans ce qu'il venait de dire la bloquait. Ou plutôt, c'était l'ensemble de ce qu'il venait de dire qui la paralysait : cette incertitude, cette installation, tout cela n'avait rien à voir avec l'amour. Elle, ce qu'elle voulait, c'était l'amour.

« En tout cas pas cette raison-là, dit-elle un peu sèchement.

— Je te demande pardon ?

— Je n'ai pas besoin d'un contrat, ni d'un partenaire, Jeff. Ce n'est pas comme ça que j'envisage une cérémonie de mariage. (Elle sentait le sang lui affluer au visage.) Je mérite autre chose, tu sais. »

Il la regardait avec des yeux ronds.

« Mais qu'est-ce qui te prend ?

— Ce qui me prend ? Rien qui n'ait jamais pris toutes les femmes : un peu de romantisme, c'est tout. Notre mariage en toc, à Las Vegas, ça, c'était romantique. C'était de l'amour, c'était urgent, c'était nous, Jeffrey. Ça appartient à notre histoire.

— Je te propose de la recommencer ! »

Hanna hocha la tête. Ses poumons lui faisaient mal.

« La vraie question, Jeff, c'est : pourquoi est-ce nécessaire ? Pourquoi maintenant, alors que notre relation mérite moins que jamais un mariage en grande pompe. Tu ne trouves pas ?

— Que veux-tu dire ?

— On se croise à peine.

— Justement, ce serait l'occasion de resserrer les liens.

— Les liens n'ont pas besoin d'être resserrés, ils sont comme ça, c'est tout. Tu rentres en pleine nuit, je travaille toute la journée. C'est notre mode de fonctionnement. Il serait illusoire de penser qu'un papier signé au-dessus d'un cosmo au milieu de mille personnes change ça. »

Jeffrey émit un petit rire sans joie qui trouva écho chez Eleanor. Ravie, la petite redoubla d'efforts pour démolir sa cuisse à coups de cuillère à café.

« Depuis quand parles-tu comme un mec qui refuse l'engagement ? ironisa-t-il.

— Nous sommes engagés, Jeff. Et je ne te quitterai pas, je n'en ai aucune envie, si c'est ce qui te préoccupe. »

Il leva un sourcil.

« Je te remercie, mais qu'est-ce qui te fait croire que je suis préoccupé ? » *Faire très attention,* se dit Hanna. *Faire très attention à ce que tu vas dire.* Elle devait doser tout ce qu'elle lui renvoyait, un peu comme un joueur de tennis qui veut marquer le point sans faire sortir la balle du rectangle blanc. Elle regarda le visage méfiant de Jeffrey, sa tête légèrement basculée en arrière pour parer le coup, ses yeux inquiets.

« Je me dis que peut-être tout ça a un rapport avec la maison à Kinsale », lâcha-t-elle précautionneusement.

Pour le rassurer, elle devait aborder le sujet. La frontière était ténue entre le réconfort et l'atteinte morale, elle le savait.

Il ne répondit pas. Elle continua.

« Je sais que cette relation que j'ai eue avec Zelda t'échappe. Mais elle est morte, Jeffrey. La maison de Kinsale n'est plus qu'une coquille vide. Je n'ai rien à y faire. Pour moi, c'est un patrimoine, rien de plus, et je pense que c'est ainsi qu'elle l'a voulu. C'est un coin perdu en bout de falaise, pas un endroit où j'habiterai. Ou alors dans très longtemps. Ma vie est ici, Jeff. Avec Eleanor, toi et cette librairie. Rien à voir avec Kinsale. »

Il ne bougeait toujours pas. Elle soupira.

« Alors il est inutile de vouloir m'épouser pour m'empêcher de repartir. Je ne repars pas. Mets-le-toi dans la tête. »

Elle lui sourit, se voulant rassurante. Jeffrey remua un peu, puis prit la cuillère des mains d'Eleanor.

« Arrête, chérie, tu me fais mal. (Il jeta un regard bref à Hanna.) Merci, mais ça n'a rien à voir avec ta maison de Kinsale. Je veux juste t'épouser parce que je pense qu'il est temps de le faire dans les règles de l'art. Rien de plus. »

Hanna serra les dents. Il n'avait pas le droit d'être aussi bassement conventionnel.

« Merde, Jeffrey, quand vas-tu cesser de voir la vie comme un truc qui te tombe dessus ?

— C'est toi qui me dis ça ? »

Il avait chuchoté pour éviter de crier. Elle ne se donna pas cette peine, lui répondant dans un grondement sourd.

« Oui, c'est moi, la petite femme que tu as maintenue sous ta coupe pendant des années. Alors que toi, avec tous tes discours sur la liberté d'expression et le courage, tu n'as jamais rien fait d'autre que ce qui n'engage que toi et ta vision minutée d'une vie correcte. Un temps pour faire du reportage, un temps pour vivre avec moi dans un trou paumé pour écrire tranquille et, je ne sais pas, moi, satisfaire ton fantasme du couple… Et puis un temps pour revenir chez toi, ici, pour t'accomplir. (Elle avala sa salive, la gorge sèche.) Comme si tout ça était une épreuve à réussir. Et moi, là-dedans, où suis-je ? À tes côtés, invisible et sans opinion propre. Et pourtant, c'est moi qui me réinvente, tout le temps ! »

Elle ferma les paupières, pour ne plus le voir, et aussi parce que les larmes lui montaient aux yeux.

« Parce que je suis quelqu'un, Jeffrey Reagan. J'ai besoin de vivre, de vraiment vivre, pas juste parce qu'il le faut. Mon corps est fait pour ça, pour encaisser des choses fortes. Je me demande si tu l'as jamais compris. »

Elle resta ainsi, les yeux fermés, la tête en arrière pour retenir ses larmes, jusqu'à ce qu'elle l'entende se lever. Il déposa doucement Eleanor sur ses genoux puis, après un instant d'hésitation, l'embrassa sur le front. Elle sentit ses lèvres sèches, se souvint avec étonnement des baisers passionnés qu'ils avaient échangés. La mémoire s'atrophiait-elle ainsi, par petites parties, comme l'océan gagnait inexorablement sur le sable ?

Il pressa son épaule. Elle n'osait pas le regarder.

« OK, dit-il. J'ai entendu. »

Elle ne savait pas ce que cela voulait dire.

9

Ils ne reparlèrent plus de mariage. Jeffrey rentra tôt les soirs suivants, s'appliquant à donner son repas à Eleanor, tandis qu'Hanna préparait des choses simples mais jolies dans l'assiette et débouchait une bouteille de vin. Ils dînaient en échangeant sur l'actualité ou les livres qu'Hanna faisait rentrer à Pemberley et, quand le silence menaçait, braquaient des yeux attendris sur Eleanor qui se faisait un plaisir de jouer les dérivatifs.

Trois ou quatre fois, ils firent l'amour, dans une chorégraphie parfaitement réglée, un tempo hypnotique qui les faisait sombrer tout de suite après, sans avoir à se parler sur l'oreiller.

Puis la courbe horaire reprit tout doucement sa tendance exponentielle – 19 heures, 20 h 30, 22 heures, 23 heures – jusqu'aux soirées qu'Hanna recommença à passer seule sur son lit, plongée dans un roman qui lui faisait oublier l'heure. Il y eut *Rebecca*, puis *L'Auberge de la Jamaïque*, puis *Le Vol du faucon* et, prise dans cette lubie, elle se demanda ce que Zelda aurait pensé de Daphné Du Maurier. Elle se posait souvent ce genre de questions.

Elle se levait tôt, alors que Jeffrey dormait encore. La plupart du temps, elle l'avait à peine entendu rentrer. Son sommeil était meilleur. Il lui semblait que le poids qu'elle avait sur le cœur était moins lourd. Elle s'affirmait : chaque jour qui passait la rendait plus forte. Pemberley ne désemplissait pas.

Elle avait contacté le notaire de Kinsale, appelé Edwyn Collins pour prendre des nouvelles de la maison. Tout allait bien, le cottage vivait, lui avait répondu le bonhomme. Il s'occupait lui-même des chevaux, ouvrait les volets, une jeune fille faisait les poussières et tapotait les coussins. Un peu gênée, Hanna lui avait proposé d'envoyer de l'argent pour la payer (après tout, concrètement, la jeune fille était son employée à elle), mais Collins s'était déjà arrangé : c'était une étudiante en littérature anglaise qui avait besoin de calme pour rédiger sa thèse, et elle passait peu ou prou ses journées au cottage. Et puis, rien à craindre, avait dit Collins, c'était la petite-fille d'une bonne amie à lui.

La conscience en paix, Hanna lui avait promis de venir à Kinsale avant la fin de cette année, probablement en automne. Elle ne lui avait pas précisé qu'elle attendait qu'Eleanor grandisse un peu et puisse se passer d'elle quelques jours – personne dans cette région-ci de l'Irlande ne devait savoir qu'elle avait un enfant.

Selon Collins, Michael n'était presque jamais à Kinsale. Affolée par ce nom qu'il lui balançait en pleine tête sans prendre la moindre précaution, Hanna avait prié pour ne pas en apprendre davantage, cramponnée à son téléphone. Elle n'avait pas relancé, et laissé mourir la conversation.

Lorsqu'elle eut raccroché, elle lutta quelques instants contre la bourrasque familière qui la faisait vaciller de l'intérieur, pestant à voix basse : cela ne lui passerait donc jamais ? Elle pensait avoir fait quelques progrès dans sa vie d'adulte, depuis son arrivée à New York. Elle s'autorisait parfois à analyser le phénomène sismique que provoquait une simple incursion dans ses souvenirs irlandais ou parisiens – des images hachées, une épaule, des mains sur elle, un parfum. Ce n'était que du sexe, se persuadait-elle. Elle avait bientôt quarante ans, elle était dans la maturité sexuelle d'une femme, et ce qui la ramenait vers Michael n'était que sain fantasme, preuve que sa libido marchait bien sans elle.

Avec le recul, elle était même convaincue d'avoir vécu sa grossesse comme un fantasme – celui qu'on exposait chez les toutes jeunes filles, manifestation ultime de la culpabilité du sexe dans sa glorieuse évidence.

Et c'était tout. Il n'était pas humainement possible d'avoir un lien amoureux avec un homme qu'on n'avait pas vu depuis deux ans.

« Marsha, Marsha, pourquoi ne viens-tu pas ? »

Elle riait tellement au téléphone que la timide jeune fille venue de l'Est lui avait lancé quelques sourires, depuis l'alcôve où elle était terrée. Le professeur Allenwood avait levé les sourcils de son livre, manifestant silencieusement son plaisir de se trouver dans une librairie si gaie, alors qu'il faisait si mauvais dehors. Une pluie de printemps, lourde et aveuglante, dégringolait sur les passants s'abritant sous les marquises dans la crainte d'un avatar de la tempête Sandy qui avait fait tant de dégâts l'année précédente. Baigné d'une douce lumière orangée et du parfum chaud mêlé du café du percolateur et de la vanille des bougies sur les tables basses, Pemberley était un havre, plus que jamais. Il y faisait bon, et Hanna riait. Marsha avait enfin divorcé, après une bataille homérique à l'issue de laquelle elle avait obtenu la garde du chien, Cassius, le bouledogue anglais qu'elle préférait à n'importe quel enfant de son entourage.

« Sous prétexte que c'était un achat commun – ça, c'est sûr, un chien d'élevage du Dorset, ça coûte un rein –, Andrew a voulu la garde alternée alors qu'il n'est pas foutu de le sortir. Si tu avais vu dans quel état je le récupérais… La pauvre bête faisait des pelades. Si, si, Hanna, des *pelades* ! Je suppose que la grande courgette qui lui sert de bonne femme devait l'asperger de parfum. Complètement idiote. Évidemment que ça pue, un bouledogue anglais, elle est conne ou quoi ? Ça pue, ça bave, ça fait partie du chien ! Sinon, autant adopter un foutu yorkshire !

— Marsha, Marsha, pourquoi ne viens-tu pas ?

— Oh, tu as besoin de rire, toi !

— Je vais bien, renifla Hanna. Je m'éclate au travail, mais je ne ris jamais autant qu'avec toi.

— Bientôt, c'est promis. Je ne peux pas laisser la boutique en ce moment, on croule sous les commandes pour tous ces mariages d'été… Et Serena ne sait toujours pas faire la différence entre un point d'ourlet et un surjet.

— Comment va ta sœur ?

— Divorcée, pareil. Je crois qu'elle regrette Dublin et toutes ses soirées de l'ambassadeur. Mais on se débrouille toutes les deux. À force de scènes de ménage, je crois que les nouveaux clients nous prennent pour deux vieilles lesbiennes, mais ça attise la curiosité et ça fait marcher le commerce… Tu imagines ? *Tiens, j'ai un coussin à faire reprendre… Eh bien, va donc chez les vieilles lesbiennes !* »

Hanna se tenait les côtes. Elle attrapa une serviette en papier sur le comptoir pour essuyer son mascara.

« Je suis allée à Paris la semaine dernière, continuait Marsha. J'ai pris une cuite avec Nelly Harvey, elle m'a demandé de tes nouvelles.

— Une cuite avec Nelly Harvey ?

— Oh, oui enfin, quelques coupes de champagne, rien de vulgaire, rassure-toi. »

Hanna se tamponna le nez. C'était reparti : Nelly Harvey, cet oiseau snob et déplumé avec qui elle avait négocié – *c'était quoi déjà ?* – une paire de rideaux, une chauffeuse, des trucs de Stéphane Boudin, avant de passer sa première soirée à Paris avec Michael. Qui avait pondu cette foutue théorie des six degrés de séparation qui voulait que tout le monde connaissait tout le monde, et que tout le monde renvoyait à Michael ? Elle eut un pincement au cœur et demanda ce que devenait Nelly Harvey (*oh, toujours la même chose, jamais très drôle à jeun…*), puis de fil en aiguille, de voyage en voyage, la conversation glissa sur Londres, Dublin, Cork pour venir s'affaler sur le paillasson du cottage de Kinsale.

« Que vas-tu en faire ? » s'enquit Marsha.

Seigneur, combien de fois lui avait-on posé cette question ?

« Rien.

— Y passer des vacances en famille ?

— Peut-être, oui.

— Bon Dieu, ça va être chouette.

— Ne commence pas, Marsha.

— Je ne commence rien du tout, ma chérie. Je me dis juste discrètement à moi-même, dans mon for intérieur, que là-bas le terrain est plus miné qu'une plage de Saigon.

— Je ne suis pas sûre qu'il y ait des plages à Saigon, Marsha. Je ne suis pas sûre que Saigon existe encore.

— N'essaye pas de m'embrouiller. Te voilà bien emmerdée avec ce cottage, n'est-ce pas ? C'était une maligne, ta Zelda Zonk. Après avoir changé sa vie, voilà que, de là où elle est, elle veut changer la tienne… »

Hanna soupira. Ce n'était plus drôle.

« Je n'ai pas envie de changer de vie. Je suis très bien ici. Si tu venais me voir, tu verrais ce que j'ai réussi à faire.

— Je viendrai. Tu as des nouvelles ?

— Des nouvelles de qui ?

— Hanna. Le cottage, c'est bien fait pour ça, non ? La possibilité d'un repaire d'amours clandestines… J'en frissonne. »

Hanna rit doucement, un peu malgré elle. Elle devait tout de même faire face à cette certitude : Marsha était la seule personne au monde qui connaisse son histoire. Bien sûr, jamais la question de la paternité d'Eleanor n'avait été abordée de manière frontale, mais elle savait que son amie n'était dupe de rien – et surtout pas de ce curieux réveil hormonal au contact de l'homme qu'elle avait aimé. C'était ainsi qu'au fond d'elle, elle s'expliquait les choses : son corps verrouillé de l'intérieur avait éclos en milliers de pistils lorsqu'elle avait rencontré Michael. Il n'y avait pas d'autre question, pas d'autre explication.

« Je l'ai eu deux fois au téléphone, dit-elle à regret. Quand Zelda est décédée, puis la semaine dernière pour parler du cottage. C'est tout.

— Et ?

— Et c'est tout, je te dis, Marsha. C'est de l'histoire ancienne.

— Mmm… Tu n'y penses donc plus ?

— Je ne veux pas te répondre, Marsha. On va changer de sujet, ou j'ai bien peur d'avoir des tasses à rincer urgemment.

— D'accord, d'accord… Bon, dis donc, je me suis fait une réflexion : Zelda Zonk est bien morte en août ?

— Ça fera un an cet été.

— En août 2012 ?

— Euh… Eh bien, oui. »

Hanna se souvenait parfaitement de l'appel de Michael, quelques jours avant la naissance d'Eleanor, le 16 août – leur fille était un bébé d'été, une enfant solaire… Elle secoua la tête. Où Marsha voulait-elle en venir ?

« Tu connais la date exacte ?

— Non, mais ça doit être autour du 6 ou du 8, je ne sais pas. Pourquoi ?

— Vérifie que ce n'est pas le 5 août. »

Hanna eut l'impression qu'un poids tombait sur son estomac. Boum, d'un coup. Évidemment qu'elle aurait pu y penser avant. Évidemment qu'une petite voix dans sa tête avait dû lui ordonner de ne pas se préoccuper de cela, que les coïncidences sont les rouages d'un mécanisme qui peut broyer un cerveau fragile.

« Parce que si Zelda Zonk a mis fin à ses jours dans un jardin irlandais le 5 août 2012, disait Marsha, elle aura survécu cinquante ans *jour pour jour* à Marilyn Monroe. On pourra dire qu'elle a été synchrone… »

10

Affairée, appliquée à faire de Pemberley un endroit qui ne ressemble à aucun autre, Hanna était comme un bouchon en liège sur une grosse mer pleine de vagues : elle faisait corps avec la vague qui, au lieu de la noyer, la rendait plus légère encore. C'était une sensation qu'elle n'aurait jamais imaginé avoir.

Alors, puisqu'elle avait ce pouvoir inédit ici, dans ce lieu clair et chaleureux qui naissait d'elle petit à petit, elle décida de laisser flotter à distance ses nouveaux soupçons sur Zelda/Marilyn. Elle n'était pas prête à partir à la pêche, pas encore. Marsha attendrait. Quant à Michael, il était loin, dans l'Ancien Monde. Et devait y rester.

Dans son Nouveau Monde, Hanna choisissait qui faisait partie de sa vie. Elle était au centre d'un faisceau de curiosité et de bienveillance qui partait dans tous les sens et finissait par tisser des liens.

Par exemple, elle savait maintenant que la jeune fille venue de l'Est était une transfuge du Bolchoï et venait de faire ses premières pointes au Met.

« Une ballerine, tu vois, j'avais raison ! » triompha Sybil lorsque la timide Elena prononça ses premières phrases dans un anglais hésitant. Mon Dieu, comme elle avait dû se faire violence pour franchir les quelques mètres qui séparaient son coin d'ombre du comptoir, se dit Hanna. C'était une comparaison ordinaire, mais on aurait vraiment dit un petit oiseau.

Elena souhaitait savoir s'il était possible d'avoir quelques livres en russe à Pemberley. Sa langue maternelle lui manquait. Et non, elle n'avait pas encore sa carte verte, Hanna avait à moitié raison aussi – mais elle ne le sut que plus tard, quand la confiance se fut installée. Elena n'était pas illégale, juste en attente.

Un matin, la jeune Russe accepta d'accompagner Hanna et Sybil à Brighton Beach, au sud de la péninsule de Brooklyn, pour dénicher quelques vieux ouvrages chez un bouquiniste. Dans le quartier qu'on appelait Little Odessa, toutes les devantures des magasins étaient écrites en cyrillique. C'était un autre monde. Elena leur fit goûter la *charlotka* aux pommes au café Kashkar, et Sybil jura qu'elle n'avait jamais rien mangé d'aussi bon. À cette occasion, elle avoua à Hanna qu'en vingt ans de vie new-yorkaise, elle n'était presque jamais sortie de Manhattan, et que l'endroit le plus exotique où elle ait jamais mis les pieds était probablement Mott Street, l'artère touristique de Chinatown. Hanna et Sybil promirent à Elena de venir la voir danser, dès qu'elle serait à l'affiche. La jeune Russe parut en concevoir une fierté qui n'était pas de son âge, un peu comme une petite fille tape dans ses mains à l'idée que papa et maman viennent la voir déguisée en pâquerette au spectacle de fin d'année.

« C'est bien, vous venez », répéta-t-elle de son accent velouté en émiettant le reste de son gâteau, visiblement émue. Son anglais était encore sommaire, mais en l'entendant exprimer son contentement en si peu de mots, Hanna l'envia de pouvoir ainsi aller à l'essentiel – c'était le rare privilège des étrangers. Lorsqu'on maîtrisait une langue, on avait tendance à l'oublier, trouvait-elle, à toujours trop discuter, mal expliquer, analyser les choses. La rhétorique vous diluait aussi impitoyablement qu'un sucre dans le thé Caravan qu'elle sirotait en écoutant Sybil relater ses exploits chorégraphiques à son cours de pole dance – une nouvelle lubie décomplexée qui consistait à muscler les riches fessiers de l'Upper East Side en enchaînant les poses de stripteaseuse embobinée sur une barre de tripot.

Elena riait beaucoup, dévoilant des canines irrégulières qui ajoutaient à son charme dans un pays où on vous alignait les dents au millimètre sitôt fêté votre dernier biberon.

« C'est bien, vous venez, tu danses aussi… »

Elle leur raconta sa vie avec ses mots simples – ses parents faisaient partie de ces nouveaux riches moscovites qu'avait engendrés l'explosion de l'URSS, mais impossible pour elle d'expliquer dans quelle branche ils avaient fait fortune, à ce moment-là les mots lui manquaient.

« Ils voyagent, moi, je danse », résuma-t-elle d'un léger haussement d'épaules qui devait pourtant englober jusqu'à sa petite enfance. Bref, ses parents n'étaient jamais là quand la petite Elena enroulait des escalopes de veau autour de ses pieds meurtris à l'école du Bolchoï – « C'est vrai, tu faisais vraiment ça ? » s'exclama Sybil, davantage horrifiée par cette tradition bouchère que par le climat délétère qui régnait dans la famille Petrovich.

Elena vivait maintenant dans une sorte de pension pour ballerines à Williamsburg, et elle traversait tous les matins le pont à vélo pour rejoindre Manhattan et ses répétitions dans trois studios différents sur Broadway.

Lorsque la jeune danseuse eut fini son récit dans un ultime haussement d'épaules, Hanna comprit mieux l'enthousiasme enfantin qu'elle avait manifesté un peu plus tôt : hormis Sybil et elle, aucun adulte ne s'était jamais intéressé à elle. Bon sang, il faudrait qu'elles aillent la voir danser – ce ne devaient pas être des paroles en l'air.

Hanna le fit comprendre à Sybil en lui pressant la main dans un élan bizarrement solennel. Surprise, sa belle-sœur lui serra légèrement les doigts en retour, un sourire coupable aux lèvres : Elena était en train de leur expliquer qu'une ancienne tradition russe exigeait qu'on sucre chaque gorgée de thé qu'on buvait, et Sybil trouvait là une excuse séculaire pour rompre son éternel régime. Escorté de coupelles de zestes de citron, de miel et de noix, le samovar ne semblait jamais pouvoir refroidir.

Hanna trouva l'instant parfait.

La vie à Pemberley était ainsi faite de petits plaisirs et de grandes découvertes. Il y avait aussi ce jeune type bizarrement intimidant, avec ses pantalons baggys et sa casquette. À lui seul, il occupait deux places dans le coin le plus replié de la librairie, derrière un énorme yucca en pot. Il déployait une espèce de trousse à outils longue comme le bras – des crayons gras et des feutres, en fait. Curieuse, Hanna lui apporta un jour un café par erreur, et put découvrir que le jeune homme s'inspirait des grands classiques qu'il trouvait ici pour les transcrire en mangas, sur de larges feuilles de papier à dessin.

En ce moment, il travaillait sur *Moby Dick,* et lorsqu'elle jetait un œil par-dessus son épaule Hanna voyait des vagues rageuses sortir du cadre. Le garçon s'appelait Mo. Il avait juste écrit ces deux lettres sur sa fiche, suivies d'un point.

Il y avait aussi Alice Wood, une préceptrice de Greenwich Village qui venait corriger les devoirs de ses riches élèves à Pemberley. Elle avait longtemps enseigné en Irlande, dans un collège privé, et Hanna s'était demandé avec un coup au cœur si c'était le sien. Non, c'était à Galway, avait répondu Alice. Elle avait ce maintien un peu raide des femmes petites qui veulent se faire respecter, et semblait toujours surchargée de travail, à soupirer sur ses copies, au milieu des piles de livres où elle recopiait ses sujets.

Et puis un jour elle n'y tint plus et vint trouver Hanna : « Écoutez, dit-elle, dans un soupir exaspéré. Vous allez certainement m'envoyer balader, mais je dois vous le demander : est-ce que je peux amener mon chat ? Je n'arrive absolument pas à me concentrer sans mon chat. C'est un vieux maine coon obèse, il ne quittera pas mes genoux. Alors, si la petite n'est pas allergique… »

Au contraire, Eleanor avait trouvé Wallace formidable. Hanna avait vu dans ses yeux gris-vert la même fascination que celle de Patti devant Baal-Mollock, le chat roux qui avait accompagné les derniers mois de leur vie commune à Dearbly.

La petite se tenait parfois debout devant la chaise d'Alice Wood, et la préceptrice la soutenait gentiment pour qu'elle puisse caresser Wallace. En les regardant, Hanna se demandait si les enfants et les animaux avaient un langage secret. Elle trouva la réponse auprès de Jenna Simmons, une amie de Sybil qui se piquait de psychologie enfantine et étudiait pour en faire un métier, à 45 ans.

« Je crois bien que oui, répondit Jenna au-dessus d'une pile de livres du Dr Seuss auquel elle consacrait un mémoire. L'enfant peut confier ses déboires et ses bonheurs au chat. C'est ce qu'on appelle l'animal transitionnel.

— Eleanor est un peu petite, lui opposa Sybil.

— Elle est davantage dans la contemplation du chat », renchérit Hanna.

Elle avait déjà du mal à imaginer que sa fille ait de quelconques déboires, alors qu'elle puisse les confier à quelqu'un d'autre qu'elle – fusse un matou de huit kilos – la chiffonnait, comme un grattement de jalousie.

« Ensuite, poursuivit Jenna Simmons, cela renseigne l'enfant sur sa propre vie : le chat aussi doit aller chez le médecin, avoir des vaccinations, manger, se faire brosser... C'est un miroir pour l'enfant.

— Un miroir parfait, sourit Sybil. Wallace a exactement les mêmes yeux qu'Eleanor, n'est-ce pas, Hanna ? »

Hanna acquiesça, vaguement mal à l'aise. Une question la taraudait qu'elle n'osait poser à Jenna : est-ce que sa fille ne manquait pas de la compagnie d'autres enfants ? Était-ce une bonne chose de la garder ici ? Elle craignait la réponse. Jeffrey l'avait contrariée avec ça, à deux ou trois reprises ces derniers temps. « Tu l'isoles, avait-il encore dit ce matin en laçant ses chaussures. Être collée à sa mère n'est pas bon pour elle. Tu devrais l'inscrire dans une garderie. » Hanna avait serré les poings, résistant à l'envie de lui rétorquer qu'il ne savait pas mieux qu'elle ce qui était bon ou pas pour Eleanor.

À Pemberley, la petite développait sa curiosité. Les adultes ici étaient différents, pas aussi formatés que des bébés dans un jardin d'enfants, se disait Hanna avec une certaine mauvaise foi. « Il n'y a pas de règle, la rassura finalement Jenna Simmons. Selon moi, un enfant s'épanouit là où il y a de la bienveillance. De l'équilibre. Et si vous voulez mon avis, cette librairie est pleine de bonnes ondes.

— Je pourrais t'écouter des heures, soupira Sybil. Quel courage tu as eu de reprendre tes études après avoir élevé tes enfants. Quatre, en plus ! Regarde, moi, je n'en ai eu qu'une, j'ai eu tout le temps qu'il me fallait, et je suis juste bonne à servir des cafés !

— Oui, mais des cafés excellents dans un endroit plein de bonnes ondes », la corrigea Hanna.

Sa belle-sœur lui adressa un clin d'œil complice. Le matin même, elle l'avait encore une fois remerciée de lui avoir offert de nouvelles perspectives qu'elle n'aurait jamais imaginées, confite dans ses confortables habitudes de bourgeoise de l'Upper East Side. Hanna en avait retiré un sentiment de plénitude : elle était capable de rendre quelqu'un heureux.

Et ce jour-là, alors qu'elle coulait un regard panoramique le long des boiseries claires sur lesquelles rebondissaient les bonnes ondes de Pemberley, s'arrêtant au passage sur les visages devenus familiers, elle se promit d'essayer de ne plus en douter.

11

Jeffrey avait pris l'habitude de lui envoyer des SMS à intervalles si réguliers qu'elle finit par se demander si une application existait pour les programmer une fois pour toutes. Les mots variaient peu – la fonction « Écriture intuitive » était activée, de ça au moins elle était sûre.

« *Ça va ?* »

C'était celui de midi. Hanna eut un soupir désabusé et remit le téléphone dans sa poche sans répondre. Il faudrait quand même qu'elle lui pose la question, sans être méchante.

Elle sourit à Eleanor et poussa un peu plus fort le harnais dans lequel la petite fille se balançait. Les ormes du Washington Square Park bruissaient autour de l'aire de jeux, dessinant un fond sonore apaisant aux conversations des nounous qui se donnaient ici rendez-vous pour le petit pot d'avant-sieste. Il faisait si beau.

Hanna avait dû délaisser Pemberley sur l'insistance de Sybil qui l'avait chassée dehors avec la poussette pour accueillir l'électricien. Avec son équipement, le type avait l'air tout droit sorti de *Ghostbusters* et prévoyait de faire beaucoup de bruit : il fallait tirer de nouvelles prises pour les chargeurs de portables et de tablettes – il n'y en avait qu'une demi-douzaine dans tout l'espace, prises d'assaut par les habitués.

Hanna ne prévoyait pas de se doter d'un parc informatique – elle se battrait même contre ça jusqu'à la mort, disait-elle –, mais il fallait tout de même qu'elle fasse des concessions à l'internet. Sybil luttait pied à pied pour lui faire installer le WiFi, et…

Prise d'un doute, Hanna repêcha le téléphone au fond de sa poche.

« Sybil. Tu m'as flanquée dehors pour pouvoir installer le WiFi.

— Quoi ? Le WiFi ? »

Le geignement de la perceuse en fond sonore couvrit ce qui semblait être un petit rire au bout du fil.

« Tu m'as bien eue, constata Hanna quand le silence fut revenu.

— Pas du tout, chérie, ce n'était absolument pas prémédité. Mais comme me l'a suggéré le monsieur, puisqu'il est là…

— Super-Mario t'a suggéré d'installer le WiFi, sourit Hanna, amusée par la roublardise de sa si distinguée belle-sœur.

— D'abord, Super-Mario est plombier, pas électricien, tu as vraiment du retard à rattraper en matière de jeux vidéo.

— Oh, comme ça tombe bien, nous voilà avec le WiFi.

— Ne sois pas fâchée, Hanna.

— Oh, mais je ne suis pas quelqu'un qui se fâche, tu sais bien. Mais merde, Sybil, tu fais entrer le loup dans la bergerie. »

Elle raccrocha en laissant planer sur sa belle-sœur la funeste image d'une assemblée de geeks colonisant les nouvelles prises de Pemberley et se servant de piles de livres comme de repose-pieds.

Puis, pendant qu'elle y était, envoya un SMS à Jeff – « *Sont-ce des messages automatiques ?* » – le sourire aux lèvres. Elle n'était pas de mauvaise humeur, elle espérait qu'il le verrait.

Elle amortit d'une main douce le harnais d'Eleanor, pour laisser la place aux bébés qui patientaient plus ou moins bruyamment.

Sa fille faisait peu de caprices, Eleanor était une contemplative. Lorsqu'elle se balançait, ses yeux semblaient enregistrer tout ce qui se présentait à elle – feuilles qui bougent, oiseaux en escadrilles ou écureuil grimpant le long d'un tronc – avec le plus grand sérieux. De qui tenait-elle ça, se demanda Hanna, ce sens de l'observation, ce désir de savoir encore embryonnaire ? Puis elle regretta aussitôt sa question.

Hanna conduisit Eleanor jusqu'aux abords du piano posé au milieu du parc, comme un miracle sur les graviers. Un jeune type s'y était installé, son sac sur l'épaule. Hanna s'assit sur une chaise au bord du bassin où les enfants envoyaient flotter toute une armada de bateaux miniatures. Le soleil lui fit plisser le nez et elle chaussa ses lunettes noires, observant le jeune homme derrière le piano, ses mains en lévitation comme s'il hésitait encore à jouer. D'un mouvement du menton qui lui échappa, elle l'encouragea, et puisqu'elle n'était pas trop loin il la vit et lui sourit.

Les doigts écartés du jeune homme semblèrent un instant s'abattre sur le clavier, mais au dernier moment il en caressa les touches et les notes s'élevèrent, pures et douces.

Hanna n'avait jamais été foutue de distinguer une sonate d'un requiem. Mais si elle n'y connaissait rien en musique classique – sauf *Les Quatre Saisons* de Vivaldi jouées par Nigel Kennedy que Marsha faisait exploser dans l'atelier de Cork pour couvrir le bruit de sa machine à coudre les jours ronchons –, elle appréciait.

Pas tout, pas trop fort, mais au milieu d'un parc, à midi en été, c'était incongru donc fantastique.

Elle tira la poussette vers elle – « Écoute, mon cœur, comme c'est joli… » – et s'amusa à regarder Eleanor lutter contre l'engourdissement que provoquait la musique de nuit, cherchant l'origine de la mélodie en tendant sa nuque fragile par à-coups. Quand elle en eut identifié la source, la petite émit un gloussement approbateur qui mourut dans un soupir de reddition quand le sommeil la gagna tout à fait. Elle serra contre elle son doudou – un simple carré molletonné sur lequel Hanna avait brodé des yeux et un sourire – et finit par en fourrer un coin dans sa bouche.

« Que voulez-vous que je joue pour vous ? »

Hanna sursauta. Par mimétisme, elle avait dû s'endormir quelques secondes, et n'avait pas vu le jeune homme s'approcher. Dans le silence déshabillé de sa musique, les cris des enfants semblaient si loin qu'on les aurait cru sortis d'une radio en sourdine. Seigneur, je dois vraiment être fatiguée, se dit-elle en se redressant sur ses mains.

« Qu'est-ce que vous aimez ? reprit le jeune homme. Du classique, du jazz ? Une musique de film ? J'en connais pas mal, vous savez. Demandez-moi. »

Il était jeune – vingt ans, tout au plus, calcula-t-elle, un peu dans les vapes. Les cheveux fous, d'un blond foncé tirant sur le roux, des lunettes noires et rectangulaires rétro, un tee-shirt des Yankees et une sorte de besace qu'il portait en travers du torse. Penché sur elle, il avait l'air de mesurer dix mètres.

« Euh, c'est gentil mais je ne sais pas, dit-elle.

— Ce que vous voulez. C'est pour vous. »

Il dégageait un parfum d'agrumes qu'on n'attendait pas chez un jeune homme. À vingt ans, on voulait plutôt s'affirmer avec quelque chose de viril, du musc, du cuir… Hanna secoua la tête. Toujours à tout analyser, elle s'exaspérait elle-même.

« Ce que vous voulez, répéta-t-il. Vous êtes très belle. »

Ah ben merde. Hanna recula. Il était mignon comme tout, mais il n'allait pas la… draguer, tout de même ?

« Euh… Vivaldi », lâcha-t-elle au hasard. Il approuva. *Les Quatre Saisons,* suggéra-t-il gravement. Elle hocha la tête, il éclata de rire :

« C'est du violon. »

Vaguement vexée, elle opta pour le rire elle aussi.

« Désolée, dit-elle. La musique classique, c'est pas mon truc.

— Comme la plupart des gens qui ne connaissent que Vivaldi.

— On vous l'a demandé souvent ? »

Il lui sourit gentiment et marqua un silence, comme s'il ne savait pas comment tourner sa phrase. « En fait, je ne joue jamais pour personne en particulier. Mais pour vous, je veux bien. Je veux bien essayer de transformer des violons en piano. » D'accord. Il la draguait.

« OK, dit-elle. Un air des Beatles ? *Let It Be,* c'est du piano, non ?

— C'est pas terrible si on chante pas en même temps. Et je chante comme un Panzer. Vous chantez ?

— Mon Dieu non !

— Vous devriez. Une belle femme comme vous doit avoir tous les talents, c'est compris dans le package.

— Je sais cuisiner. Et broder. Rien de très mirobolant. »

Tout ça n'était pas désagréable, se dit-elle. Mais elle avait un peu l'impression d'être prise dans un guêpier où les guêpes ne piquaient pas encore mais attendaient leur heure.

Et puis une voix curieusement familière remit en place ses pensées anarchiques :

« Bonjour, Hanna ! »

Pemberley était magique, Pemberley lui envoyait une de ses pensionnaires pour la sauver des pattes d'un homme trop jeune, très gentil et follement séduisant dans son genre : Alice Wood, la préceptrice, se tenait à deux mètres, parfaite dans le rôle de… la préceptrice, tiens.

« Oh, madame Wood ! » s'exclama Hanna.

Respectueux, le jeune homme fit mine de s'effacer dans une sorte de révérence en marche arrière. Ce faisant, il attrapa une de ses mains qu'elle avait malencontreusement laissée traîner sur la poussette et, avant qu'elle ait eu le temps de réagir, la porta à ses lèvres. Hanna sentit un souffle pétillant d'agrumes remonter le long de son bras. Le jeune homme déposa un baiser dans sa paume, comme un cadeau, et se pencha vers son oreille.

« Hanna, dit-il. Je m'appelle Cole. Et tous les jours de la semaine, je jouerai pour vous. »

Décontenancée, elle devina un clin d'œil derrière ses lunettes rétro et il s'éloigna d'un pas nonchalant vers le piano.

« Dites donc, vous avez un chevalier servant », lui dit carrément Alice Wood. Elle hésita deux secondes puis s'assit à ses côtés, se plaignant du bruit que faisait l'électricien à Pemberley – qui l'avait forcée à fuir, elle aussi. « J'en ai profité pour faire des achats à la papeterie de l'université, disait-elle, c'est à deux pas. » Hanna la regarda poliment lisser sa jupe, essayant de se concentrer sur ce qu'elle disait, mais son esprit bataillait pour écouter en même temps la musique qui s'élevait de nouveau du piano. *Bon sang, qu'est-ce que c'est que ce truc ?* Elle connaissait cet air. Elle avait très envie de savoir ce que le jeune homme – Cole – jouait pour elle. Oui, elle était déjà allée à la librairie de la NYU – *mais c'est quoi, cet air, à la fin ?* – les gros cahiers à thèmes étaient fantastiques – *c'est une chanson, non ?* – d'ailleurs elle les utilisait pour la compta de Pemberley – *merde, mais qui chante ça ?*

« J'en ai un violet que je traîne partout, dit Alice Wood, mais il pèse un âne mort. »

Your Song. Elton John.

Une putain de chanson d'amour. Ce type était gonflé, quand même.

Elton John est gay. C'est une chanson gay.

À peine rassurée, Hanna résolut d'oublier cet épisode en s'impliquant totalement dans la conversation. Alice avait embrayé sur la liste exhaustive des universités qui encerclaient le parc, ce qui classait définitivement le pianiste d'Elton John dans la catégorie des étudiants. Hanna ne voulait pas que le Washington Square Park devienne un terrain miné, elle voulait juste qu'on lui foute la paix, surtout quand on était de sexe masculin – et peu importait l'âge.

Quand même. Depuis combien de temps ne lui avait-on pas dit qu'elle était belle ? « *Hanna. Vous êtes très belle. Même quand vous dormez.* » Elle faillit fermer les yeux sur l'ange qui passait mais se retint, fixant son attention sur Alice qui élargissait le champ des endroits à visiter à Manhattan en dehors de la papeterie de la NYU – boutiques vintage, merceries, vendeuses de boutons…

« Pemberley, c'est un endroit magique, dit résolument Alice.

— Vraiment ? demanda Hanna, touchée.

— Oui, vous en avez fait quelque chose de… particulier.

— Je suis ravie que ça marche.

— Oh, ça, vous savez, ici, tout le monde a la possibilité de réussir, c'est même le fondement de notre société. Mais moi, je vous parle d'âme. Ce n'est pas si fréquent. Bien souvent, les boutiques sont faites pour contenter les gens, mais ne semblent pas habitées. Une fois le rideau tiré, elles sont vides. Pemberley a une âme. J'avais vu ça en Irlande. Vous en avez apporté un peu ici.

— Vous y êtes restée longtemps ? En Irlande.

— Douze ans.

— Pourquoi revenir ? »

Alice sourit.

« Certainement pour la même raison qui vous a fait venir ici. Parce qu'il le fallait. »

Hanna ne prêtait plus guère attention aux notes qui venaient du piano. L'air avait changé une fois, deux fois, trois, elle ne savait plus. Elle s'était satellisée quelque part entre Cork et Manhattan.

« J'aime New York, dit-elle, pensive. C'est quelque chose qui m'a prise. Je ne m'y attendais pas.

— Savez-vous qu'on peut tomber amoureuse d'une ville ? On appelle ça l'*objectum* sexualité.

— Vous rigolez ?

— Absolument pas, dit Alice en chassant un pollen sur sa jupe d'un revers de main. On a même rapporté le cas d'une jeune femme qui est tombée amoureuse d'une montagne russe dans un parc d'attractions. Ces gens-là croient en l'animisme – ils pensent que les objets ou les immeubles ont une âme. Une Anglaise de Leeds a déclaré sa flamme à Libby. Savez-vous qui est Libby ?

— Non.

— La statue de la Liberté.

— C'est vrai ? »

Hanna réfléchit un instant et pointa du doigt l'arche majestueuse qui ouvrait le parc.

« Eh bien, je crois que moi, je déclarerais ma flamme à cette arche.

— Amusant... Pourquoi donc ? »

Hanna se pencha sur le côté.

« Parce que lorsqu'on se met parfaitement dans l'axe, on voit au nord l'Empire State Building juste sous l'ogive.

— C'est vrai, dit Alice. C'est une vue magnifique.

— Et que de l'autre côté... (Elle se tourna.) Exactement dans le même axe, on voit maintenant le One World Trade Center. »

Alice n'avait même pas tourné la tête.

« C'est hideux », dit-elle pourtant.

Hanna en fut décontenancée. La conversation s'interrompit.

Hanna reconnut une vieille chanson de Kate Bush sous les doigts de Cole, Dieu sait pourquoi celle-ci – celle qui parlait des *Hauts de Hurlevent*.

Au bout d'un moment, Eleanor fit diversion en se réveillant, et les deux femmes repartirent vers Pemberley, devisant de littérature, tournant le dos au jeune homme qui caressait le piano. Hanna sortit son téléphone de sa poche pour regarder l'heure.

« *Méchante* », disait Jeffrey.

12

« Seigneur, qu'est-ce qu'elle pue, cette poubelle », grommela Hanna en poussant la porte de Pemberley.

De mauvaise humeur, elle fit entrer la poussette d'un mouvement sec, bousculant un peu Eleanor qui dormait d'un sommeil de plomb. « Bouche-toi le nez, ma chérie », murmura-t-elle.

Sur ses talons, Sybil alluma la lumière et s'attela à remonter le rideau mécanique dans un roulement ample des bras sur la manivelle, faisant pointer de fins biceps sous la cotonnade de sa robe Diane von Fürstenberg. La manœuvre arracha un sourire à Hanna : sa belle-sœur était une contradiction à elle toute seule.

Le store en fer s'ébranla dans un grincement devenu familier, dévoilant par strates la carte postale du trottoir de SoHo : un fast-food Houmous & Pita, un centre d'épilation au fil, un arbre cerclé d'un treillis en fer sur lequel était attaché un vélo sans selle – l'esthéticienne chinoise qui ouvrait boutique en même temps que Pemberley l'avait toujours sous le bras.

Et une poubelle, réglementaire, aux arcades vertes siglées de la Ville de New York, soudée au bitume, et dont s'échappaient les remugles matinaux.

« Ça sent le vomi, râla Hanna en fermant sans bruit la porte de l'arrière-boutique sur la poussette.

— Manhattan pue, opina Sybil. Faut prendre ça avec le reste. Tu verras que tu finiras par aimer. Un peu comme l'odeur inavouable des dessous de bras de ton mari.

— Oh, pitié…

— C'est la faute du Starbucks. Les gens se précipitent au boulot le matin avec leur Chai Latte à la main et ils le balancent à la poubelle avant de rentrer au bureau. Comme il en reste un peu au fond, le lait fermente, avec la chaleur. Et ça en fait, des gobelets, regarde ! »

Jetant un œil par la fenêtre, Hanna ne put que constater que la théorie de Sybil se tenait. Mue par un élan hargneux, elle retroussa ses manches, attrapa une paire de gants en caoutchouc, un sac-poubelle et sortit.

« Ça pue, ça pue, et ça pue », grogna-t-elle entre ses dents serrées, ignorant la mine incrédule de l'esthéticienne dans sa vitrine. Les bras plongés dans la poubelle jusqu'aux aisselles, elle pinça les gobelets un par un d'un air dégoûté, s'imaginant voir quelque chose de cathartique dans cette mission de nettoyage. Elle avait passé une nuit épouvantable. Eleanor avait perdu son doudou et, en voyant sa fille inconsolable jusqu'au petit matin, Hanna avait seulement réalisé comment chacun décidait d'être rassuré à sa propre manière – et peu importait l'âge qu'on avait et l'amour qu'on recevait par ailleurs.

Jeff était rentré tard avec une odeur persistante de cigarette et un mal de tête carabiné, et avait manifesté sa mauvaise humeur en allant terminer sa nuit dans son bureau, porte fermée.

« Au fait, merci pour le SMS, avait lâché Hanna en le voyant prendre la poudre d'escampette.

— Quel SMS ? »

Il avait levé sur elle un regard plombé par la fatigue et la migraine. Échauffée par les piailleries d'Eleanor, Hanna avait envie de se battre, mais il ne lui en donnerait pas l'opportunité.

« *Méchante,* lui rappela-t-elle.

— C'est toi qui as commencé.

— Je plaisantais, Jeff.

— On en est là ? À savoir qui a commencé ? » avait-il soupiré.

Puis il avait raflé une tablette de Tylenol dans le tiroir de sa table de nuit et l'avait laissée se débrouiller du désespoir d'Eleanor.

Hanna ferma le sac-poubelle en faisant davantage de tours qu'il n'était nécessaire avec le lien en plastique puis l'enfonça au fond du container en maugréant.

« Tu vas le faire tous les jours ? lui demanda Sybil lorsqu'elle balança les gants dans l'évier pour se récurer les mains.

— S'il le faut.

— Nom de Dieu, je vais écrire à Michael Bloomberg. Il doit y avoir une médaille pour ça. »

Puis Sybil afficha son plus beau sourire pour accueillir la jolie Elena, tandis qu'Hanna noyait le reste de sa fatigue dans un thé noir et brûlant.

La jeune Russe n'était pas seule : dans son sillage étaient apparues trois filles taillées dans le même modèle « oisillon » qu'elle – jambes maigrichonnes, chignon serré, leurs bras fins chargés d'une pile de cahiers tenus ensemble par une lanière de corde plate. Sybil les installa dans une alcôve sous le regard circonspect de Mo, le dessinateur de mangas qui resta un moment planté devant le comptoir avant de s'asseoir le plus loin possible du petit groupe. Hanna fit ronfler la machine à café, mit en marche la bouilloire électrique et ouvrit son gros cahier, sentant enfin une onde de bien-être envelopper timidement ses épaules nouées : la journée pouvait commencer.

« Elles veulent louer l'espace privatif, annonça Sybil, toute contente.

— Qui ?

— Les danseuses. Enfin, leur école. Le directeur va t'appeler. D'après ce que j'ai compris, il voudrait louer trois matins par semaine pour qu'elles puissent suivre tranquillement leurs cours par correspondance. Elles seront toute une tripotée. C'est une bonne nouvelle, Hanna !

— C'est vrai ? C'est formidable. »

Hanna sourit. Effectivement, c'était une excellente nouvelle. On ne pouvait pas dire que l'argent rentrait en masse à Pemberley, et elle perdait parfois de vue le modèle économique que cet endroit était censé épouser. « Méfie-toi, lui avait encore dit Jeffrey. Ici, tout le monde a sa chance, et, justement pour ça, l'échec arrive plus vite qu'ailleurs. »

Un échec ? Non, elle n'y avait pas droit. Les ballerines de Williamsburg lui donneraient un formidable appel d'air. Rendue à la vie, Hanna ferma son cahier et alla discuter avec elles, les nœuds de ses épaules tout à fait disparus.

Puis, plus tard, un peu comme une mère poule, elle se pencha sur l'épaule de Mo que l'intrusion des jeunes filles avait visiblement perturbé. Le jeune homme lui tendit un ticket de son carnet d'abonnement sans rien dire, mais elle le lui rendit, avec un sourire complice. « Non, chuchota-t-elle. Aujourd'hui, c'est gratuit pour les artistes. »

C'était vraiment bien, ce qu'il faisait, lui dit-elle, pointant le doigt sur les vignettes où Moby Dick jaillissait d'une mer d'encre et le capitaine Achab sombrait sur le *Pequod*.

In petto, Hanna se dit qu'il lui faudrait en parler à Jeff. Jeff connaissait des éditeurs, il en trouverait un pour Mo. Oui, il faudrait qu'elle le fasse pour lui, c'était son prochain objectif.

Elle aimait ça, être utile.

L'orage d'été s'était abattu sans prévenir, comme d'habitude. À midi, Hanna dut sortir disposer des sacs de sable sur la trappe de livraison. En entendant la pluie battante dégringoler sur le sac plein de gobelets dans la poubelle, crépitant en rythme d'une façon curieusement mélodieuse, elle ressentit la même fierté que si elle avait été Scarlett O'Hara sarclant la terre de Tara dans *Autant en emporte le vent.* C'était chez elle. Elle prenait soin de chez elle.

Sa robe trempée et collante suscita les cris d'orfraie du professeur Allenwood, qui ne s'était pas risqué dehors. Elle alla s'essuyer vigoureusement dans la salle de bains avec la satisfaction du travail bien fait, enfila un petit gilet beige, mit de l'ordre dans ses cheveux frisottés et claqua deux baisers moelleux sur la joue d'Eleanor encore groggy dans son parc. Le chat Wallace faisait office de doudou transitoire, laissant les menottes de la petite trifouiller ses poils sans broncher. Alice Wood les surveillait comme le lait sur le feu, derrière sa montagne de copies.

Lorsque le jeune homme entra, Hanna ne le reconnut pas tout de suite. Il ne portait pas ses lunettes. Mais sa silhouette dégingandée lui disait vaguement quelque chose.

« Bonjour, lui dit-elle chaleureusement, prête à dégainer une tasse de café et un carnet de tickets.

— Bonjour, Hanna. »

Merde alors. Le pianiste.

Saisie, elle le regarda passer la main dans ses cheveux aplatis par la pluie puis la secouer comme un gamin qui vient de se brûler.

« Vous n'êtes pas venue, à midi, dit-il.

— Il ne vous a pas échappé qu'il pleuvait, répondit-elle, décontenancée.

— Oui, eh ben, justement. Je vous imaginais vous abritant sous un arbre, avec une jolie robe toute collante comme celle que vous avez ici, sous votre cardigan. C'était follement romantique. »

Une petite étincelle crépitait dans ses yeux noisette, tandis qu'il essuyait ses longs doigts sur sa chemise. Hanna éclata de rire. *Non mais franchement.*

« Écoute, euh… »

Elle faillit dire « mon garçon » et se sentit horriblement rombière.

« Cole, dit-il en hochant la tête.

— Oui, Cole. Il ne t'a pas échappé non plus qu'hier j'avais une poussette avec moi. Qu'est-ce que ça t'évoque, une poussette ?

— Une femme sublime qui s'ennuie dans une vie toute tracée et qui meurt d'envie de s'encanailler. »

Hanna cacha un nouvel éclat de rire derrière une main offusquée.

« S'encanailler avec un ado de ton âge, bien sûr. Tu sais que je pourrais aller en prison pour ça ?

— J'ai atteint la majorité sexuelle en vigueur dans ce pays depuis belle lurette, pas de souci », dit-il en levant une main.

Ayant capté pile le mot qu'il ne fallait pas, Sybil haussa un sourcil scandalisé alors qu'elle revenait des toilettes. Hanna la rassura d'un clin d'œil et se racla la gorge.

« Bien, dit-elle à voix basse. Soyons sérieux. J'ai très peur... Cole... que tu franchisses allègrement la limite ténue entre la drague de base et le harcèlement réprimé par la loi – en vigueur dans ce pays – et d'être obligée de te flanquer dehors à coups de pied au cul. Même si j'ai beaucoup de respect pour Elton John. Et tous ces trucs que tu joues.

— Oh non, ne faites pas ça, Hanna. Je suis amoureux de vous, c'est tout

— Allez hop, dehors.

— Je vous ai rapporté quelque chose. Après, vous m'aimerez aussi. »

Il se contorsionna pour fouiller dans sa besace, et en extirpa un carré molletonné.

« Tin-din ! »

Le doudou d'Eleanor. Effectivement, à cet instant précis, Hanna l'aurait bien embrassé.

« Seigneur... Regarde, ma chérie ! »

Débordée par toutes sortes d'émotions – la surprise, le soulagement, mais aussi la terreur de voir ce grand type mouillé se pencher sur sa mère –, la petite battit des bras comme si elle cherchait à s'envoler et finit par éclater en sanglots.

« Oh mais non, c'est rien, regarde… Même si je pense que ce jeune crétin l'a piqué dans ta poussette. » Une étiquette à l'adresse de Pemberley était brodée sur le doudou, un réflexe pratique qui lui valait la visite de l'importun.

Le temps qu'Hanna prenne sa fille dans les bras, le jeune Mo s'était approché de Cole le pianiste, le regardant par en dessous. « Un problème ? » demanda-t-il d'une voix qu'elle n'avait jamais entendue. Elle en conçut une émotion inattendue, un coup au cœur plein de chaleur : ce jeune homme taciturne que tout semblait déranger – les bavardages, la simple présence des autres – se souciait d'elle. Le menton rentré, rendant bien deux têtes de haut à l'impétueux Cole, il semblait prêt à le pousser dehors à la façon d'un jeune taureau.

« Non, non, intervint Hanna, troublée. Tout va bien. »

Mo hocha la tête, hésitant, passant d'un pied sur l'autre, puis regagna sa place d'un pas nonchalant. Il déboucha un de ces feutres noirs dont la pointe ressemblait à un pinceau et dont l'odeur d'essence faisait fuir l'intransigeante Alice Wood à l'autre bout de Pemberley, et se pencha sur son travail. On ne l'entendrait probablement plus, se dit Hanna.

« Non, tout ne va pas bien. Je souffre d'un coup de foudre. » Hanna revint au ralenti sur Cole, ayant du mal à accommoder.

« Pardon ?

— C'est très douloureux, grimaça-t-il. Je vais peut-être mourir.

— Pas ici, ce serait gentil.

— D'accord. On peut aller boire un café quelque part, que je vous explique ce que ça me fait ?

— Je sers du café, ici, et je n'ai pas besoin de…

— Ça vous fait quoi, jeune homme ? »

Oh, non ! Sybil s'en mêlait. Mi-amusée, mi-agacée, Hanna regarda sa belle-sœur poser la main sur l'épaule du pianiste, l'air très concerné.

« Eh bien, en fait… s'élança Cole.

— Stop, le coupa Hanna, si on pouvait éviter la liste des symptômes. »

Le jeune homme l'ignora et se tourna vers Sybil, la mine inspirée.

« Voilà, quand j'ai vu Hanna…

— Hanna et sa poussette, opina Sybil.

— … j'ai eu comme des étoiles dans la tête, une énorme boule là…

— Oh, pitié, dit Hanna en fermant les yeux.

— Dans l'estomac, précisa-t-il. Et puis un courant d'air chaud autour de moi, surtout sur les épaules. Comme une certitude, vous voyez.

— Y a pas à dire, c'est un coup de foudre », dit doctement Sybil.

Hanna éclata de rire. Tout de même, c'était agréable, cette exaltation.

« Hanna, vous êtes très douce, très romanesque, très belle.

— Je suis aussi très mariée. Cole.

— Ce n'est pas une excuse, juste un fait.

— Mon Dieu.

— Une femme comme vous n'a aucune excuse contre l'amour.

— Justement, dit Hanna, à bout d'arguments. Je suis très amoureuse. »

Cole secoua la tête d'un air triste tandis qu'elle tentait de ravaler ses paroles.

« Eh bien, commenta Sybil, ravie. Très amoureuse. Je vais le répéter à Jeffrey, il va être heureux. »

Oh, non… se dit Hanna. *Ne le répète surtout pas à Jeff.*

13

Cole le pianiste revint une fois à Pemberley, deux fois, trois fois, puis tous les jours à midi, sous le regard maussade de Mo et les pépiements à peine discrets de la troupe de ballerines dont les effectifs grossissaient.

Sa visite quotidienne, accompagnée de fleurs enveloppées dans du papier à musique ou de petites boîtes de bonbons, suscitait railleries affectueuses et bonne humeur et aidait Hanna à se sentir désirable – une notion qu'elle avait complètement perdue de vue. C'était son plaisir inavouable, son péché d'orgueil.

Un jour, elle dit à Sybil qu'elle aimait les mini-gels nettoyants pour les mains qu'elle gardait dans son sac et Cole se mit à lui en apporter toute une collection, aux parfums aussi exotiques que « cupcake » ou « mojito », qu'il achetait au Bath & Body Works.

Avant de retourner à ses cours d'histoire de l'art, il buvait tranquillement un café en lisant la presse. Observant à la dérobée sa longue silhouette juvénile, Hanna se disait qu'il aurait été si facile de lui succomber. Avec Michael, elle avait découvert quel était le corollaire de l'amour fou et sans espoir : l'extrême solitude du corps. Jamais elle ne l'avait ressentie de manière aussi aiguë, même au cours de ses années d'isolement à Dearbly-upon-Haven.

Sans pouvoir la combler tout à fait, elle aurait pu au moins neutraliser cette déréliction en s'abîmant dans les bras d'un autre homme, puis d'un autre – après tout, le mal était fait et elle n'avait plus grande estime pour elle-même.

Mais la dévotion que son esprit entretenait malgré elle pour le père de sa fille tenait de l'extrémisme religieux : elle finirait vierge de toute aventure qui vulgarise celle vécue avec Michael.

Et puis le jeune Cole redevint raisonnable et s'intéressa à Elena. Un instant, Hanna en fut offusquée. Le pianiste la remettait à sa place : celle de la femme mûre qui abdiquait.

Elle n'avait pas quarante ans, merde. Mais de ce côté-là, elle était déjà morte.

« Voilà un coup de foudre qui a fait long feu », dit abruptement Alice Wood, tandis qu'elles observaient les simagrées de Cole devant sa cour de ballerines. Hanna rit et sortit du placard une boîte de son thé préféré – un oolong Tie Guan Yin aux accents de réglisse et de cannelle. La préceptrice ne l'aimait pas trop chaud, il fallait le lui préparer un peu à l'avance. Hanna connaissait ainsi tous les goûts des habitués : le professeur Allenwood appréciait le lapsang souchong fumé et uniquement celui-là, les danseuses de Williamsburg étaient infidèles et faisaient tourner toute une ronde d'infusions fruitées – framboise, agrumes, fleurs, peu leur importait tant que c'était bio et avec un goût de bonbon.

Mo, lui, ne buvait que du café. Trop, certainement. Et il en avait augmenté sa consommation depuis que Jeff avait accepté avec mauvaise grâce de déposer quelques-unes de ses planches sur le bureau de son rédac chef, qui connaissait tous les éditeurs de la ville. Mo attendait une réponse, un projet, de quoi s'épanouir. De temps en temps, Hanna lui glissait un déca entre deux espressos, et, perdu dans une nouvelle adaptation du *Comte de Monte Cristo,* il ne semblait pas voir la différence.

« Je suis bien trop vieille pour un coup de foudre, badina Hanna.

— Ça n'existe pas.

— Vous croyez ?

— Bien sûr. Ce qu'a ressenti ce jeune homme pour vous n'a rien à voir avec la chimie ou toutes ces légendes romantiques, excusez-moi de vous le dire.

— Vraiment ? Pour une prof, vous remettez drôlement en question des siècles de littérature », dit Hanna d'un ton qui se voulait léger.

Elle versa l'eau de la bouilloire dans la théière en grès vert, en en mettant un peu à côté. Les quelques gouttes sur le plateau verni furent promptement effacées par un coup de chiffon énergique. Elle aurait aimé abréger cette conversation.

« Un coup de foudre, continua Alice, ce n'est rien d'autre qu'une possibilité qu'on entrevoit chez l'autre, à un moment précis. La preuve, le jeune Cole a cessé de vous aimer quand il a fini par comprendre que cette possibilité ne se concrétiserait pas. Ses instincts virils ont repris le dessus et il est reparti en chasse vers des terres plus… giboyeuses », dit-elle avec un mouvement du menton vers les engageantes ballerines.

Hanna secoua la tête en répartissant des morceaux de sucre brun et blanc dans une soucoupe. Bien sûr, comme toute règle, celle d'Alice Wood avait ses exceptions. Tout d'un coup, comme souvent, ses mains lui firent mal.

Alice laissa passer un silence, puis se pencha pour fouiller dans son sac. « Tenez, dit-elle en poussant une sorte de drap blanc replié devant elle. Je voulais vous donner ceci depuis un moment. Si vous voulez l'accrocher quelque part, vous ferez de Pemberley un endroit définitivement béni par la ville de New York. »

Surprise, Hanna déplia la toile avec précaution. C'était le drapeau américain, un symbole en soi touchant, mais à y regarder de plus près… Ses sept bandes rouges étaient composées de prénoms et de noms imprimés les uns à la suite des autres.

« Il y en a 2977, dit Alice Wood. C'est ce qu'on appelle le *Flag of Honor*.

— Je l'ai déjà vu dans différents endroits, murmura Hanna, émue.

— Pour comprendre cette ville, il vous faut savoir que chacun de ses habitants connaissait quelqu'un dont le nom est sur ce drapeau. »

Hanna hocha la tête, caressant soigneusement l'étoffe pour en défaire les plis. Elle n'avait que très peu évoqué le 11 Septembre avec Sybil. C'était comme si, répugnant à en parler, sa belle-sœur s'appliquait à ne pas sortir de l'état de sidération dans lequel les attentats avaient plongé tout le monde ici. Tout juste lui avait-elle glissé que son amie Jenna Simmons, la psychologue pour enfants, avait perdu son frère aîné chez Cantor Fitzgerald ce jour-là.

Pourtant, les stigmates étaient gravés dans Lower Manhattan. Ce n'était pas quelque chose de visible, plutôt une sourde peine micronisée en particules qui flottaient dans l'air entre Church et Chambers Streets. On était saisi par la force de vie qui éclairait ces rues ordinaires d'un halo particulier.

« Mon mari est quelque part au milieu du drapeau, dit Alice sans bouger. Nous ne portions pas le même nom.

— Mon Dieu, Alice », dit Hanna en portant la main à son cœur.

La préceptrice haussa les épaules avec un sourire triste.

« Ce qui vous explique pourquoi je trouve cette nouvelle tour – le One World Trade Center – vraiment hideuse.

— Je suis désolée, dit Hanna. Je ne sais pas quoi vous dire…

— Oh, je crois que le monde entier a épuisé son stock de mots, à ce sujet… Mais j'aurais préféré qu'on ne reconstruise pas une tour à cet endroit, c'était parfaitement inutile. Le parc et le mémorial, avec ses grandes fontaines, sont déjà si beaux… Vous savez, Paul… il s'appelait Paul… est quelque part là-dessous. On ne l'a jamais retrouvé.

— Que faisait-il ? demanda doucement Hanna.

— Il travaillait au 107e étage de la tour nord. Chef de rang au Windows of the World.

— Le restaurant ?

— Oh oui, le plus beau du monde. Vous n'imaginez pas la vue qu'on avait de là-haut. (Elle secoua la tête.) Il était au-dessus de l'impact, là où personne n'avait la moindre chance de s'en sortir… Merci. (Elle avala une gorgée de la tasse de thé qu'Hanna venait de faire glisser vers elle.) Vous savez, l'espoir peut devenir une obsession, c'est pour ça que je suis partie en Irlande pendant douze ans. Pour ne pas perdre la tête à l'attendre. Presque la moitié des personnes déclarées disparues ce jour-là n'ont pas été identifiées. Paul ne m'a pas passé de coup de téléphone avant de mourir, il n'y a pas eu de témoignage à son sujet, rien de ce qu'on voit dans les reportages. »

Hanna serra les mains autour de la théière brûlante. Mon Dieu, comme elle se sentait privilégiée. Elle en eut les larmes aux yeux.

« J'aimais mon mari, poursuivit Alice. Je lui faisais une confiance absolue. Mais, à ce moment, j'ai espéré qu'il m'ait menti, qu'il ne travaillait pas si tôt ce jour-là, je ne sais pas, qu'il me trompait… (Elle eut un petit rire.) Je me disais qu'il en avait tellement honte qu'il se cachait. J'ai refusé de coller des affiches avec sa photo devant la Saint-Paul's Chapel comme tant de gens le faisaient à ce moment-là. Si vous aviez vu ça. (Elle leva les yeux au ciel.) Saint Paul, quelle ironie… Il ne m'a pas été d'un grand secours. Enfin, les affiches, je ne pouvais pas. Cette… chose ne m'arrivait pas à moi. Vous comprenez ?

— Oui, je comprends », dit doucement Hanna.

Alice sirota son thé pensivement pendant un moment, alors que plus loin Cole et Elena s'esclaffaient.

« Enfin bref, dit-elle plus vivement, tout ça pour vous dire que le coup de foudre… (Elle secoua la tête.) Non. J'avais vu en Paul une possibilité à un moment précis, et lui aussi au même moment. Et nous avons vécu quatre merveilleuses années. Depuis, cette interférence ne s'est jamais reproduite avec personne. »

L'esprit soudain vide, Hanna réalisa que Sybil s'était penchée par-dessus son épaule. « On va l'accrocher », disait-elle, d'une petite voix. Alice leur sourit, et dans ce sourire Hanna entrevit la jeune mariée qu'elle avait été.

Pour sa part, elle ne voulait plus penser à rien qui implique un homme et une femme. C'était comme si ces deux espèces qu'on s'acharnait à vouloir unir étaient vouées au drame une fois ensemble. Alors qu'elle veillait à se recomposer une attitude avenante et équilibrée, le professeur Allenwood s'approcha du trio, un galant sourire aux lèvres – un peu voûté, comme si, dans un salut désuet, il ôtait un chapeau invisible.

« Mesdames, j'ai bien peur d'avoir manqué à tous mes devoirs. Je vais vous rendre un livre avec une semaine de retard. J'en suis confus.

— Ne vous inquiétez pas, professeur, dit Sybil. Je suis sûre qu'on ne l'a même pas remarqué.

— Heureusement pour vous, le logiciel d'emprunt sur l'ordinateur ne fonctionne toujours pas, le rassura Hanna après avoir discrètement essuyé son œil droit. Dès que ce sera le cas, il ne manquera pas de nous hurler un message d'alerte au moindre retard, et c'en sera fini des bonnes ondes de cet établissement. »

Elle laissa Alice et Sybil envisager le meilleur endroit où accrocher le *Flag of Honor* et conduisit le professeur jusqu'au comptoir, ouvrant un gros cahier à spirale.

« Voyons, dit-elle. De quel ouvrage s'agit-il ?

— Là, fit-il en pointant un doigt noueux sur l'écriture fine de Sybil. *Les Vies secrètes de Marilyn Monroe.* »

Hanna eut quelques secondes d'absence, le stylo suspendu quelque part entre le cahier et la stratosphère. *Encore*, se dit-elle en redescendant lentement sur terre. *Encore et toujours.* Elle ne se souvenait pas d'avoir rentré ce livre dans le stock, ni aucun autre sur Marilyn. Il n'y avait que des romans, ici, pas de biographies. Il devait avoir été tiré d'un carton apporté par un particulier.

Mais qu'est-ce que c'était que cette journée ? Hanna croulait sous les émotions contraires.

Muette, elle récupéra le livre que lui tendait le vieil homme, en reconnut la couverture. Elle l'avait vu à Dearbly, dans la chambre de Gail. Elle se souvenait de la page pliée, celle où sa sœur avait caché la photo immonde, légendée avec une terrifiante sobriété : *Marilyn morte.*

« Si vous voulez mon avis, grommela Allenwood, ce bouquin est un torchon. Marilyn n'a jamais été cette femme de mauvaise vie.

— Pardon ?

— Les gens là-dedans… (Il secoua la tête.) Ils vont jusqu'à dire qu'elle était grivoise, peu soignée, qu'elle avait le visage recouvert d'une sorte de barbe… Vous rendez-vous compte des inventions qu'on peut répandre, juste pour faire croire qu'on a croisé quelqu'un de célèbre ? Ceux qui la connaissaient vraiment ne témoignent jamais, curieusement. Nos souvenirs nous appartiennent. Nous seuls savons qui elle était vraiment. »

Saisie, Hanna afficha un sourire parfaitement idiot. C'était une blague ?

« Enfin, soupira Allenwood. Je n'avais jamais voulu ouvrir aucune de ces prétendues biographies auparavant, mais là je dois dire que je l'ai lue avec la plus grande attention. Il y a quand même un passage sur nous dans tout ce fatras. Ce qui explique mon retard. Excusez-moi. (Il eut un sourire un peu triste.) Force est de constater que ça ne valait pas le temps que j'y ai passé.

— Vous… Vous connaissiez Marilyn ? »

Hanna ne croyait même pas à ce qu'elle venait de lui demander. Sous l'élan de la fierté, Allenwood eut l'air de redresser sa vieille carcasse.

« Oui, petite madame. Elle a enchanté mon adolescence, ici même, à Manhattan.

— C'est fantastique, lâcha Hanna, stupéfaite.

— Oh oui, se rengorgea le bonhomme. Avez-vous entendu parler de cette vente aux enchères chez Christie's, la semaine dernière ? Les costumes hollywoodiens ? »

Hanna secoua la tête en signe de dénégation. Elle ne savait plus où elle en était. Heureux de son effet, le professeur continua :

« Eh bien, c'est moi qui ai remporté la robe. *Robe sequins rouge, 1954, Marilyn Monroe*, récita-t-il. (Il baissa d'un ton et se pencha vers elle :) Mais ne le dites à personne, je n'ai pas envie d'avoir la presse sur le dos. Le journaliste qui a rédigé l'article sur la vente m'a dépeint comme une sorte de dinosaure, un phénomène géologique qui aurait traversé plusieurs ères glaciaires, mais il n'a pu avoir ni mon nom ni mon adresse, j'avais fait comme Marilyn, j'avais usé d'un pseudonyme… »

Hanna se raidit. Le professeur était probablement dingue. Ou alors c'était un complot contre elle, mené par elle ne savait qui… Bon sang, était-ce ainsi qu'on devenait paranoïaque, quand les élucubrations d'un vieux fou faisaient écho aux murmures enfouis de votre vie personnelle ?

« Mais à vous je fais confiance, chère Hanna, dit le professeur. Vous me donnez tant de bonheur, ici. Alors, s'il vous plaît, jetez ce torchon, et venez voir la robe et mes souvenirs. Ce serait un honneur pour moi. »

14

C'était un appartement délicieux, digne d'un vieil excentrique capable de claquer des milliers de dollars dans des paillettes rouges et du tulle doré. Plantes en pots baignant dans la lumière d'un bow-window de l'East Village, foulards accrochés dans l'entrée et guéridons surpeuplés de photographies joliment encadrées attestaient la présence quotidienne d'une Mme Allenwood, ainsi que d'une descendance nombreuse et voyageuse.

« Je n'avais que seize ans quand je l'ai connue, expliqua-t-il en servant le thé avec un raffinement de gentleman.

— Marilyn ou votre épouse ? demanda Hanna en contemplant une photo familiale où des petits-enfants s'ébattaient sur la plage de Coney Island.

— Marilyn, bien sûr. Il m'a fallu tellement d'années pour retrouver une femme aussi drôle et enchanteresse qu'elle, que j'ai dû attendre l'âge canonique de 39 ans pour épouser Mme Allenwood. Heureusement, ma femme est plus jeune que moi, elle a compensé mon retard... »

Hanna sourit. Le thé était délicieux, l'ambiance délicate. Dans la bataille intérieure qu'elle s'était livrée, la curiosité l'avait emporté sur la crainte d'atterrir chez un fou, ou sur celle d'exhumer des souvenirs douloureux qui la ramèneraient à Michael et à Eleanor, à la charge familiale que la petite supportait sans le savoir.

Bien sûr, elle hésitait encore à croire le vieil homme, jusqu'à ce qu'elle repose sa tasse et qu'il la conduise dans une pièce meublée d'un large bureau et de vitrines, où étaient exposés des diplômes universitaires – Allenwood n'avait au moins pas menti sur ce point, il avait vraiment été un professeur émérite. Et puis il y avait autre chose – un ensemble d'autres choses qui la prirent presque de court.

Sur un mur recouvert de panneaux de liège, entre des notes de restaurant jaunies et des billets de concert datant des années cinquante (Ella Fitzgerald, Frank Sinatra au Madison Square Garden), de nombreuses photos étaient punaisées pêle-mêle, pas toujours bien cadrées, presque jamais posées – en tout cas, ce n'étaient pas des œuvres de professionnel. Elles étaient en noir et blanc, mais en très bon état. On devinait le soin jaloux qui leur était apporté.

Marilyn y arborait un sourire absolument pas maîtrisé, rien à voir avec la moue sensuelle et légèrement frémissante à la Monroe. Non, là, elle partait dans tous les sens, dévoilant ses dents, le bout de sa langue, le nez en l'air. Blonde, de ce blond céleste, mais pas coiffée, les racines plus foncées. Les yeux brillants, sans surcharge.

Ainsi était Zelda Zonk à New York. Hanna en fut saisie. Elle connaissait ce sourire. Non ?

« Oh, mon Dieu, professeur, c'est vous sur cette photo ? »

Elle surjouait ses émotions, parlant un peu fort – une vraie comédie qui lui demandait des efforts, destinée à faire taire la tempête intérieure qui l'emportait loin d'ici.

« Oui, rit-il, sur cette photo, nous sommes dans sa chambre du Gladstone, sur la 52e Rue, près de Lexington Avenue. Elle y est restée quelques mois, en 1955, avant d'emménager au Waldorf Astoria. Mais rassurez-vous, à l'époque, je n'avais que seize ans, et nous ne faisions rien de répréhensible. »

Hanna observa la photo du Gladstone. On y voyait Marilyn, sweater et pantalon noirs, à demi allongée sur un canapé, ses pieds nus ramenés sous elle. À ses côtés, un jeune Martin Allenwood, maigre et gominé, posait un coude sur ses genoux, pas plus ému que cela d'effleurer la rotule la plus célèbre du monde. Tous les deux ne souriaient pas à l'objectif, mais l'un à l'autre, peau noire contre peau blanche.

« À cette date, Marilyn avait quitté Hollywood. Je l'accompagnais à l'Actor's Studio, où elle prenait des cours, dans une ancienne chapelle de rite orthodoxe grec, sur la 44e Rue. Un drôle d'endroit, fréquenté par Brando, Eli Wallach ou Shelley Winters, très gentille. Des acteurs de l'époque.

— Vous étiez acteur, vous aussi ?

— Oh, non, mes parents n'auraient jamais voulu ! (Le vieil homme secoua la tête, amusé.) C'était un drôle de milieu que celui des artistes. Moi, j'étudiais la littérature, et j'aimais la personne qu'était Marilyn, c'est tout. Elle avait une candeur, une gaieté... Elle était appelée à bien d'autres choses que ce qu'elle faisait.

— Comment était-elle ?

— Elle était moderne, en avance sur son temps. Vous savez, à cette époque, rien n'était facile pour les jeunes gens de couleur, comme moi. Marilyn, elle, ne faisait pas de différence. Savez-vous qu'elle a changé la vie d'Ella Fitzgerald ? Lorsque Ella a débuté, elle a essuyé de nombreux refus. Notamment celui d'un club très célèbre à West Hollywood, le Mocambo. Eh bien, Marilyn a appelé le patron, et lui a assuré que s'il embauchait Ella Fitzgerald pour un tour de chant, elle, Marilyn Monroe, viendrait s'asseoir tous les soirs au premier rang. Et c'est ce qu'elle a fait. »

Le professeur réfléchit une seconde et pointa une photo d'un index décidé.

« Elle était comme ça », décréta-t-il.

Sur le portrait cadré serré, en noir et blanc, Marilyn fixait l'objectif. Ses yeux très clairs semblaient le percer. La frange de ses cils était balayée par une mèche blanche, son menton reposait dans sa main et une cigarette allumée tenait en équilibre entre ses doigts, tout près de sa joue.

Ce qui frappait, au-delà de la sensualité de la pose, c'était son air résolu. Ce n'était pas la photo d'une femme fragile – plutôt l'instantané d'une âme véritable que la focale avait captée à son insu. Cette Marilyn-là disait : « Je vous ai bien eus. »

Hanna eut besoin de s'appuyer sur la console devant elle. Cette femme, elle la reconnaissait. Elle en était certaine.

« Elle se faisait appeler Zelda Zonk, n'est-ce pas ?

— Oui, Zelda Zonk, c'est ainsi qu'elle signait à l'hôtel. Pour semer les paparazzis. »

Allenwood enfonça la punaise qui maintenait le cliché.

« Mais voyez-vous, c'était étrange. Elle était ambivalente. Elle se déguisait en Zelda, mettait une perruque, puis au bout d'un moment s'ennuyait qu'on ne la reconnaisse pas. Alors elle finissait par ôter sa perruque, et les gens s'attroupaient. Je l'ai vue faire cela chez Saks. Elle était entrée incognito dans une cabine d'essayage, puis en était ressortie en Marilyn Monroe. Une émeute ! Elle, ça l'amusait. Elle se métamorphosait en une seconde, par un regard, un changement d'attitude. C'était comme si elle appuyait sur un bouton.

— Comment l'avez-vous connue ? »

Le vieil homme élégant eut un petit rire.

« Laquelle ? Marilyn, ou Zelda Zonk ?

— Zelda Zonk. Marilyn, tout le monde la connaît.

— Eh bien… Mon plus jeune frère était ami avec l'un de ceux qu'on appelait les Monroe Six. C'était un groupe de gamins de treize-quatorze ans, qui la pistaient partout dans Manhattan. Oh, ce n'était pas difficile, elle s'était découvert des prétendus talents pour la conduite et se déplaçait en Thunderbird Sport noire. Elle allait ainsi du Gladstone jusqu'à la 95e Rue, chez sa psychanalyste, cinq fois par semaine. Le docteur Marianne Hohenberg, une Hongroise solide avec de beaux cheveux blancs tressés comme cela... (D'un geste comique, il dessina un chignon au-dessus de sa tête.) Bref, plusieurs fois, mon jeune frère a été traîné là-bas. Lui, il se fichait bien de Marilyn Monroe, ce qui l'intéressait, c'était le base-ball et Joe DiMaggio. Alors il se laissait convaincre d'attendre sur le trottoir, dans l'espoir de voir DiMaggio sortir de chez la psy, même si tout le monde savait que lui et Marilyn étaient divorcés depuis un moment déjà... Une fois, j'ai dû aller le chercher, et je l'ai vue, elle. (Martin Allenwood eut un sourire absent, tout à son apparition.) Je ne l'aurais jamais cru, mais elle s'est arrêtée. Elle aimait bien ces gosses. Elle a discuté un moment avec eux, joyeuse. Je me souviens que mon frère a haussé les épaules et qu'il m'a dit : « Elle fait tout le temps ça... » En tout cas, lui n'a jamais vu DiMaggio ! »

Hanna était fascinée.

« Elle vous a parlé, à vous ? demanda-t-elle.

— Oui, mon Dieu ! J'étais là, ébahi, les bras ballants. Il faut savoir que cette fois, elle était en Marilyn. C'était l'été, elle portait une robe moulante couleur crème et du rouge à lèvres très rouge. Ses cheveux étaient... Enfin, c'était impressionnant. Alors elle m'a posé un doigt sur le nez : "Ferme la bouche, mon garçon, les abeilles vont y entrer !" »

Hanna eut un petit rire. Enthousiasmé par le public qu'elle lui offrait, le vieil homme était lancé.

« J'étais ensorcelé, poursuivit-il. Après ce jour, je suis allé traîner vers l'Actor's Studio. J'ai su par la bande qu'elle y suivait ses cours les mardis et vendredis, à onze heures. Je profitais de ma pause déjeuner à l'école pour aller l'attendre. À une heure tapante, elle ressortait, cachée derrière un foulard et des lunettes noires. Les Monroe Six étaient encore des gamins, moi, j'étais plus grand, et je m'intéressais au théâtre, à la littérature. Nous faisions quelques pas dans Lower Manhattan, elle a fini par apprécier ma conversation.

— Vous n'étiez plus impressionné ? demanda Hanna.

— Non, plus du tout. Il faut savoir qu'au Studio, ce qu'on appelait la méthode de Lee Strasberg la mettait dans tous ses états. Il s'agissait de pratiquer l'introspection pour trouver un personnage, au risque d'ailleurs de surcharger son jeu avec ses problèmes personnels et ses tics. Et des problèmes, elle en avait ! Donc elle ressortait de là-bas pleine de questions, et souvent en petits morceaux. Elle aimait ma présence, je crois que je la reposais… Venez voir la robe. »

Il ouvrit un placard en bois blond, sortit une housse. Hanna fut surprise de voir que c'était là le seul vêtement de sa collection, apparemment.

« Pourquoi cette robe, en particulier ?

— Parce qu'elle a une histoire… Vous savez, je ne suis pas fétichiste, vous ne trouverez ici ni chaussures ni rien d'autre. Seulement ses foulards, dont je me plais à croire qu'ils sentent encore son parfum.

— Le *Numéro 5* de Chanel ?

— Oh non, ça, c'était pour la galerie ! Tous les jours, elle portait une eau de Cologne qu'elle achetait chez Kiehl's, dans Alphabet City. Cela sentait la figue fraîche, un peu sucrée, pas capiteuse comme pour une femme fatale, voyez-vous… »

Un sourire mélancolique aux lèvres, il ouvrit le zip de la housse. Un feu d'artifice de feuilles et d'étoiles brodées de sequins jaillit du plastique opaque ; du rouge, des plumes, des dorures, l'ensemble très kitsch faisait fille de bastringue. Hanna resta muette. Pourquoi cette robe ? se demanda-t-elle de nouveau.

« Cette robe est un symbole, dit le vieil homme. On la lui a envoyée pour des essais sur *La Vénus…* de je ne sais plus quoi, un film qu'elle n'a jamais tourné. "Regarde, Martin, pour quoi on me prend", m'a-t-elle dit. Elle en avait assez de cette image qu'on lui renvoyait. Alors elle a attrapé une paire de ciseaux, et elle a soigneusement découpé deux étoiles en sequins, dans la longueur de la jupe… Une pour elle, une pour moi. »

Il ouvrit un tiroir, et en sortit une pochette en plastique transparent.

« J'ai gardé la mienne tout ce temps. Elle me l'a donnée en me disant : "C'est tout ce qu'il reste de moi." Regardez, la robe a été reprisée, ici et là. On voit bien que l'étoile n'est pas de la même couleur… »

Hanna toucha le tissu sans rien dire. Était-ce à ce moment-là, en se désespérant de ne plus se reconnaître dans ce costume vulgaire, que Marilyn avait décidé d'être Zelda à tout jamais ?

« Vous savez, dit le professeur Allenwood, Truman Capote, qui la connaissait bien, a raconté dans un livre une chose qui la révèle bien davantage que tout ce qu'on a pu écrire sur elle. Un jour, il l'avait trouvée devant son miroir, absorbée par son reflet. "Qu'est-ce que tu fais ?" lui a-t-il demandé. Et savez-vous ce qu'elle lui a répondu ?

— Non. »

Le professeur inspira profondément, ménageant son effet :

« Elle lui a répondu : "Je la regarde." »

15

Hanna vécut les jours suivants dans un flottement inconfortable. Elle ne savait plus où se situer dans l'héritage de Zelda Zonk.

Elle avait hérité du concret : le cottage. Mais aussi d'un enfant. À travers Eleanor, la magie se perpétuait, Zelda vivait toujours. Mais qu'en était-il de l'identité qui forge une famille ? La petite fille ne connaîtrait peut-être jamais son vrai père, ni la drôle de vie de sa grand-mère (vraie ou fantasmée ?), et Hanna pliait sous le poids moral de ce double manquement. Elle se posait mille questions : devait-elle occulter tout cela pour installer Eleanor dans une vie sans histoire, entre Jeffrey et elle ? Ou devait-elle chercher les réponses à lui apporter, si un jour cette vie-là volait en éclats ? Jeff était si peu présent. Quelque temps, le « *J'ai entendu* » qu'il avait prononcé le jour de sa demande en mariage avortée avait résonné comme une menace dans la tête d'Hanna. Avait-il voulu dire par là qu'il savait que leur couple ne tiendrait pas, que ce n'était qu'une question de temps réduit à ce qui leur serait supportable – quelques années peut-être ? Et après ? Jusqu'à quel point occuperait-il la place censée être la sienne dans la vie d'Eleanor, s'il partait ?

Rendue à la douceur de Pemberley, découpant minutieusement un pochoir en dentelle qu'elle destinait à un roman d'Agatha Christie, Hanna s'imagina faire ses aveux à sa fille sur son lit de mort, opportunément coiffée de cheveux blancs comme une vieille Anglaise. Elle serait alors très âgée, Eleanor serait une adulte depuis bien longtemps et lui tiendrait la main. Serait-il moral de partir sans rien lui révéler de ses origines ?

La maison de Kinsale était à elle, recelant ses secrets. Il faudrait bien qu'un jour elle aille en ouvrir toutes les portes.

L'occasion devait s'en présenter bien plus tôt qu'elle ne l'aurait imaginé. Son portable fit entendre sa musique débile, un tintement à peine audible qu'elle avait la paresse de changer. Elle soupira pour la forme et posa une part de tarte à la rhubarbe sur la table d'Alice Wood. D'un geste gentil, celle-ci lui fit signe que tout allait bien – Eleanor était près d'elle, veillant à ne pas déranger Wallace qui dormait sur ses genoux.

Hanna extirpa le téléphone de sa poche. Elle attendait un appel de Kirk pour un devis d'assurance – les pluies diluviennes de la veille avaient généré un dégât des eaux peu important dans la cave, mais le sol était à refaire. Le numéro était inconnu. Pas de New York, se dit-elle. Elle hésita un bref instant : l'Irlande ? Non, elle ne reconnaissait pas l'indicatif. Et si c'était Michael qui l'appelait d'un pays lointain ? Pourquoi ? Éperdue, elle répondit.

« Hanna ? C'est moi », entendit-elle.

Après un instant de vide où son cerveau bugga, elle dut admettre que ce « *moi* » flûté voulait dire « *maman* ».

Mais que diable venait faire Evelyn McCann dans ce bazar familial ? Hanna s'était habituée à ce que sa mère ne se manifeste que lorsque le calendrier le rendait obligatoire – une carte pour Noël, une autre pour le jour de l'an, suivies d'un désert épistolaire de onze mois coupé par des coups de fil trimestriels. Des vœux brefs et lointains, une prise de nouvelles polie où même Jeff avait sa part, un point comparatif sur la météo de New York et de Marrakech, c'était vite fait.

Là, il était encore un peu tôt pour souhaiter téléphoniquement le premier anniversaire d'Eleanor. Hanna en ressentit une vague inquiétude.

« Maman ? » C'était toujours bizarre à dire, ça, *maman.*

« Chérie, comment vas-tu ? »

Oh, Seigneur, qu'elle m'épargne son « chérie », se dit Hanna. Pépié sur ce ton-là, elle avait toujours eu l'impression d'être son coiffeur gay ou sa styliste suédoise.

« Bien, merci… Euh, et toi ?

— Eh bien… Hanna. Ton père est mort. Malheureusement. »

Malheureusement.

Hanna ressentit un grand vide, une absence de quelque chose ; de sentiments, probablement.

Effectivement, c'était fort dommageable.

« Cancer. Il n'a pas souffert », disait Mme ex-McCann, d'une voix qui n'aurait pas autorisé qu'on soupçonne le contraire

En panne de réaction adaptée, Hanna faillit éclater de rire : cette femme était complètement dingue, ou bien trop confite dans son univers pour se confronter aux réalités. Il semblait qu'elle ne ressentait rien comme tout le monde. Tout n'était que convenances, petits arrangements avec l'existence. Donc George McCann n'avait pas souffert. Pas dans cette vie-là, du moins, où la maladie était comme une partie de croquet perdue. « Quand ? » demanda-t-elle, faute de mieux. *Bon Dieu, faites que la tristesse s'abatte sur moi, cette conversation n'a rien de convenable.* Elle convoqua mentalement une image sympathique de son père. Devant un sapin de Noël, ou en kilt à Balmoral, un chromo dans le genre. Mais non, rien ne se passait.

Au bout du fil, Evelyn avala une gorgée de quelque chose, sans se presser.

« Euh, hier soir, je crois. Andrea m'a appelée ce matin.

— Andrea ?

— Sa compagne. »

Allons bon. Son père avait une compagne. Hanna ne la connaissait même pas, mais sa mère l'appelait carrément par son prénom. Mais qu'est-ce que c'était que cette famille, aussi ?

« J'ignorais qu'il avait une… euh… compagne.

— Ah bon ? Eh bien, si, de longue date. Andrea Rourke-Bell, tu dois t'en souvenir.

— Absolument pas.

— Hanna, voyons, elle était au Trinity College avec toi. »

C'était une blague. Hanna sentit un bouillonnement monter dans sa gorge et se pinça le nez de toutes ses forces : un fou rire. Voilà ce qui lui arrivait alors que sa mère lui annonçait la mort de son père. *Seigneur.*

« D'accord, parvint-elle à articuler. Disons que j'essayais de me souvenir de quelqu'un de plus âgé. Me suis trompée de tiroir.

— Oh, Andrea a la tête sur les épaules. Pas du genre à lui faire faire de la moto dans les couloirs du manoir, comme cela a été écrit – à tort – dans *Bray People* l'an dernier. Les journalistes racontent n'importe quoi. Rassure-toi. »

C'était trop. Hanna se recroquevilla au-dessus du comptoir, secouée de spasmes muets. Ses côtes allaient exploser, c'était presque douloureux.

« Bref, on l'enterre lundi. »

Hanna essuya une larme. Merde.

« Lundi ?

— Oui, lundi à Kildare. Le caveau de famille est là-bas, tu sais bien.

— Non.

— Oui, eh bien, ses amis de Dublin feront quelques miles pour lui rendre un dernier hommage. Une heure de voiture. C'est à dix heures. »

Lundi. C'était le seul mot qu'elle avait réussi à sauver de son fou rire. Hanna se concentra pour avaler sa salive sans s'étrangler. Lundi, ça ne l'arrangeait pas du tout. C'était trop tôt, elle n'était pas prête à retraverser l'Atlantique. « Ton père n'a jamais arrangé personne, ma petite », fit la voix d'Evelyn. Mon Dieu, elle n'avait tout de même pas pensé à voix haute ?

« Je sais que ça ne va pas être pratique pour toi, poursuivit Evelyn. Mais je suppose qu'il y a des vols quotidiens de New York, non ? »

Hanna hésita. Devait-elle mentir pour se débarrasser de cette corvée ? Car, très franchement, jouer la fille en deuil devant le cercueil d'un quasi-inconnu, fanatique des manuels de savoir-vivre mais qui s'envoyait sa camarade de classe, était une corvée. Elle pouvait toujours dire qu'elle était trop loin, mal organisée, et faire livrer une couronne par FedEx. Elle soupira entre deux hoquets discrets.

« Je vais faire mon possible, lâcha-t-elle à regret.

— Hanna. Il s'agit de ton père.

— Si peu, maman. »

Il y eut un silence au bout du fil, qu'Hanna mit à profit pour reprendre ses esprits.

« Enfin, je veux dire… Nous n'étions pas très proches.

— Je le sais bien, chérie. Je sais l'effort que je te demande. Mais il y a malheureusement dans la vie des moments où il convient de faire front ensemble. Toutes les familles ne sont pas parfaites, Hanna, la nôtre moins que… Mais enfin, on ne sait pas ce que sont les histoires des autres. »

Hanna ne pouvait qu'en convenir. Dans la grande comédie de la vie, chacun jouait son rôle, cachait son jeu. Tout à coup, elle ne se sentit plus en position de refuser d'y prendre part.

« Je viendrai, soupira-t-elle.

— Merci, Hanna. J'apprécie, crois-moi.

— Es-tu toujours à Marrakech ?

— À Dublin. Je loge chez les Teague. Mais il serait plus confortable pour vous de prendre une chambre d'hôtel.

— Nous ? »

Sa mère pensait-elle sérieusement qu'elle allait imposer à Jeff les funérailles d'un beau-père qui ne l'avait reçu que deux fois – la première lors de présentations guindées, la seconde pour lui refuser la main de sa fille ?

« Toi et Gail, précisa Evelyn.

— Gail doit venir ? À l'enterrement ? »

À la faveur d'un décès, si peu douloureux soit-il, leur mère croyait-elle pouvoir ramener la brebis galeuse au troupeau pour contenter la galerie, des années après l'avoir excommuniée ?

« Bien sûr, elle est déjà prévenue.

— Tu as téléphoné à Gail ?

— Euh… oui. De toute évidence, un courrier aurait demandé beaucoup trop de temps dans ce cas précis.

— Tu plaisantes. Je ne savais même pas que tu avais le numéro de téléphone de Gail. »

Il y eut un silence si long qu'elle crut qu'Evelyn avait raccroché.

« Maman ? vérifia-t-elle.

— Oui. Eh bien… Cet enterrement, ce sera l'occasion de se parler, je suppose. »

Longtemps après avoir raccroché, alors qu'elle mettait en ordre les affaires de Pemberley et organisait avec Sybil son absence – « *une semaine, pas plus* » –, Hanna se demanda de quoi Evelyn, Gail et elle pourraient bien parler au-dessus du cercueil de George McCann. Puis elle dut se confronter à une autre évidence jusqu'ici soigneusement refoulée : en retournant en Irlande, elle ne pourrait pas faire l'économie d'un passage par Kinsale.

Plus que la mort de son propre père, cela la perturbait jusqu'au point le plus haut et le plus sensible.

16

Elle ne fut pas surprise par la réaction de Jeffrey. Il s'affaissa imperceptiblement sur le canapé, les épaules tombantes, passant machinalement la main dans ses cheveux.

« Aller à Kinsale ? demanda-t-il.

— Oui, il faut que j'aille voir la maison. Le notaire. J'irai après l'enterrement. (Elle prit son élan.) Viens avec moi... »

Sans conviction. Pas dupe, il releva les yeux vers elle, avec l'ombre indéfinissable d'un sourire.

« Non, pas à Dublin, ni à Kinsale. Ce n'est pas ma place, Hanna. Ce sont tes affaires. »

Ce n'était pas dit méchamment. Hanna hocha la tête. Le sentiment intime que ce voyage serait fatal à leur couple ne la quittait pas depuis qu'elle s'était réveillée seule. Une fois de plus, Jeffrey était rentré tard dans la nuit, et il n'était déjà plus dans le lit auprès d'elle. Elle l'avait trouvé dans le salon, occupé à réunir ses affaires pour repartir.

« Et pourquoi ne pas venir à Londres ? Chez Gail ? Tu m'attendrais là-bas avec Eleanor... »

Elle ne savait pas lequel d'entre eux deux elle cherchait le plus à rassurer. La symbolique que Jeffrey et elle restent sur le même continent avait quelque chose d'enfantin, comme si elle était une petite fille jouant avec ses Playmobil sur un tapis de jeu. Mais c'était la seule pensée pratique qui lui venait.

Jeff parut réfléchir, prenant plus de temps qu'il n'en fallait pour fermer toutes les poches de son sac à dos. Sans doute était-il touché par ce qui semblait être un vœu sincère, ou tout au moins un effort honorable de sa femme pour maintenir à flot la galère dans laquelle leur couple était embarqué.

Puisqu'il finit par répondre :

« Pourquoi pas. (Se tournant vers elle.) C'est une bonne idée. J'ai probablement besoin de changer d'air pour relire ce roman tranquille. Loin du boulot. »

Sous-entendu « *loin du boulot et de ses tentations* ». Nous avons l'air malin, tous les deux avec nos secrets atomiques, se dit-il.

Lorsque Gail fut prévenue de leur arrivée, elle se montra étrangement fébrile. « Euh, oui… Oui, bien sûr, Patti et Craig seront ravis de voir Jeff pendant qu'on… Oh, Hanna, cet enterrement, quelle plaie.

— Tu as eu Evelyn au téléphone ? Je ne savais même pas qu'elle avait ton numéro.

— C'est bien qu'on se retrouve. Qu'on prenne un peu de temps.

— Gail. Comment a-t-elle pu t'appeler ? Après tout ce temps, elle est gonflée, tout de même. »

Un silence plana quelque part au-dessus de Londres.

« Eh bien, on s'est un peu rapprochées, dit Gail, hésitante.

— Sans blague ? Depuis quand ?

— On parlera de tout ça, Hanna. La mort de George a ça de bon qu'elle nous permettra peut-être de resserrer les liens. »

Hanna haussa les sourcils. Elle se sentait un peu larguée. La distance, sans doute, et cet autocentrage qu'elle avait opéré depuis son arrivée à New York.

Et surtout, bien autre chose la préoccupait : elle devait prévenir Edwyn Collins de son arrivée imminente et user de subtilité pour en apprendre un minimum sur l'emploi du temps de Michael. S'assurer qu'il ne serait pas à Kinsale en même temps qu'elle.

Sinon, elle n'avait aucune idée de ce qu'elle ferait.

PARTIE II

IRLANDE

17

« Les convenances auraient exigé qu'on propose à notre mère de se joindre à nous, dans ces douloureuses circonstances, non ? dit Hanna. Pour une veillée funèbre digne de ce nom. »

Le voyage l'avait épuisée. Avec Eleanor sur ses genoux, elle n'avait pas pu fermer l'œil durant les sept heures du vol New York-Londres, ni pendant le bref Londres-Dublin que Gail avait employé à bavarder de sujets très éloignés des funérailles qui les attendaient, comme si elle cherchait à boucher tout un tas de trous dans la conversation. Pendant le vol transatlantique, Jeffrey ne s'était pas donné cette peine, le nez plongé dans son ordinateur, parlant peu. Il avait l'air de vouloir se faire oublier.

Et maintenant, alors qu'elle ne souhaitait que dormir, elle se retrouvait avec Gail dans le brouhaha d'un pub rouge et acajou. La fatigue la rendait cynique.

« Buvons un coup à sa santé. À la tienne, George », dit-elle en levant paresseusement la bière à laquelle elles n'avaient pas pu échapper. Un retour en terre irlandaise devait passer par cette *stout* noire qu'elle n'aurait pas le courage de finir.

Gail eut un sourire presque timide. Depuis leur arrivée à Dublin, elle ne disait plus grand-chose. Les deux sœurs avalèrent une longue goulée au même rythme. Hanna sentit l'alcool lui tomber directement dans les genoux, bienfaisant.

« Je suis impatiente d'étudier le spécimen Evelyn McCann demain, reprit-elle. Evelyn en *mater dolorosa* sous sa mantille, Evelyn en contrition, ça doit valoir son pesant d'hosties. Pauvre George.

— Oh, allez, dit Gail, il a eu une belle vie, pour ce que j'en sais.

— Tu étais au courant pour Andrea Rourke-Bell ?

— Oui, vaguement. J'ai lu… euh… un article dans un journal, il y a quelque temps. L'an dernier, je crois. Un truc assez marrant où on le dépeignait en vieil excentrique.

— Oui, Evelyn m'a dit… Qu'est-ce que c'est que cette histoire de rapprochement avec elle ? Vous vous téléphonez ? C'est récent ? »

Gail haussa les épaules.

« Bof, au fil du temps…

— Eh bien, merci de m'avoir prévenue.

— C'est pas important, Hanna. Et toi maintenant, tu es si loin, et tellement occupée… »

La lumière baissait, le barnum des fêtards avait grossi devant le match de foot retransmis sur grand écran. Hanna se dit qu'elles auraient pu choisir un autre endroit pour cette discussion, un de ces restos branchés où la musique couvre juste les conversations comme il convient, pas ce foutoir où la testostérone plombait jusqu'au bruit des fourchettes. Et puis une douce ivresse la gagnait. La bière et le football tenaient en respect les drames bassement familiaux.

« Bien, dit-elle. Restons légères. On aura bien assez d'un enterrement demain matin. »

Gail lui sourit : elle était d'accord.

« Bon, comment ça va avec Jeff ? demanda-t-elle, faussement enjouée.

— Oh merde, Gail, tu ne vas pas recommencer !

— Je plaisante, Hanna. »

Le serveur apporta les salades commandées. Hanna n'aurait rien pu avaler d'autre qu'une feuille de laitue, et heureusement Gail était dans sa période verte : intox par le houblon, détox par la crudité. Elle était fidèle à elle-même, maquillée comme pour un mariage, ses cheveux noirs ramenés en bandeaux sur la nuque ; il s'en échappait juste les mèches qu'il fallait.

Hanna eut un élan d'affection mélancolique, probablement provoqué par la Guinness.

« Tu te souviens, quand on était petite ? Qu'on transformait ton lit en toile de tente et qu'on se racontait notre vie rêvée ?

— On le faisait encore il n'y a pas si longtemps à Dearbly.

— C'est vrai. Moi, je trouve que le temps passe si vite… »

Gail hocha la tête, visiblement absorbée par leurs souvenirs d'enfance ; cela se manifesta par l'attention toute particulière qu'elle accorda à une lamelle de saumon fumé sur sa fourchette.

« Bon, dit-elle en relevant la tête. Recommençons, alors. Parlons de nos vies rêvées. Les a-t-on réussies ? Moi, je dirais que oui. Un chouette boulot, un mec, un enfant chacune.

— Dans cet ordre-là ?

— Mmm… Non, je mettrais l'enfant en premier. Et le mec en dernier.

— Pauvre Craig ! rit Hanna.

— Oh, détrompe-toi, il est heureux comme tout. Et moi aussi, avec lui. C'est seulement qu'un mec… Eh bien, c'est périssable. »

Elles rirent toutes les deux, deux éclats dissous dans le vacarme. La *stout* faisait son effet : Hanna n'avait pas vraiment la même opinion que sa sœur sur la péremption des hommes – de *tous* les hommes.

« Eh bien, dis-moi : as-tu déjà songé à tromper Craig ? » s'enhardit-elle. Mon Dieu, qu'est-ce qu'il lui prenait ? *Fais attention, Hanna, fais bien attention à ce que tu racontes.* On aurait dit qu'elle avait besoin de s'approcher au plus près des limites.

Mais Gail ne sembla rien remarquer, prenant la question comme un jeu, une partie d'« Action ou Vérité ».

« La réponse est non. La date de péremption de Craig est assez éloignée, il me semble. Il est drôle, gentil, pas compliqué, on s'entend bien. C'est confortable. Franchement, je ne regrette pas la passion. Ça n'a qu'un temps, tu sais. »

Non, Hanna ne comptait pas encore le temps que la passion mettait à disparaître.

« Mais bon, continua Gail. Des couples font des entailles dans le contrat tous les jours. La monogamie ne serait pas vivable, autrement.

— Tu ne penses absolument pas ce que tu dis. »

Gail enfourna son morceau de saumon.

« Non, c'est vrai. Si le couple m'a longtemps effrayée, c'est parce que pour moi il est liberticide ou il n'est pas. C'est comme ça, je suis jusqu'au-boutiste. Je déteste le libertinage. »

Elle leva les yeux au ciel.

« Qu'est-ce que je peux être chiante, à assener des trucs comme ça. Je suis mal placée, avec mon passé de maîtresse d'homme marié et de mère célibataire. »

Hanna frissonna. Jamais elle ne s'était rendu compte à quel point son histoire était proche de celle de Gail ; un amour interdit, un enfant qui paraît, inattendu.

« Gail, dis-moi, tu l'aimais, le père de Patti ? »

Seigneur, que cette conversation était étrange. Jamais le gué sacré des confidences d'oreiller n'avait été franchi, c'était en quelque sorte une aventure trop incestueuse pour être tentée.

Gail posa sa fourchette, se concentra sur sa manucure, brillante et au carré.

« Oh oui, dit doucement Gail. J'ai cru en mourir. »

Hanna battit des cils : Gail la splendide avait souffert.

« Pourquoi ne m'en as-tu jamais parlé ? J'ai toujours cru que c'était une passade. »

Gail fronça les sourcils.

« Je n'aime pas ça, me livrer. Puis la situation ne se prêtait pas aux confidences. Un mec marié, c'est pas glorieux. Alors j'ai souffert en silence. Faut pas me faire chier, je suis la reine des autruches. La tête dans le sable, et tout va mieux. (Gail avala une gorgée de bière et éclata d'un rire un peu sec.) Mais bon, c'est bizarre quand j'y repense, parce que, si je le croisais maintenant, je ne le regarderais même plus. Alors j'ai bien fait de fermer ma gueule. »

Hanna fixa sa sœur au plus profond des yeux.

« Tu lui as dit, pour Patti ? À son père… euh… biologique. »

C'était un sujet qui n'avait jamais été abordé. Gail la regarda, interdite. *Tais-toi, Hanna, tais-toi.*

« Pourquoi ne m'as-tu jamais posé la question avant ? (Elle secoua la tête, posa sa bière.) Pardon, mais j'ai été si seule avec ça.

— Tu n'as pas été seule, Gail. J'ai été là dès le début. Quand les parents t'ont rejetée. J'ai été là pour Patti. »

Gail prit un moment, le temps de tourner la tête vers les fêtards du bar avec un sourire faussement décontracté.

« Non, dit-elle finalement. Je ne lui ai pas dit.

— Pourquoi ?

— Question de survie. À un moment, il a fallu que j'éloigne de moi toute idée de lui. Pour avancer.

— Tu regrettes ?

— Non, je te l'ai dit, il n'existe plus. »

Gail jeta un œil à son assiette, posa sa serviette à côté, s'adossant à la banquette en moleskine. Le dîner était terminé pour elle.

« Patti a plus de pères qu'il n'en faut pour être heureuse. Jeffrey, Craig. La société change, toutes les familles sont différentes. Gays, monoparentales… Qu'est-ce que ça fout ?

— Je ne sais pas. Peut-être que c'est tromper Patti. Renier d'où elle vient. »

Hanna se mordit les lèvres. Elle n'avait pas pu dire ça. Gail la foudroya du regard.

« Tromper Patti ? Bon sang, Hanna, c'est vraiment cette question-là que tu te poses, au bout de toutes ces années ? (Elle se pencha vers elle, repoussant élégamment une mèche qui lui tombait sur l'œil.) Je vais te dire : ma fille n'a jamais été trompée en quoi que ce soit. Elle sait exactement où est la place de chacun. La tienne, la mienne, celle de Craig – et aussi qu'elle n'a pas été conçue par l'opération du Saint-Esprit. » Hanna ne se souvenait pas que la petite fille ait jamais posé de questions à ce sujet-là. En tout cas, pas à elle.

« Comment lui as-tu expliqué ? demanda-t-elle donc à sa sœur qui s'était calmée avec une gorgée de bière.

— Je lui ai simplement dit que le monsieur qui avait donné sa putain de petite graine à maman avait une autre vie que la nôtre.

— Sérieusement, Gail.

— C'est tout à fait sérieux.

— Tu ne lui as pas parlé d'amour ? »

Hanna se sentait basculer dans une autre dimension, parlant sans peser ses mots au mépris de la plus élémentaire prudence.

Gail plissa les yeux. « Pourquoi est-ce si important ? » Hanna secoua la tête.

« Non, c'est rien… Ou alors oui, c'est important pour un enfant de savoir qu'il a été conçu dans l'amour. Pas juste comme ça.

— Oui, eh bien, tu le diras à tous les orphelins qui crèvent de faim dans les pays pauvres ou dans les guerres, et tu verras bien que l'amour qui a présidé à leur naissance est accessoire. On en fait une bien grande histoire, je te jure… Et nous donc, Hanna, je ne pense pas que ce soit une passion brûlante entre George et Evelyn qui nous ait envoyées sur terre ! Et ça ne fait pas de nous des femmes malheureuses. »

Elle leva son verre. Hanna l'imita, un fragile sourire aux lèvres. Un type franchement ivre s'approcha de leur table pour trinquer avec elles. « Aux plus belles filles de Dublin ! » brailla-t-il. Il était plutôt beau garçon, dans le genre poète chevelu et savamment débraillé – mais trop rougeaud pour être honnête. Gail le renvoya d'un geste de la main sous les rires de ses camarades de comptoir.

« Tu vois, conclut-elle, pas malheureuses, les plus belles filles de Dublin ! (Elle rit.) Et toi, dis-moi, as-tu songé à tromper cet ours de Jeff ? »

Au regard que Gail lança de côté pour vérifier si elle n'aurait pas à repousser encore les assauts du poète de comptoir – ce regard d'où tombait toute l'insouciance du monde –, Hanna sut que c'était pour elle une question négligeable. Sa sœur ne la pensait pas capable d'embrasser le danger, d'écouter le désir.

« Oui », répondit-elle donc, bravache. L'attention de Gail se porta de nouveau sur elle, millimétrée : ses pupilles se rétrécirent, sa tête se cala bien droite entre ses épaules, les deux petites rides entre ses beaux yeux se plissèrent.

« Quoi ? Quand ? Qui ? » lâcha-t-elle avec un tombé parfait.

Hanna se demanda brièvement si elle avait vraiment envie de faire ça, mais il était trop tard pour revenir en arrière. Son cœur s'emballait.

« Tu ne le connais pas.

— Hanna, tu l'as fait ?

— Oui.

— Quoi ? »

Gail avait presque bondi de sa chaise. Ses yeux la balayaient à toute vitesse, de haut en bas, comme si elle scannait les organes qui auraient pu être endommagés par un tel séisme.

« Quand ? »

Non, ça, Hanna ne pouvait pas.

« Il y a longtemps », éluda-t-elle donc. Un nuage de silence passa entre elles, malmené par le flux des exclamations qui fusaient au-dessus de leurs têtes. Gail eut un regard suspicieux, puis elle laissa tomber un énorme soupir de sa bouche vermillon.

« Bordel, Hanna… Ne me dis pas que toutes tes questions sur Patti ont un rapport avec cet homme et Eleanor…

— C'était il y a longtemps, Gail…

— Ah oui, il y a longtemps ? Donc, à l'époque où tu passais ton temps enfermée chez toi à faire de la couture, tu as eu le temps de t'envoyer le voisin ? Je t'en prie, Hanna… »

Hanna tremblait. D'un coup, toute ivresse la quittait – celle de la bière et celle des confidences. Le visage de Gail s'éloignait d'elle de façon stroboscopique. Ses sourcils parfaitement arqués ne traçaient plus qu'un trait sombre.

« Bon sang, je le savais, gémit Gail. Je crois que je l'ai toujours su. Ce bébé miraculeux…

— Tu ne sais rien du tout ! protesta Hanna, terrorisée par la tournure que prenait la conversation.

— Et Jeffrey ? Comment as-tu pu faire ça à Jeff ? »

Les mots serpentèrent entre deux exclamations viriles et quelques bruits de verres. Hanna se pétrifia, un coup de froid en pleine figure. Elle ne reconnaissait pas sa sœur dans cette femme indignée repliant bien proprement sa serviette. La Gail qu'elle connaissait aurait dû s'exalter pour son histoire, se passionner pour les détails – les rencontres, le physique de l'homme mystérieux, peut-être son prénom, toutes les choses que l'on chuchote à minuit sur un lit transformé en toile de tente. Pas lui renvoyer le nom du beau-frère bafoué comme un camouflet.

« Je ne sais pas, murmura-t-elle. Parce que c'était l'homme de ma vie. »

Gail sembla lire sur ses lèvres.

« Mais cet homme, qui était-ce, Hanna ? Comment l'as-tu rencontré ? »

Hanna secoua la tête, misérable. Elle ne dirait plus rien. Gail eut un sourire étrangement protecteur, et posa sa jolie main sur le bras de sa sœur.

« D'accord, je ne veux pas en savoir plus, c'est déjà bien assez... (Elle pencha la tête sur le côté, les deux petites rides soucieuses réapparaissant sur son front.) Mais tu sais aussi bien que moi que ça va passer. Tout finit par passer. Surtout les sentiments extrêmes. N'en parlons plus, s'il te plaît. »

Ce soir-là, lorsqu'elle fut dégrisée après une marche muette jusqu'à leur hôtel, Hanna se coucha sans demander son reste tandis que Gail faisait ronronner la tuyauterie de la salle de bains. Elle fit semblant de dormir à son retour, regrettant la mortelle Guinness, ses demi-aveux pathétiques, et le fait de partager la même chambre que sa sœur. Le temps des confidences et des éclats de rire dans la pénombre était bien loin.

Gail était-elle donc devenue cette femme renonçant à ses rêves de petite fille, naviguant entre bonheur raisonnable et dangereuse amertume ? Où étaient ses beaux discours sur l'indépendance féminine, le choix, l'émancipation et tout le cortège des revendications qu'elle faisait défiler pour qui voulait l'entendre, en bonne suffragette ? Ce soir, les yeux qu'elle avait posés sur sa misérable carcasse adultérine semblaient remettre en question jusqu'à son droit de vote.

Dans le silence sombre de la chambre, Hanna écoutait filer le souffle paisible de l'inconnue qui dormait à côté d'elle. Marsha avait peut-être toujours eu raison : sa sœur n'était pas un porte-drapeau du féminisme, mais une égoïste qui menait sa vie comme une héritière de chaîne d'hôtels. Évidemment que Gail ne dirait rien à personne : elle avait probablement déjà tout occulté. Rien n'avait jamais été assez notable dans la vie d'Hanna pour mériter d'être bousculé. Lorsque le petit jour finit par s'infiltrer sous les rideaux, elle ouvrit les yeux sans avoir eu conscience de s'être endormie. La fatigue l'avait rattrapée, sournoise. Elle eut du mal à se situer, géographiquement d'abord, moralement ensuite : Seigneur, qu'avait-elle fait, qu'avait-elle dit qui ébranlait un peu plus un édifice familial prêt à s'écrouler ?

Gail était réveillée. Occupée à démêler ses longs cheveux, elle lui jeta un œil morne dans le miroir de la coiffeuse et fit claquer un élastique au bout d'une natte, qu'elle entortilla en chignon.

« Gueule de bois, lâcha-t-elle. Merci la Guinness. »

Hanna supposa que c'était sa manière d'envoyer la conversation de la veille dans des oubliettes alcoolisées.

Sur le lit, un tailleur noir était étendu. Pourquoi pas un chapeau à voilette ? se demanda-t-elle, désabusée. Bon sang, sa sœur allait jouer le jeu jusqu'au bout. Cet enterrement serait pour elle une représentation hollywoodienne de plus.

Hanna eut le sentiment farouche de ne pas appartenir au même monde. Elle n'avait rien à faire ici, il fallait qu'elle prenne ses affaires et claque cette foutue porte d'hôtel. Il pleuvait comme vache qui pisse, le ciel se cassait la gueule sur le Velux. C'était violent. Mais Gail interrompit le cours de ses pensées.

« Dis-moi juste, dit-elle sans se retourner. Est-ce que ce que tu m'as dit hier soir a un rapport avec Zelda Zonk ?

— Pardon ?

— Avec tes escapades à Kinsale. Celle de demain, par exemple.

— Gail, je ne vais rien faire d'autre que signer des papiers à Kinsale. Personne ne m'attend à Kinsale. »

C'était un demi-mensonge, et elle-même le savait bien. Michael ne serait pas là, mais d'une certaine manière il l'attendrait toujours à Kinsale.

Gail suspendit son geste, un pinceau en apesanteur devant son visage.

« Cette maison, Hanna, en as-tu vraiment besoin ? Ta vie n'est plus en Irlande. Vois tes priorités, ton mari, ta fille…

— Et moi ? (Hanna serra la mâchoire.) Et moi en tant que priorité, tu y as pensé ? C'est ça qui bouleverse ta manière de voir les choses ? Cette immense largesse d'esprit, tu ne l'appliques qu'à toi-même ? Gail, tu n'as toujours été que ta propre priorité. Je suis désolée que ton monde s'écroule, mais tu l'as dit toi-même : n'en parlons plus.

— Tu veux savoir ce que je crois, Hanna ? (Gail avait pivoté sur son tabouret.) Je crois que cette Zelda Zonk t'a retourné la tête, pire que ton accident, et qu'elle continue dans la tombe. »

Hanna eut un petit rire. Bien sûr, l'irruption de la vieille dame dans sa vie avait été un cataclysme, à plus d'un titre. Elle continuait à agir comme un révélateur. La duplicité de Gail en était le dernier symptôme, sur le long chemin vers son émancipation qu'elle avait entamé à l'hôpital.

« Tu n'y changeras rien, dit doucement Hanna. Le cottage fait partie de ma vie. Maintenant, enfilons nos beaux habits, et allons enterrer notre père. »

18

Pas de mantille pour Evelyn McCann. Pas de voilette, ni aucun signe de deuil ostentatoire. Elle n'avait pas sacrifié au noir traditionnel, mais avait opté pour un gris ardoise très doux, une toque en feutre, des perles de culture aux oreilles. Un col tailleur, de gros boutons noirs, un discret foulard crème. À côté, Gail ressemblait à Jackie Kennedy à Arlington.

Elles se saluèrent rapidement, prenant les places d'honneur dans l'église bondée. Hanna reconnut à peine sa mère, mais crut déceler un éclair d'impatience dans ses yeux sombres. « On se voit après », dit Mme ex-McCann en posant la main sur son épaule, dans un flot de bois de santal. Tiens, plus de Guerlain dans son sillage, se dit Hanna, déstabilisée.

On aurait dit qu'Evelyn craignait qu'elles ne partent sitôt l'office expédié. Elles étaient en retard. Le taxi avait mis des heures à gagner Kildare, tournant en rond au milieu des plus fameux haras irlandais en revenant sans cesse au point de départ – ou alors ce n'était qu'une impression. Gail n'avait presque pas ouvert la bouche de tout le trajet, et Hanna s'était demandé ce qui perturbait le plus sa sœur, entre leur engueulade matinale et les retrouvailles cérémonieuses avec Evelyn.

Pendant l'oraison, Hanna se composa une mine chagrine de circonstance, mais ne put s'empêcher de jeter des regards en biais sur sa gauche. Fidèle à elle-même, Gail affichait son impiété en étudiant ostensiblement l'architecture de l'église, mais la plus intéressante à observer était la jeune femme blonde à ses côtés. Andrea, devina Hanna, surprise de ne rien reconnaître de son ancienne camarade d'université dans la créature chic et triste qui froissait un mouchoir entre ses mains gantées.

Sur sa droite, Evelyn était admirable dans le rôle de l'ex-épouse magnanime ; il faut avouer qu'elle n'était pas absolument irréprochable de son côté, se dit Hanna en tentant un bref regard par-dessus son épaule : le beau diplomate marocain qui avait réussi à arracher sa mère aux brumes catholiques irlandaises était-il de la sauterie ? Au premier abord, elle ne vit personne qui ressemblât à un prince arabe. Rien que des mines pâles et rouquines, avec cet échauffement des joues typiquement britannique.

Selon les éloges, George McCann était un bienfaiteur d'envergure internationale. Un noble désintéressé qui refilait des fortunes à des ONG, de l'Unesco au cercle hippique de Sainte-Brigitte. Les berges de la rivière Tully, qui passait pas loin, lui devaient des bancs tout neufs qu'on graverait bientôt à son nom, et le cancer serait probablement éradiqué un jour dans le monde entier grâce à ses dons.

Vraiment, il y avait foule pour pleurer George. Hanna était surprise. Si son père était bien le même homme guindé et réfrigérant que dans ses souvenirs, il devait être très riche pour avoir autant d'amis qui voulaient du bien à sa dépouille.

Son impression se confirma lors du traditionnel défilé de condoléances d'après messe. Nombreux furent celles et ceux qui lui prirent la main, se désolant pour elle qu'elle ait perdu un papa aussi exceptionnel. Bon sang, savaient-ils qu'elle ne l'avait pas vu depuis au moins dix ans ?

Une fois George en terre, la foule se clairsema et s'en alla piétiner les mottes de tourbe du cimetière avec distinction et talons hauts. Un vin d'honneur avait été dressé au pub Two Bells, comme l'indiquait le faire-part, et tout ce petit monde prit le chemin du centre-village, cahotant entre la file des voitures garées le long de la nationale.

« On boit un coup vite fait et on se tire », chuchota Gail, la bouche en biais. Andrea avait tout organisé. Hanna fut estomaquée de voir Evelyn lui prendre les mains et la féliciter chaleureusement. Ne sachant trop quoi faire de sa peau, elle intercepta un verre de Pimm's sur un plateau qui volait par là et se cala sur un tabouret, en terrasse. Ses chaussures lui faisaient mal. Elle jeta un œil alentour en grimaçant. Gail n'était plus visible.

« Ta sœur se refait une beauté aux toilettes, fit la voix d'Evelyn derrière elle. Je l'ai interceptée et lui ai demandé de nous rejoindre, mais il paraît que vous êtes pressées ? »

Pressées ? Pourquoi ? Hanna n'avait pas encore pris son billet de train pour Kinsale, repoussant au dernier moment cet acte impossible, et le vol de Gail pour Londres n'était qu'en début de soirée. Elle ne sut quoi répondre. Evelyn prit place face à elle, un léger sourire aux lèvres. Elle avait changé, constata Hanna, un peu gênée de l'observer. Ses cheveux n'étaient plus blond cendré, mais gris argenté, mi-longs et lissés derrière une oreille. Une mèche flottait devant un œil. C'était joli. Presque pas de rides, un léger bronzage, sans doute un peu de Botox, mais discret.

Hanna se demanda à quoi elle-même ressemblait, et elle eut tout de suite la réponse : « Tu es ravissante, dit sa mère. Épanouie. Sincèrement. » *Sincèrement ?* Evelyn McCann faisait des phrases avec le mot *sincèrement*, maintenant ?

« Belle cérémonie », dit Hanna pour meubler. Evelyn hocha la tête. « Andrea a bien fait les choses. Il faut dire qu'elle a eu le temps de s'y préparer, la pauvre enfant.

— Il était malade depuis longtemps ? »

Evelyn trempa les lèvres dans sa flûte de chardonnay et s'essuya délicatement la bouche.

« Suffisamment, dit-elle. Mais il a été très bien suivi, et il n'a pas souffert, jusqu'à ces derniers jours. Alors il était temps que cela s'arrête. »

Evelyn jeta un rapide coup d'œil à sa fille qui semblait surprise par les relations que ses parents poursuivaient dans son dos. « Il ne t'avait rien dit ? »

Hanna écarquilla les yeux, incrédule.

« À moi ? Non, pourquoi l'aurait-il fait ? »

Sur quelle planète Evelyn ex-McCann vivait-elle ? Selon elle, George, qu'elle n'avait eu qu'une douzaine de fois au téléphone en une décennie, aurait dû l'appeler un jour pour lui dire gentiment : « Tiens, bonjour, chérie, au fait, j'ai une leucémie » ?

« Je ne sais pas, dit Evelyn. Gail m'a dit que vous vous parliez de temps en temps.

— Gail t'a dit que... »

Hanna se sentit très fatiguée. Gail la fatiguait énormément, depuis hier. Dans la même phrase, elle apprenait que Gail parlait bien à sa mère, et qu'elle-même était censée parler à son père. Mais qu'est-ce que c'était que ce souk ?

Hanna cligna des yeux pour recouvrer ses esprits.

« Tu parles souvent à Gail ?

— Eh bien, ma foi oui, de temps en temps. Bien sûr, elle ne vient pas souvent à Marrakech, surtout depuis qu'elle s'est installée à Londres, mais...

— À Marrakech ? »

Hanna s'affaissa contre le muret, éclatant de rire faute de savoir quoi faire d'autre. Derrière sa mèche gris argent, Evelyn semblait déconcertée.

« Tu es la bienvenue, aussi, mais je désespère d'avoir ta visite. Avec ton mari et ta fille. Vous êtes passés si vite, il y a si longtemps. »

Hanna avala précipitamment une longue goulée de Pimm's. Elle avait besoin d'être ivre, pour être raccord avec la conversation qui tanguait sévèrement.

« Maman. J'apprends tout juste que Gail et toi vous êtes réconciliées dans mon dos. Après dix putains d'années.

— Hanna !

— Excuse-moi, mais j'ai un peu de mal à l'admettre. Dix putains d'années. »

Elle serra les dents sur une autre bordée de gros mots quand une élégante posa sa main gantée sur l'épaule d'Evelyn, murmurant quelques mots de compassion bien pesés. Une bouffée de chaleur l'envahit. Où était Gail ? Qu'est-ce qu'elle foutait encore aux toilettes ? Sûrement à se maquiller comme une colombine de commedia dell'arte, avec ses atours de comédie et ses grosses arnaques de mise en scène.

« Hanna, c'est toi qui t'es tenue en retrait. Et crois-moi, ça m'a brisé le cœur… »

L'élégante était partie. Hanna était dans le brouillard, elle voyait Evelyn ouvrir la bouche comme si elle était sous l'eau. Un nuage de *Youth Dew* d'Estée Lauder la prit à la gorge.

« Hanna, dit Gail par-dessus son épaule. Tu viens, on doit y aller. Tu as ton train et moi mon avion…

— Fais pas chier, toi ! Va-t'en et laisse-moi. »

Hanna n'avait jamais employé un ton aussi agressif envers sa sœur. Atteinte, Gail courba l'échine. À l'ombre des glycines du Two Bells, son maquillage brillait moins.

« Bon. Enfin, Hanna, ce n'est pas si grave…

— C'est à moi de décider de ce que je trouve grave, fulmina-t-elle. Alors comme ça, c'est moi qui me suis tenue en retrait ? Pendant que tu passais des séjours à Marrakech sans me le dire, alors que je gardais Patti ? Combien de temps allais-tu encore me tenir pour quantité négligeable ? »

Elle n'écouta pas la réponse, laissant Evelyn et Gail, et s'élança vers Andrea qui, manifestement, n'osait faire un pas vers elle.

« Ton père… dit la jeune femme. C'était un homme pas commun. Vraiment bien. Tu sais.

— Non, je ne sais pas, Andrea. Je ne sais rien. Je regrette. »

Son ancienne camarade de classe lui prit les mains, un peu gauchement.

« Appelle-moi. Si tu veux. »

Hanna hocha la tête, les larmes affleurant à son œil droit. Bien sûr qu'elle l'appellerait. Des pans de vie entiers manquaient à son histoire, et à celle de sa fille. Une espèce de sort dynastique s'acharnait sur Eleanor.

Elle prit seule un taxi vers Dublin, demandant à fermer la vitre de courtoisie, et espérant que le trajet dure le plus longtemps possible. Il fallait qu'elle réunisse ses souvenirs, qu'elle fasse le point sur sa situation et sur celle de sa fille. De ses deux grands-mères, Eleanor n'en connaissait aucune. Hanna verrait Evelyn ce soir, pour commencer. Et puis demain, elle partirait pour Kinsale, pour y trouver ce que Zelda avait laissé derrière elle. Cela devenait vital.

19

Après la soirée de la veille au pub, Hanna n'avait vraiment pas envie de ressortir. Comme chaque fois qu'elle était fatiguée, sa jambe la lançait, et elle avait un mal de tête carabiné. Elle hésita à faire monter un en-cas pour deux dans sa chambre d'hôtel, mais au dernier moment l'idée de se retrouver seule avec sa mère entre quatre murs si rapprochés l'effraya. Elle avala deux cachets et accepta son invitation à la rejoindre dans un resto chic de Temple Bar. Un lundi, il y avait peu de risques de tomber en plein milieu d'un de ces enterrements de vie de jeune fille qui pullulaient dans le quartier, mais l'intimité tant redoutée ne serait pas aussi pesante.

Evelyn ex-McCann s'était décidément découvert des goûts exotiques. Le restaurant était indien, et le sari de soie de la serveuse un doux dérivatif à l'ardeur des sauces des pakoras. Hanna dut boire deux verres d'eau avant de pouvoir aligner trois mots sans cracher du feu.

En chemisier d'un blanc virginal qui faisait ressortir son bronzage, Evelyn n'avait rien perdu de sa superbe, mais pas mal de sa rigueur. Pas de lunettes en écaille comme dans ses souvenirs – ces lunettes qui faisaient dire à Gail qu'à table, leur mère semblait plutôt pratiquer des autopsies que se taper la cloche.

Hanna avala une gorgée de chai à la cardamome, regrettant que les Indiens aient si peu de bienveillance pour les alcools forts, puis se lança.

« Alors ? » demanda-t-elle.

Evelyn essuya son curry au coin de ses lèvres avec l'onction d'une reine qui guérirait les scrofuleux et planta ses lentilles extra-souples dans les yeux de sa fille. Hanna en fut gênée ; elle ne connaissait pas cette personne.

« Je te retourne la question, Hanna : alors ?

— Eh ben, on n'est pas sorties de l'auberge.

— Commence, suggéra Evelyn. Parce que voilà ce que je sais de ma fille, depuis dix ans : elle est mariée avec un journaliste-romancier américain pas mal de sa personne, que je n'ai vu que deux ou trois fois, dont la dernière à Marrakech entre deux virées touristiques dans le souk ; elle s'est longtemps occupée de la fille de sa sœur – donc ma petite-fille, en l'espèce...

— Maman...

— Attends, s'il te plaît, je n'en ai pas pour longtemps : et maintenant, ma fille a elle-même donné naissance à une fille, que je n'ai encore jamais vue. Autre chose ? »

Evelyn s'exprimait avec une douceur tout urbaine, mais ses mots étaient parfaitement découpés.

« Ah, et j'ai oublié l'essentiel, dit-elle en repliant sa serviette. Ma fille protège sa vie de famille, bille en tête, et a choisi de couper les ponts avec ses parents, qui certes formaient un couple mal assorti, mais auraient mérité une seconde chance. »

Hanna eut envie de frapper quelqu'un. C'était soudain, comme sensation. Un besoin de taper dans quelque chose de mou, de con, d'inutile. Personne ne semblant correspondre à ce profil dans ce restaurant, elle se rabattit sur le rond de serviette en fin rotin qui se cassa net sous ses doigts.

Cachant son forfait sous la table vert jade, elle enfonça ses ongles sur ses genoux pour vérifier qu'elle était bien là. Les sitars en discret habillement musical lui découpaient les nerfs à la tronçonneuse.

« Putain, lâcha-t-elle avec autant de distinction que possible.

— À ton tour, dit Evelyn. Donne-moi ta version. »

On en était donc là. On n'était pas dans la vie, mais dans des « versions » de la vie.

« Ma version ? »

Nom de Dieu, elle aurait voulu une cigarette. Elle ingurgita la moitié d'un verre d'eau et passa sa main fraîche sur son front.

« Ma version. Quand j'ai commencé à fréquenter Jeffrey, tu m'as fait la leçon et coupé les vivres. J'ai dû arrêter mes études. Puis Gail a eu Patti, et ça a été la goutte d'eau dans ta vie de mère honnête. Toi et… papa nous avez quasiment excommuniées, puis tu es allée refaire ta vie au Maroc. (Elle eut un petit rire acide.) Et papa avec ma copine de fac, apparemment.

— Hanna…

— Non, maintenant, toi, tais-toi. Il y a bientôt trois ans, j'ai failli mourir dans un accident de voiture, et je n'ai eu droit qu'à deux ou trois coups de fil de mes parents.

— Failli mourir ? »

Evelyn ouvrait les yeux si grands qu'Hanna s'attendit à ce qu'elle expulse ses lentilles dans le raïta. Elle secouait la tête d'une manière compulsive, un peu effrayante.

« Je n'exagère pas », dit Hanna, fatiguée.

Evelyn plia sa serviette déjà parfaitement pliée, mais dans l'autre sens. Elle s'adossa à sa chaise, écrasée par un poids invisible.

« Gail m'a dit que ce n'était pas si grave, que ton mari s'était affolé, mais que tu allais bien.

— Vu de l'extérieur, c'était sans doute vrai. J'ai eu de la chance, mais beaucoup d'autres sont morts.

— Pourquoi ne m'as-tu rien dit ?

— Certainement pour les mêmes raisons que Gail. Parce qu'au bout du compte, j'allais bien, compte tenu des circonstances.

— Hanna, je n'ai pas voulu couper les ponts avec toi. Tu t'es entêtée à vouloir vivre avec un étranger un peu aventurier, et plus âgé que toi, alors oui, je me suis inquiétée. Oui, j'ai voulu te laisser vivre par tes propres moyens, mais j'aurais été là pour toi dès que tu l'aurais souhaité. C'est le rôle des parents, de mettre les enfants en garde, de les éprouver un peu. Tu verras. Mais tu as toujours été ma fille. »

Hanna cligna des yeux, rattrapée par le temps d'un coup de baguette magique. Elle se revit, étudiante timorée, puis éblouie par son premier grand amour jusqu'à en devenir têtue. Cette ivresse, ce monde qui s'ouvrait enfin à elle. Ce roman qu'elle s'écrivait, au risque de se tromper de personnages. Jeffrey n'était pas l'homme de sa vie, mais elle ne le savait pas ; il l'avait à la fois libérée et claquemurée. Et maintenant, elle était le résultat de cet amour-là.

« Et Gail ? demanda-t-elle.

— Gail ? Eh bien, c'est Gail. Toujours prête à faire la révolution, mais terriblement dépendante des autres. Elle a besoin d'amour, de grandes histoires.

— Quand elle a attendu Patti…

— J'étais furieuse. Cette petite, j'ai longtemps pensé qu'elle l'avait faite exprès, par ennui.

— Tu es ignoble. »

Evelyn secoua la tête, et chercha ses mains sous la table. Hanna ne bougea pas, les paumes serrées entre ses cuisses.

« Non, chérie, ce n'est pas ignoble que de savoir reconnaître les faiblesses des gens. Surtout de ses propres enfants. Dans un sens, on en est un peu coupable. Ta sœur s'est toujours ennuyée, aussi loin que je m'en souvienne ; elle avait des envies de grandeur. Alors elle a couru après le grand amour, a cru le trouver, puis a fait cette enfant pour s'en donner la preuve. De là à l'assumer… »

Evelyn fit voler sa main par-dessus son épaule ; comme un avion, avec Gail dedans. Hanna était pétrifiée.

« Ta sœur a toujours été une adolescente, en plein élan. Je crois bien qu'elle l'est encore.

— Tu ne l'as jamais abandonnée ?

— Non. Bien sûr que non. J'ai été fâchée quelque temps, mais puisqu'il n'y avait rien à y faire… »

Evelyn sourit dans le vague.

« Et puis, à cette époque-là, j'ai rencontré William.

— William ?

— Anglais par son père, marocain par sa mère. Un bel homme. Féru d'art. Solaire. À ce moment-là, j'ai compris ce dont rêvaient les femmes, et j'ai pardonné à ta sœur. Et puis, j'avais beaucoup de choses à m'occuper pour changer de vie, j'ai été prise dans un tourbillon… J'étais dans une bulle. Avec William. J'ai été égoïste, j'en avais besoin, tu comprends ? »

Hanna hocha lentement la tête. Oh, oui, elle comprenait ça. Ce qu'elle comprenait moins, c'était que cette question vienne de sa mère, la très raisonnable et très coincée Evelyn ex-McCann.

« Gail s'est arrangée avec toi, pour garder sa fille, et j'ai cru comprendre que tu m'en voulais énormément de ne plus être là.

— C'est Gail qui t'a dit ça ? »

Evelyn réfléchit un instant.

« Non, pas vraiment. Quand je voyais Gail, on ne parlait pas beaucoup. Elle était là, c'est tout, juste pour me faire sentir qu'elle avait encore besoin d'être une petite fille et qu'il se trouvait que j'étais toujours sa mère.

— Tu n'as jamais vu Patti ?

— Non. C'est toujours pour la prochaine fois. (Evelyn haussa les épaules.) Les enfants que tu ne connais pas ne te manquent pas vraiment, il ne faut pas se mentir. Je me suis dit que c'était sans doute le prix à payer lorsqu'on fait exploser sa famille.

— Maman, pitié, il n'y a pas de prix à payer pour être une femme heureuse. Je ne veux pas entendre ça, pas maintenant.

— Tu es une femme heureuse ? »

Bonne question.

« Presque. J'y arrive presque », dit Hanna.

Elle raconta tout à sa mère – tout ce qui était racontable, et se cantonnait donc dans un périmètre pas plus élargi que Manhattan : Jeffrey, le *New York Times*, ses livres, brièvement. Puis, plus longuement, Pemberley, comment elle l'avait construit, et les gens qu'il y avait dedans. Evelyn hochait la tête, admirative.

« Et Eleanor ? » demanda-t-elle. Hanna eut un pincement au cœur en se souvenant de la conversation de la veille, avec Gail. Elle ne ferait pas la même erreur. Eleanor était une petite fille fantastique, très éveillée, pas pénible – voilà qui devrait contenter une grand-mère. Et bien sûr qu'elle la verrait un jour. Pas tout de suite, probablement, mais oui : un jour.

Lorsqu'elles se quittèrent, après quelques pas dans la rue bruyante, Evelyn prit les mains d'Hanna dans les siennes.

« Tu sais, dit-elle, le bonheur est une question de perception. Comme beaucoup de choses. Par exemple, ce qui est important pour toi n'est peut-être qu'anecdotique pour ta sœur. Et vice versa. Le temps passe, les choses se passent, et au final on se rend compte que la somme de ces choses fait une longue histoire, qu'on a bien du mal à raconter. Et on la remet au lendemain, par paresse ou par confort… Cette manière de se retrouver n'est sans doute pas commune, mais ton père aura eu ce mérite : Gail, toi et moi, nous avons toutes les trois retrouvé notre place. »

En se couchant, Hanna se dit qu'elle n'était pas sûre de pardonner aussi vite à Gail – et pas sûre non plus d'avoir trouvé sa place. Elle avait une autre longue histoire à se raconter : demain matin, le train pour Kinsale était à neuf heures.

20

Lorsque le taxi s'engagea dans l'allée du cottage, la vue de la maison, des rosiers qu'elle avait un jour taillés, lui coupa le souffle. C'est pour cela qu'Hanna n'avait pas prévenu Edwyn Collins de l'heure de son arrivée à la gare : pour ce moment où l'émotion l'étreindrait au point qu'il lui faudrait être seule pour la supporter. Elle était si fragilisée qu'un simple regard sur elle aurait pu la faire tomber.

Elle resta là un moment, les bras ballants, son sac à ses pieds – « *juste deux jours* », avait-elle encore assuré à Jeff ce matin. Sous le vent léger qui faisait se coucher l'herbe devant ses mocassins en daim, elle se sentit fâcheusement citadine. Sa tunique en soie verte flottait sur son jean. Elle avait chaud. Cet endroit lui rappelait une robe à petites fleurs violettes et des sandales à brides. Michael les lui avait ôtées, un soir.

Elle trouva la clé là où Collins l'avait indiqué, sous une pierre plate au coin de la véranda couverte d'hortensias encore verts. Le jardin était bien entretenu. Les volets, repeints en bleu, étaient ouverts.

Hanna tourna deux fois la clé dans la serrure, d'une main tremblante. Le soleil inonda le vestibule, et elle mit les pieds dedans comme dans une flaque, demeurant immobile devant le passé qui lui sautait au visage.

Marsha avait avalé les soixante et quelques kilomètres entre sa maison de la banlieue chic de Cork et le cottage de Kinsale à la vitesse d'un éclair sur la lande.

Lorsqu'elle vit la flamme de ses cheveux jaillir de la Rover, Hanna fut submergée d'allégresse. « Oh, tu m'as tellement manqué, méchante Américaine », rit son amie en la secouant comme un prunier. Le rouge à lèvres fuchsia Saint Laurent s'imprima sur la joue d'Hanna, en même temps que *Paris* libérait son odeur poudrée. À travers ces effluves, Hanna se sentit enveloppée de l'essence même de l'amitié.

Marsha n'avait pas changé. Et la voir ici, dans un biotope qui ne lui était absolument pas familier – la campagne –, faisait de leurs retrouvailles une expérience drôlement salutaire : Marsha se tordit les pieds dans les graviers, écrasa deux ou trois bestioles imaginaires sur ses jambes et s'extasia sur le paysage comme si elle regardait la Lune dans sa télévision. Épuisée, effrayée par ce qui l'attendait – et ce qui ne l'attendait pas – ici, Hanna avait besoin de ça, ce rire, cette force.

À midi, après avoir fait respectueusement le tour de la maison sans rien toucher, elles étaient installées toutes les deux sous la véranda odorante, et le soleil tapait exceptionnellement fort pour la contrée. Elles avaient échangé des nouvelles de la boutique de Cork et de *Pemberley*, du bouledogue Cassius et d'Eleanor, avaient tacitement évité Andrew et Jeffrey et réglé son compte à Gail. « C'est une égocentrique, je l'ai toujours dit », avait assené Marsha. Mais elle avait eu la victoire raisonnable :

« Mais si elle a besoin de son monde à elle, c'est qu'elle est malheureuse dans le nôtre. Tu lui pardonneras. »

Puis le sujet avait été évacué, en même temps qu'une demi-bouteille de mimosa que Marsha avait fait préparer chez Pickle's et qu'elle avait transportée dans une glacière.

« Mange, un peu. »

Hanna avait l'estomac si noué que l'idée même d'ingérer quoi que ce soit bloquait sa respiration. Le visage offert au soleil, les mains posées sur son ventre, elle tentait d'absorber un peu de la dernière énergie qui s'était envolée avec les fous rires. Elle subissait de plein fouet le contrecoup des funérailles en même temps que la violence inouïe du simple fait d'être ici. De mauvaise grâce, elle picora deux-trois tomates cerises et un œuf dur qui lui resta en travers de la gorge.

« M'étonne pas que tu aies tant maigri. Tu te nourris tout le temps comme ça ? Une tomate, un blanc d'œuf et hop ?

— Marsha, ne commence pas.

— Bon. Que veux-tu qu'on fasse ici, au juste ? »

Bonne question, se dit Hanna. Pourquoi, concrètement, était-elle là ? Elle n'aurait pas le courage de vider les placards, de trier le linge, toutes ces choses de l'ordre de l'intime qui apparemment étaient restées en place. Dans la maison, tout semblait vivant. Aucune housse mortuaire pour recouvrir canapés et fauteuils. Les bibelots étaient toujours aussi soigneusement disposés sur les petites tables du salon. Hanna ne s'y était pas attardée : il faudrait qu'elle occupe l'endroit pas à pas.

« Je dois aller signer des papiers chez le notaire. En attendant, je ne sais pas… On va faire le tour. M. Collins doit passer ce soir.

— Je meurs d'envie de fouiller les placards… Imagine un peu qu'on trouve les bijoux des *Hommes préfèrent les blondes* ou des lettres des Kennedy. Et on en ferait quoi ?

— Bah… On les vendrait aux enchères.

— Bien sûr. Tu es un monstre de cupidité. »

Pour le moment, Hanna préférait rester dehors, où l'air était le même pour tout le monde, alors que la maison était imprégnée du parfum de Zelda. Et d'un autre aussi, hautement toxique.

« Et le fils prodige est-il censé être dans le coin ?

— Marsha ! »

Hanna avait presque bondi de sa chaise : mais comment son amie faisait-elle cela ? Suivre le cheminement de ses pensées et n'avoir aucune espèce de retenue pour mettre les pieds dans le plat. Marsha leva les mains en signe d'apaisement.

« Je demande, c'est tout. »

Médusée, Hanna se laissa retomber contre le coussin en coton qu'elle avait calé sur le dossier.

« Non, il n'est pas là. Ne t'inquiète pas, j'ai bien vérifié. Et je ne veux plus en parler.

— Je ne m'inquiète pas... Hanna, je ne sais pas comment tu fais pour vivre ça. Avec cette petite qui te rappelle son père tous les jours. »

Hanna se redressa de nouveau, incrédule : Marsha avait les yeux ronds (l'ébahissement), brillants (le mimosa) et une absence totale de tabous. Elle attendait juste une réponse qui satisfasse sa curiosité. Hanna ne put réprimer un petit rire.

« Je ne crois pas à ce que je viens d'entendre !

— Je ne te forcerai pas à me dire ce que tu n'as pas envie de dire, mais le père d'Eleanor n'est pas Jeff, on le sait toutes les deux.

— Marsha. Jeff, Eleanor et moi sommes une famille.

— Bien sûr. Et toi, tu portes sans rien dire le deuil des illusions de ce type. Tu es maigre comme un coucou...

— Merci.

— Tu te noies dans le travail pour oublier...

— Je ne me noie pas dans le travail, j'adore mon travail ! Marsha, si tu voyais ce que j'ai fait à Pemberley !

— Soit. Tu ne vois jamais ton mari. Dis-moi que j'ai tort. (Elle secoua la tête.) Bon Dieu que ça doit être dur d'être toi. »

Marsha s'affala sur ses coussins, maugréant encore. Hanna garda un moment le silence. Le soleil lui tapait sur la tête et elle était épuisée. Curieusement, depuis qu'elle était arrivée en Irlande, elle ressentait la même fatigue plombante, les mêmes nausées et les mêmes maux de ventre que pendant sa grossesse – alors qu'elle n'était pas enceinte, il n'y avait aucun doute. Mais le corps avait de la mémoire, racontait sa propre histoire, sans que la tête ait aucun contrôle là-dessus. Marsha avait sans doute raison : il était peut-être temps d'en parler pour se libérer. Ici, devant cette maison où tout avait commencé.

« Oui, c'est dur, dit-elle donc d'une voix claire qui la surprit elle-même. Oh, pas de mentir, ça, c'est étonnamment facile. Ce n'est plus vraiment mentir, d'ailleurs : il suffit de se dire que les choses sont comme elles doivent être. Un mari, une femme, un enfant dans un foyer normal. (Elle réfléchit.) Jeffrey était là à la naissance d'Eleanor, tu le sais ?

— Oui, Hanna, articula Marsha.

— Il n'a pas pu couper le cordon, parce que c'était une césarienne, mais c'est lui qui l'a portée en premier. Il est devenu père à ce moment-là, il n'y a pas d'autre vérité que ça. Je lui ai donné cet enfant, tu comprends ?

— Je comprends.

— C'est tout ce qui compte. Nous avons construit quelque chose… Cette chose qu'on appelle une famille, ensemble. Tous les jours. Bien sûr que ce n'est pas parfait, personne n'est parfait. Mais c'est… (Elle chercha le mot :)… viable. Marsha, Jeff et moi, on ne s'aime plus assez pour pouvoir se blesser. »

Marsha remua un peu sur son transat, comme si elle craignait de briser ce moment délicat. Puis la regarda dans les yeux.

« Et Michael ? Qu'en fais-tu ? »

Hanna ne put s'empêcher de sursauter. Entendre le nom de son amant prononcé par quelqu'un d'autre, désincarné, la perturbait profondément. Elle hésita à répondre.

« J'essaye de le laisser derrière, Marsha. Je n'y arrive pas toujours. (Elle eut un rire triste.) Je n'y arrive presque jamais, en réalité. Mais... »

Elle soupira et ferma les yeux, moins pour s'empêcher de pleurer que pour se concentrer, trouver les bons mots ; ça lui ferait du bien, elle en était sûre. Marsha ne bronchait pas, pour une fois.

« Mais, poursuivit-elle, j'en arrive à me dire que c'est ma liberté de me souvenir des moments où j'étais avec lui et où il n'y avait que l'amour, inexplicable. C'était comme si je touchais à un mystère sacré, et qu'au-dessus de ça il n'y avait rien d'autre que mourir... Je ne suis plus la même : j'ai vécu ça, c'est à moi. Personne ne peut me l'enlever. »

Elle sentit une main fraîche venir se poser sur la sienne.

« Tu as raison, Hanna. Peut-être que d'avoir vécu ça valait bien quelques souffrances.

— Voilà. Comme un accouchement.

— C'est ça, comme un accouchement ! »

Elles rirent doucement, les yeux fermés, laissant une torpeur cotonneuse les envahir. Hanna aurait voulu se sentir plus légère. Mais dans sa poitrine, depuis des heures, son cœur sonnait la charge et l'emmenait au bord de la syncope.

L'après-midi était déjà bien avancé. Le soleil se repliait au fond du jardin. Edwyn Collins allait arriver. Un coup d'œil sous le néon de la salle de bains poussa Hanna à un ravalement complet. Une douche, un jean propre, un tee-shirt blanc. Elle grimaça devant le miroir en pied : Marsha avait raison, elle était squelettique. Marsha avait raison pour beaucoup de choses.

Elle tira ses cheveux en queue-de-cheval, se passa une couche de mascara et de baume à lèvres rose. Bof. Elle relâcha ses cheveux, qui se répandirent en vagues brunes sur ses épaules. Cela lui donnait un air moins… désagréable. Elle avait mal aux jambes.

Elle avala un thé sucré sous la menace, puis passa machinalement un coup de torchon sur la table ; elle détestait l'idée que M. Collins la prenne pour une usurpatrice malpropre. Quand il toqua à la porte, elle fit grincer son plus beau sourire. Marsha alla ouvrir, pour lui laisser le temps de se composer une attitude avenante.

Il y eut un silence plombant, puis, d'une voix mal assurée, Marsha lança du couloir :

« Hanna. C'est pour toi. »

Inutile d'en dire davantage.

Elle avait déjà reconnu son parfum.

21

L'adrénaline.

Comme devant une explosion, un accident, une grande peur, le neurotransmetteur accéléra son rythme cardiaque, augmentant sa pression artérielle – un mécanisme de défense pour la tenir debout. La surprise – et l'adrénaline qu'elle libérait – la sauva d'une situation qui aurait été intenable si elle avait dû s'y préparer.

Comment avait-elle pu être assez sotte pour s'imaginer ne plus jamais le revoir ? Comment avait-elle pu être assez naïve et arrogante pour s'imaginer qu'il suffisait qu'elle ne le veuille pas ?

Marsha semblait accablée. Bizarrement détachée, Hanna enregistra la scène : Marsha était devant – accablée, donc –, la table de la cuisine était derrière, pile sous sa main pour s'y appuyer, la porte de la salle de bains était à environ cinq mètres, et la sortie à au moins dix pas, en contournant le mur du salon.

Et au milieu de ce découpage stratégique, il y avait Michael. Irréel.

Une tête de plus que n'importe qui. Ses épaules larges. Ses cheveux bruns. Sa peau plus mate que dans ses souvenirs, ses yeux d'autant plus clairs. Pas rasé, l'air de passage. Et ce parfum qui émanait de sa chemise blanche.

Elle intégra tous ces éléments, puis sortit de son corps, flottant au-dessus de la pièce. Il dut dire quelque chose comme « Bonsoir » ou « Salut », normal, mais elle n'entendit rien, occupée à palper le bois de la table sous sa paume, pour rester dans le monde réel, au ras du sol.

Elle vit aussi que son regard la balayait de haut en bas, comme pour juger de l'étendue des dégâts laissés derrière lui, puis estima que suffisamment de temps s'était écoulé pour qu'elle puisse dire quelque chose à son tour.

« Salut, dit-elle donc.

— Je vous ai apporté des clés.

— J'attendais M. Collins.

— Je sais. Je voulais m'assurer que tout allait bien. Mais je ne vais pas rester longtemps. »

Elle vit du coin de l'œil Marsha hocher la tête pour l'encourager à déguerpir. Il s'approcha, fouillant dans sa poche. Elle serra le coin de table plus fort.

« La clé du garage, dit-il. Ou de la grange qui sert de garage. Un double de la porte d'entrée. La clé du coffre. Tout est noté.

— La clé du coffre ?

— Il y en a un, il est dans sa chambre.

— Je ne veux pas du coffre de Zelda.

— Il est vide. Mais ça peut vous servir. Je vous donne ce qu'elle a demandé de vous donner. »

Elle n'arrivait pas à tendre la main, à faire le moindre geste vers lui. Il posa donc les clés sur la table, à côté d'elle, remuant l'air au passage. Ses yeux, Seigneur, ses yeux la scotchaient sur place.

« Bon, quelqu'un veut une bière ? » intervint Marsha qui avait manifestement changé de plan. Comme personne ne lui répondait, elle déchira un carton en faisant plus de bruit que nécessaire et en extirpa trois canettes de bière blanche. « Oh, elles sont juste tièdes », s'exclama-t-elle, faussement enjouée.

Hanna secoua la tête, figée, Marsha haussa les épaules avec le sourire et tendit la main vers Michael.

« Marsha, dit-elle. Je suis la meilleure amie pour toujours. Enchantée.

— Michael. Je suis le fils. De Zelda.

— Oui, je vous situe à peu près. »

Il lui sourit et accepta la bière tiède.

« Je ne vais pas rester longtemps, répéta-t-il.

— Oh, mais je vous en prie. Vous êtes un peu chez vous, d'après ce que je sais.

— Plus maintenant. »

Il se tourna vers Hanna alors qu'elle se sentait sombrer. Avait-il changé ? Non. Il n'était pas beau d'une manière formelle, il était bien pire que ça. De lui se dégageait une chaleur qu'on ne ressentait pas devant une perfection plastique désincarnée. Hanna eut un douloureux sentiment de propriété : elle le reconnaissait. Et elle, elle n'avait qu'un tas d'os et de cernes à lui montrer.

Les minutes qui suivirent se déroulèrent dans le brouillard. Il fallut s'asseoir dans le salon de Zelda, chacun évitant la chauffeuse dans laquelle les formes de la vieille dame semblaient encore imprimées. Les plaids colorés étaient pliés sur les sofas – ni Hanna ni Marsha n'avaient osé les étaler. Hanna baissa les yeux sur la table basse sur laquelle jouaient les doigts du soleil. Le merisier verni reflétait la fenêtre grande ouverte, pourtant elle étouffait. Heureusement, Marsha s'occupait de la conversation tandis qu'elle tentait de s'organiser : où poser ses yeux, que faire de ses mains, tout en elle faisait débat. « C'est tout de même incroyable, cette histoire, disait Marsha. Hanna et Zelda se sont connues si peu de temps. Vous vous êtes vues combien de fois, Hanna ? Deux, trois fois ?

— On a passé du temps à l'hôpital, dit le robot.

— Mais oui, bien sûr, mais ensuite ?

— Je suis venue deux fois à Kinsale. Une fois avec Patti. »

Oui, la première fois avec Patti, pensée salvatrice. Quant à la seconde fois, inutile d'y penser. Hanna accrocha le regard de Michael puis détourna le sien, brûlée vive. Pensait-il à la même chose qu'elle ? Cet après-midi-là, derrière la porte bleue. Bien sûr qu'il y pensait. Elle le comprit en le voyant du coin de l'œil passer la main dans ses cheveux, bouger un peu, nerveusement.

Elle chercha une image de secours, et se focalisa sur celle de Patti, montant Kibootz dans l'enclos. « Et les chevaux ? » demanda-t-elle, sortant de sa torpeur.

Michael avala une gorgée de bière puis la regarda, un peu surpris qu'elle lui adresse la parole.

« Toujours là. Edwyn s'en occupe.

— Aussi ? Et ça ne lui fait pas trop de travail ?

— Il ne s'en plaint pas. Mais si vous voulez, vendez-les.

— Quoi ? Les chevaux ne sont pas à moi, vous rigolez. Ce n'est pas dans le testament... enfin, dans les papiers.

— Relisez mieux. Je crois qu'il est écrit que le cottage vous revient avec tout ce qu'il contient. Je suppose que les chevaux en font partie. Sans ça, on n'a plus qu'à appeler l'équarrissage.

— L'équarrissage ? Vous êtes fou ? »

Il sourit, et avala une nouvelle gorgée. Hanna regretta de ne pas avoir une bouteille entre les mains pour se donner une contenance. Elle croisa les bras et s'enfonça dans le canapé, mettant une dizaine de centimètres supplémentaires entre elle et le fauteuil où il s'était assis.

« Vous entendez ce que vous dites ? maugréa-t-elle. Si votre mère savait ça... Ses chevaux.

— Je plaisante, Hanna. »

Son prénom dans sa bouche lui parvint comme un coup dans le ventre. Dites par lui, ces deux simples syllabes pesaient des tonnes – elles étaient lourdes de souvenirs, d'émotions, de non-dits, de sexe aussi.

Marsha sembla aussi penser que c'était là un tournant dans la conversation, qui s'engageait sur une voie où elle n'était plus obligée de ramer. « Bon, je vous laisse. Hanna, je vais prendre un bain et me coucher, je suis crevée. » Hanna la regarda les yeux vides. Son amie lui sourit, l'air tout de même un peu inquiet, et serra la main de Michael. D'un coup, elle avait disparu. Plus de babillage, plus de Saint Laurent pour habiller l'air qui manquait cruellement dans cette pièce.

« Je vais y aller », dit Michael.

Elle ne répondit pas et il ne se leva pas. Soudain dépourvue de toutes ses facultés, dépourvue de Marsha, elle s'abandonna à la contemplation irraisonnée de l'homme qu'elle aimait, laissant le silence prendre toute la place autour d'eux.

Il ne bougeait pas, ses yeux voilés rivés sur elle. Elle aurait dû pouvoir se lever de ce maudit canapé, traverser les deux mètres qui la séparaient de lui, s'asseoir sur ses genoux et mettre les bras autour de son cou. Elle aurait dû pouvoir caresser ses cheveux, prendre sa bouche, passer les mains sous sa chemise et s'abîmer dans le plaisir, avec lui. Et se réveiller tranquillement demain, sur un autre jour où elle pourrait de nouveau faire tout cela.

Mais sa vie, cette vie qu'elle s'était choisie un jour d'hiver à l'orée de Central Park, lui imposait de rester là, clouée sur un sofa, à une distance raisonnable. Il posa sa bière sur la table basse, et elle baissa les yeux sur sa main, captivée. Ses mains sur elle, se souvint-elle. Elle eut si mal qu'elle grinça des dents.

« New York, dit-il. C'est bien ? »

Qu'est-ce qui était « bien », dans cette question hypocrite ? se demanda-t-elle. La ville, ou sa vie là-bas ? Il connaissait New York, donc il s'agissait d'elle.

« Non », dit-elle, juste pour voir.

Il hocha la tête.

« Venez habiter ici.

— C'est une invitation ou un de vos plans foireux pour vous fabriquer des souvenirs ? »

Elle se mordit les lèvres : c'était puéril. Il eut un sourire bref.

« Vous n'avez pas besoin d'invitation, vous êtes chez vous. Et si ça vous rassure, je ne suis presque jamais à Kinsale. »

Hanna haussa les épaules, soudain épuisée.

« Et vous êtes où ? » osa-t-elle demander, sachant qu'il allait répondre « Paris » et que ça les tuerait probablement tous les deux.

« Un peu partout, dit-il.

— Ah ! Votre boulot ?

— Lequel ? J'en ai changé si souvent. Non, sérieusement, je voyage beaucoup, et c'est pour un boulot aussi. En quelque sorte. Je fais des photos.

— Des photos de quoi ? De top models en maillot de bain ?

— D'endroits qui me plaisent. »

Elle vit passer une lueur dans ses yeux et comprit qu'en partant, Zelda lui avait une deuxième fois offert la vie. Une onde chaude lui enveloppa la poitrine et elle se rendit compte qu'elle était simplement heureuse pour lui. Elle lui sourit – un premier sourire. Il lui répondit de la même manière, le visage lumineux, et des kilos de plomb furent dissous dans l'air comme par magie.

« Racontez-moi, dit-elle. Iguaçu, la grande muraille de Chine, tous ces endroits dont vous rêviez, vous y êtes allé finalement ?

— Ah ! Iguaçu, oui, la Chine pas encore. Bientôt. J'ai fait un peu le tour de l'Amérique du Sud.

— C'était beau ? Iguaçu. »

Il hocha la tête, se souvenant de la conversation qui les avait animés, un soir à Paris, sur les voyages et sa crainte de ne pas avoir assez de toute sa vie pour visiter les endroits qui le faisaient rêver.

Puis ce fut plus facile. L'appel d'air venu d'ailleurs allégea l'atmosphère. Le temps se délita, à l'ombre des nuages noirs qui moutonnaient derrière la fenêtre. Comme dans un rêve, il lui raconta les eaux saumâtres du Rio de la Plata,

Buenos Aires et l'Uruguay, la Candelaria de Bogotá, un survol épique de la cordillère des Andes et le Christ du Corcovado qu'il avait enfin pu toucher du doigt, alors qu'il était aussi mécréant que sa mère.

Hanna rit, le questionna, l'écoutant passionnément, le mangeant des yeux sans se retenir. Puis le silence s'installa de nouveau, lourd, doux et chaud, seulement rompu par le bruit d'une porte que Marsha faisait claquer à bon escient. La lumière du crépuscule vacillait, les murs en pierre prenaient une couleur fumée.

Le claquement de la porte avait agi comme une impulsion, et Hanna entendait son cœur s'emballer, une chaleur cotonneuse progressant organe par organe.

Elle allait payer cher le nouvel abandon qu'il allait lui infliger.

« Le tonnerre, dit-il, sans la lâcher des yeux.

— Une porte qui a claqué.

— J'ai entendu, mais il y a du tonnerre aussi. Un orage. Je vais rentrer. »

Il détourna son regard et se leva en même temps qu'elle.

« Il pleut, dit-elle.

— Pas de problème, je suis en voiture. »

Espérait-elle le retenir pour trois gouttes de pluie, lui qui revenait des chutes d'Iguaçu ? N'importe quoi. Il allait passer la porte, elle tomberait et ce serait tout.

Elle n'entendit ni « au revoir » ni quoi que ce soit, vit juste sa bouche articuler quelque chose, ses yeux fuser, la porte se fermer sous ses mains. C'était fini.

Elle s'appuya contre la porte, le cœur fou, les deux mains bien à plat pour garder un repère, la joue posée sur le bois frais. Tous ces mois à vivre dans son souvenir, et il était là, si près.

Elle ne l'entendait pas partir. Pas de bruit de pas dans les graviers, pas de moteur qui démarre – rien que sa propre respiration et le tumulte de son sang déboulant dans ses oreilles. Était-il lui aussi aimanté à cette putain de porte ? Elle eut un vertige.

Un toc léger sur le bois rebondit dans sa joue, faisant écho au plus profond de son ventre.

Oh, mon Dieu.

Elle gémit, saisissant la poignée de sa main tremblante, vacillant sous le regard de loup qui fondait sur elle. « Bon Dieu, Hanna », murmura-t-il. Il la souleva dans ses bras, la serrant contre lui, puis l'embrassa, d'un baiser fou et profond.

Elle entendit des plaintes sortir de sa propre gorge. « Chut », lui dit-il, le souffle court. Éperdue, elle s'accrocha à son cou, les doigts douloureusement noués dans le col de sa chemise. Son corps était à bout.

« Chut… » Michael saisit sa tête entre ses mains, plongeant dans ses yeux alors que leurs poitrines se soulevaient par spasmes dans l'ombre du vestibule. Ses iris clairs brillaient d'un éclat étrange, entre désir pur et consternation.

« Hanna. Que faut-il que… »

Il s'interrompit, perdu. Elle voulut lui dire quelque chose, mais ne put produire qu'un souffle alors qu'elle l'attirait vers elle de toutes les forces qui lui restaient. De nouveau déferlèrent des torrents de volupté, douce et mordante comme la bouche qui la prenait encore.

Il la porta à travers la pièce, accrochée à ses épaules. « Doucement. On va y aller doucement, Hanna », chuchota-t-il dans ses cheveux. Elle se sentit mourir.

Dans la pénombre de la chambre, son corps reconnut le sien. Ses sens engourdis s'éveillèrent dans des déflagrations successives, les mains de son amant redessinant les courbes qu'elle avait perdues. Elle sentait sa peau se tendre avec la sensibilité d'un tambour, ses seins éclore, son intimité forcée avec la plus douce des violences. Elle goûtait ses lèvres, son cou, son torse, empoignait ses hanches pour qu'il se noie en elle, au plus profond. Ses mots d'amour s'échouaient dans le creux de l'épaule qu'elle mordait. *Ne dis rien, surtout ne dis rien.*

La nuit fuyait dans une ivresse extatique. Hanna n'entendait plus ses propres soupirs, écoutant avec avidité la respiration saccadée de son amant.

« Chut, ne cessait-il de souffler. Chut… » Le plaisir venait, dominant toutes ses pensées, faisant d'elle une femme unique.

Après le vertige, la nuit reprit toute sa place, douce, épaisse, seulement traversée par les souffles qui s'épuisaient et le crépitement de la pluie sur la vitre.

« Ça ne changera rien, dit-il.

— Je ne vous ai rien dit.

— Vous à New York. Moi un peu partout ailleurs, alors…

— Je sais. »

Dans le grand lit, sous le bateau de pirates peint pour l'enfant que son amant avait été, Hanna reconnaissait les senteurs hespéridées des draps, la fermeté du matelas. La lune rincée par l'orage éclairait le lit d'un halo presque surnaturel.

Michael la gardait étendue sur lui, la maintenant fermement d'un bras autour de sa taille. Immobile, elle s'enivrait du parfum de peau et de fougère qu'exhalaient les poils de son torse, faisant provision de l'air dont elle aurait besoin ensuite.

« Je dois m'en aller, dit-il.

— Pas tout de suite.

— D'accord. »

Après tout, elle y avait bien droit – encore un peu.

Elle aurait voulu s'endormir, elle était si fatiguée de tous ces mois sans lui. Elle cala son front, à l'écoute des palpitations de son cou. Il accentua son étreinte. Elle sombra deux ou trois fois, succombant sous la caresse hypnotique puis sursautant sitôt qu'elle touchait le fond de son inconscient.

« Chut… » entendait-elle chaque fois, tandis qu'il la rassurait d'un baiser.

Plus tard, dans un demi-sommeil enfiévré de désir, elle se sentit glisser sur lui, s'ouvrir alors qu'il guidait ses hanches de ses mains chaudes – et elle fut remplie de lui, la vague déferlant de nouveau, violente, impérieuse.

La jouissance sonna le glas de sa bravoure : elle allait abandonner, disparaître au fond des draps, dissoute dans le sommeil.

« Je dois m'en aller », dit-il de nouveau après un moment.

Elle ouvrit les yeux si grands qu'ils lui firent mal.

« Oui », murmura-t-elle.

Oui. Elle ne devait rien dire d'autre. Ne pas l'effrayer. Pas de « Je vous aime » ni de phrases douloureuses, cette fois.

Elle l'écouta récupérer ses affaires dans la pénombre, s'habiller ; de nouveau, il la laissait.

« Hanna.

— Oui.

— Je serai à Kinsale tant que vous y serez. Appelez-moi. Si vous voulez.

— Pour ça ?

— Ou pour manger, dormir. Vous en avez besoin.

— N'importe quoi. C'est un plan de sauvetage ? »

Dormir ? Avec lui ? Il lisait dans ses pensées. Michael soupira en se levant, se gardant bien de l'approcher de trop près.

« Il n'y a pas que vous à sauver », dit-il en sortant.

Elle ferma les yeux sur le néant qui l'appelait, saisissant les draps froissés pour les serrer entre ses bras.

22

« Alors ? » demanda Marsha.

Hanna vint s'installer devant la table du petit déjeuner, où son amie avait dressé un échantillonnage de plats digne de chez Pickle's. La seule vision des œufs brouillés lui souleva l'estomac. Elle attrapa le broc d'oranges pressées, avec l'espoir que l'acide neutralise la boule de fiel qui menaçait d'exploser sur la nappe brodée.

« Il est resté, lâcha-t-elle à contrecœur.

— Oh, ça, je sais. »

Hanna leva les yeux vers elle sans vergogne, n'ayant même pas la force de rougir. Elle entreprit mécaniquement de mettre en pièces un morceau de pancake, roulant la mie collante entre ses doigts. Marsha hocha la tête et retourna vers la cuisinière, où grésillait une poêle en fonte pleine de bacon écœurant.

« Je crois qu'on va tout congeler. Il y a un congélateur, dans ce cottage ? »

Hanna la regarda, surprise.

« C'est tout ? Tu ne m'engueules pas ? »

Marsha prit le temps d'ôter la poêle du feu et de s'essuyer les mains sur le tablier à fleurs qui lui allait aussi bien qu'un débardeur à une poule.

« Non, je ne t'engueule pas. Tu veux savoir pourquoi ?

— Non.

— Eh bien, parce que premièrement cet homme-là ne doit pas s'oublier facilement, donc tu es pardonnée. Andrew avait des bourrelets et une calvitie naissante à 25 ans et pourtant j'en étais dingue, donc ça me met les choses en perspective, tu vois.

— Et deuxièmement ? »

Hanna avala une gorgée de jus d'orange, qui contre toute attente suivit la bonne route.

« Et deuxièmement, ce type-là est foutrement amoureux de toi. Si je puis me permettre. »

Hanna ne répondit rien, s'appliquant à ne pas frémir.

« Tu veux que je développe ? demanda Marsha. Bien. Démonstration : je ne sais pas où il était prévu qu'il soit, mais en tout cas il a débarqué ici plus vite que son ombre. Et si c'était juste une furieuse envie de s'envoyer en l'air, je suppose qu'il n'a qu'à choisir parmi la moitié de la population du village ou d'ailleurs...

— Je ne veux pas entendre ça, Marsha.

— ... et surtout pas rappliquer au bout de cette falaise rien que pour te sauter, toi. Vu que tu es un nid de problèmes.

— Merci, c'est gentil. »

Renonçant à défaire le nœud de son tablier à fleurs, Marsha le fit passer par sa tête.

« C'est vrai, Hanna. D'autant qu'à sa place, je t'aurais attirée chez moi pour baiser tranquille, plutôt que de passer ma nuit à t'étouffer entre deux oreillers. Juste une remarque pour la prochaine fois : ça ne marche pas. »

Hanna ne put s'empêcher de rire, une sorte de soubresaut arraché à la fatigue.

« Et maintenant ? reprit Marsha.

— Maintenant ? »

Hanna haussa les épaules. Que voulait dire « maintenant », alors qu'elle n'avait pas encore intégré un passé vieux de pas plus de deux ou trois heures ?

« Rien, dit-elle. Maintenant, rien. Il reste à Kinsale tant que j'y suis. Ensuite, je prendrai mon avion. Fin de l'histoire.

— Jusqu'à la prochaine fois. Votre Zelda commune a bien calculé son coup. Vous êtes condamnés à vous sauter dessus deux ou trois fois par an, chaque fois que tu viendras ouvrir les volets. Tu vas le voir aujourd'hui ?

— Je ne sais pas.

— Si monsieur est en libre-service, tu aurais tort de te gêner. »

Un rire triste crépita au-dessus de la tasse de thé qu'Hanna tenait à deux mains.

« Hanna, sérieusement. Excuse-moi de te demander ça, mais tu vas lui dire, pour Eleanor ? »

Bon. Hanna posa sa tasse et balaya les miettes sur la table d'un revers de main.

« Je n'ai aucune raison de lui dire quoi que ce soit. Il ne veut pas d'enfant. Eleanor va très bien sans lui. Je sais que je n'ai pas le droit de choisir ce qui est moral ou pas, mais je peux au moins essayer de préserver la vie de tout le monde.

— Sauf la tienne… »

Hanna haussa les épaules.

« Ça, c'est moi qui décide, Marsha. Et je ne veux pas prendre Michael en otage, je détruirais tout ce que j'aime en lui. Comme Jeff. Jeff a tout quitté pour moi, et regarde où on en est. Il réalise qu'il s'est trompé.

— Non, il ne s'est pas trompé. Vous avez été heureux ensemble, vous avez fait votre temps à vous. La vie est comme ça, découpée en tranches. C'est ce que je crois, sinon on est toujours déçu de tout. Pris dans une spirale d'échecs… Hanna, il faut accepter que les choses finissent, et que d'autres commencent. Va voir Michael. Dis-lui, pour Eleanor.

— Je ne peux pas.

— Tu le lui dois. Il fera ce qu'il veut de l'info, c'est un grand garçon.

— Je ne peux pas.

— Et avant ta sieste crapuleuse, je te rappelle qu'on a des placards à fouiller. Et un coffre à ouvrir. »

Zelda avait fait du tri. En ouvrant les portes des placards, l'appréhension d'Hanna changea d'enveloppe. Elle qui craignait de violer la paix des lieux comme une pilleuse de tombes fut confrontée à une réalité plus dérangeante encore : la vieille dame avait tout préparé pour son départ. Et elle avait mis du temps à tout ranger, seule, avec sa mort prochaine pour objectif.

De ses vêtements, il ne restait plus que quelques robes anciennes et trop chic pour Kinsale ; les housses étaient fermées, et elles n'avaient pas souffert de l'air salé qui rongeait même la lasure des volets, et jusqu'aux poutres du salon. Hanna dut retenir Marsha, qui en bonne couturière s'apprêtait à en palper les doublures et à estimer la solidité des fermetures. Elle avait besoin de progresser petit à petit.

« On va y aller doucement », lui avait dit Michael, cette nuit. Son ventre se contracta. Eh bien, là, c'était pareil. Doucement.

Elle pensa à la robe de saloon à pampilles rouges que le professeur Allenwood avait payée une fortune, et se demanda si le vieil homme reconnaîtrait l'empreinte de sa Zelda Zonk à lui dans la taille ajustée et les épaules arrondies du tailleur de cocktail dont elle apercevait le tissé prince-de-galles sous le plastique.

« Tu crois qu'elle a porté ça ? fit Marsha, après un temps d'arrêt.

— Zelda, sans doute, il y a longtemps. Marilyn, j'en sais rien.

— Je n'en reviens pas.

— Marsha, on n'est sûres de rien. Et quand bien même, on s'en fout.

— Arrête de faire ta blasée. Moi, je ne m'en fous pas, je suis carrément épatée. Excuse-moi, mais je n'ai pas eu l'habitude d'échanger mes patrons de broderie avec Marilyn Monroe, même très âgée. »

Hanna secoua la tête, désabusée. *Zelda. Marilyn.* Encore une fois, l'image de Michael venait s'imposer à elle, dans la tiédeur du dressing : « *Voilà la belle histoire que vous vous racontez.* »

Un tiroir contenait des foulards soigneusement pliés, de toutes les couleurs, pas du genre que l'on met sur la tête vite fait pour se protéger du vent. Ceux-là étaient des touches de gaieté, des sourires à coller sur les habits.

Il y avait aussi des chapeaux, tous originaux. Zelda avait compilé tout ce qui lui ressemblait, jetant l'ordinaire, épargnant à la nouvelle propriétaire des lieux la gêne de tomber sur des bas ou des sous-vêtements en ouvrant un tiroir.

Mais pourquoi laisser ces choses derrière elle ? Pourquoi ce tri méthodique ? Que voulait-elle que son héritière en fasse ? Assise sur une chauffeuse, près de la fenêtre, Hanna essayait de comprendre sa démarche en faisant miroiter au soleil une aigrette pailletée fichée sur une toque en laine bleu marine.

Elle entendit Marsha pousser un cri de joie dans le couloir.

« Hanna, viens voir, c'est extraordinaire ! »

Peu de femmes auraient su s'ébahir devant une pile de plaids, mais Marsha était de celles-là. Il y avait des patchworks de toutes les teintes, de toutes les textures, molletonnés ou légers comme des voiles. Le travail d'une vie, à s'esquinter les yeux sur des détails. Des paysages entiers cousus point à point, des fleurs de paradis, des arches de Noé à en remplir des bibles.

Hanna laissa son amie déplier les ouvrages, s'extasiant sur le talent de la brodeuse ; Marilyn était bien loin. L'enthousiasme de Marsha était contagieux, et elle finit par en ressentir un bizarre bonheur. Là où elle était, Zelda devait être heureuse de partager son amour du travail bien fait.

Elle jeta un œil sur la pendulette. Bientôt deux heures. Elle n'irait pas voir Michael. Elle ne *pouvait* pas y aller.

Pourtant, loin de l'apaiser, leur nuit d'amour n'avait servi qu'à aiguiser son désir. Elle avait envie de lui, tout simplement. Elle ne se rappelait pas avoir jamais eu envie de Jeffrey comme ça. Elle pensait sans arrêt à Michael, dans une sorte de libération sexuelle qui ne lui interdisait plus aucun voyage vers chaque partie de son corps, qu'elle s'imaginait embrasser, goûter dans une sorte de cannibalisme amoureux.

Elle ferma les yeux et frissonna. Marsha s'en rendit compte, qui s'interrompit au milieu d'un comparatif entre le lin et le coton.

« Appelle-le, dit-elle. Vas-y. » Hanna s'ébroua sur son siège. « Bien sûr, dit-elle. Comme une droguée qui a besoin de sa dose. Tu te rends compte comme ce serait pathétique ?

— Il t'attend, non ? »

Hanna se leva trop vite, grimaça – tous ses os étaient rouillés. Sur la table de la cuisine, un scintillement attirait son regard. Les clés, que Michael avait laissées hier soir. Seigneur, que faisait-il en ce moment ? L'attendait-il vraiment ? Elle chassa cette idée par une autre : le coffre. Pour s'occuper l'esprit, elle décida de partir à sa recherche – avec un écueil à contourner : Marsha, sa pile de tissus merveilleux et ses idées fixes.

« Hanna, va t'habiller, va le retrouver.

— Arrête, s'il te plaît.

— D'accord, je vais t'emmener. »

Hanna agita la clé, argument massue.

« Non, Marsha. Je vais voir le coffre. Dans la chambre.

— C'est ça. Allons voir le coffre. »

Il fut facile à trouver. Ce n'était pas un coffre mural planqué derrière un tableau avec une combinaison à huit chiffres, mais bien un coffre de pirate, en bois roux et au couvercle ventru, fermé par un petit cadenas. Il était perché sur une commode qui exhalait la cire et le citron.

Il était vide, avait dit Michael, et même s'il ne l'était pas elle ne toucherait à rien. Ce qui méritait d'être enfermé ne pouvait être à elle.

Mais cette petite clé ne protégerait pas grand-chose, se dit-elle en la tournant délicatement dans la serrure.

Un juron échappa à Marsha.

« Ouh, putain. Le Saint-Graal. »

Au beau milieu du coffre, une boîte. Large, plate, au revêtement passé, usé dans les coins.

Et un seul mot, en petites lettres calligraphiées : « *Lui.* »

23

La porte bleue.

Comment Hanna avait-elle réussi à venir jusqu'ici alors que son corps brûlait ses dernières cartouches ? Ses jambes menaçaient de la lâcher.

Elle voulait croire que la boîte mystérieuse trouvée dans le coffre était un prétexte à sa visite. Elle ne l'avait pas ouverte, cela aurait été un sacrilège – elle devait en parler à Michael avant. L'idée l'effleura qu'elle aurait pu le faire par téléphone, mais le besoin qu'elle avait de le voir balayait la raison. Avant de toquer à la porte, appuyée au mur, elle respira longuement entre ses mains jointes, les portant de temps en temps à son cœur pour vérifier qu'il battait encore. L'engourdissement gagnait ses membres dans un bourdonnement qu'elle ne connaissait que trop. Elle lâcha une bordée de jurons contre ses paumes : elle était clouée sur place, incapable de faire demi-tour. Le sol se rapprochait dangereusement de son nez. Elle grogna, désespérée. Le ciel gronda lui aussi, en écho, et de grosses gouttes commencèrent à s'écraser à ses pieds. Rien n'allait.

La porte s'ouvrit dans un couinement de vieux bois. Elle leva les yeux vers lui, hoquetant entre ses mains. Pauvre fille, se dit-elle, se concentrant sur son port de tête comme sa maman lui avait appris. Ils se dévisagèrent l'un l'autre, muets, puis Michael eut un sourire un peu fatigué.

« Vous comptez rester longtemps comme ça, sous la pluie ? »

Elle haussa les épaules, et d'un geste il l'invita à entrer. Tout était blanc. Sa chemise, les murs, tout concourait à l'irréalité du moment.

Il scruta son visage fermé à double tour, claquant la porte sur un courant d'air. Elle s'appuya contre le mur, au bord du gouffre. Elle voulait qu'il se penche sur elle, qu'il la prenne dans ses bras, qu'il la serre, qu'il l'emporte.

« Je vais faire du thé, dit-il.

— Chouette. J'aurais dû... apporter des petits gâteaux. »

Saisie par un malaise, elle porta la main à sa gorge. Vite, elle sentit sa poigne sur son bras et rouvrit les yeux en gémissant.

« Hanna, qu'est-ce qui se passe ?

— Rien... Spasmophilie... ça m'arrive tout le temps.

— Crises d'angoisse ?

— Non, fit-elle, énervée. Spasmophilie. »

Elle libéra son bras. Elle détestait qu'on lui parle de ses angoisses. Elle détestait ce mot – c'était moche et humiliant.

« Oui, dit-il, rassuré. Appelez ça comme vous voulez, c'est la même chose. »

Bon sang. Même Jeff n'aurait pas osé.

« Vous m'avez l'air d'en connaître un rayon sur l'angoisse, maugréa-t-elle.

— Plus que vous ne le pensez. »

Elle se frotta nerveusement la joue, le souffle court. Michael lui sourit, impassible.

« Ça vous amuse ? articula-t-elle.

— Non, je suis simplement content de savoir que vous n'allez pas mourir. Venez, ça va passer. »

Il tendit la main vers elle, elle ne bougea pas, attrapant une pensée de secours, pourtant malvenue : Jeff, lui, aurait su quoi faire. Il l'aurait étalée sur ses genoux et aurait respecté son agonie. Alors que là, sa maladie gadget semblait presque satisfaire son tortionnaire.

« Le coffre n'était pas vide », souffla-t-elle.

Il eut l'air sincèrement surpris.

« Le coffre ? Dans la chambre ?

— Oui. Pas vide.

— Il l'était la dernière fois que je l'ai ouvert.

— Oui, eh bien plus maintenant. »

Elle inspira un grand coup dans un effort pitoyable pour ralentir ses pulsations.

« C'est vous ?

— Quoi, c'est moi ?

— Qui avez laissé cette boîte. Dans le coffre.

— Hanna, j'ai vidé ce coffre après la mort de ma mère, suivant ses instructions. Je n'ai pas remis les pieds dans cette chambre depuis je ne sais pas, un an. Qu'avez-vous trouvé ?

— Une boîte. »

Il hocha la tête, visiblement pas plus ému que cela.

« Si elle est là, c'est qu'elle est pour vous. Vous l'avez ouverte ?

— Non.

— Eh bien, ouvrez-la. C'est simple.

— Ce n'est pas mon nom qui est écrit dessus.

— Ah. Et quel nom, alors ? »

Hanna réfléchit une demi-seconde. Qui était ce « *Lui* » si soigneusement calligraphié ? Était-ce Michael ? Quelque chose que Zelda voulait lui dire, à propos de Michael ? « Rien, murmura-t-elle. Il n'y a rien d'écrit. » Il haussa les épaules, renonçant à la toucher.

« Vous devriez demander à Edwyn Collins. Lui seul pourra résoudre ce mystère.

— Ah oui, M. Collins. Je l'attendais hier soir, figurez-vous, mais à la place j'ai eu droit à votre visite. »

Soudain échauffée, elle vit l'ombre d'un sourire passer sur son visage.

« Bon, dit-il. Du thé ?

— Non. Putain, Michael, pourquoi êtes-vous venu hier soir ? Vous étiez censé être dans les Andes ou je ne sais plus, moi, à Dublin.

— À Berlin. J'étais à Berlin. Pas à Dublin.

— C'est ça, on s'en fout. J'avais tout prévu. J'avais demandé à Collins, j'avais visé pile les jours où vous étiez absent, et vous, vous débarquez comme une fleur...

— C'est pas de chance.

— C'est ignoble. Vous êtes un salaud, qu'est-ce que vous croyez, que vous pouvez faire ce que vous voulez, que je ne suis qu'une pauvre chose dont vous pouvez disposer avec vos principes de *carpe diem* d'égoïste à la con ?

— Dites donc. Ça va mieux, on dirait. »

Il souriait franchement, toujours distant de deux mètres, dans ce corridor qui n'en finissait plus de s'étirer. Hanna serrait les dents. Comment pouvait-il lui être si intime, lui dont elle connaissait la peau, le corps, le parfum, le moindre souffle, et si inaccessible à la fois ?

« Du thé ? répéta-t-il, comme une proposition de paix.

— Non. Là, j'ai juste envie de vous crever les yeux.

— Dangereux, ça. Mais n'oubliez pas votre spasmophilie. »

Elle lâcha un autre juron à voix basse. Elle allait parfaitement bien. Son cœur se tenait au garde-à-vous, ses poumons échangeaient convenablement. Elle était juste épuisée, là était le seul malaise qui lui restait.

« Vous êtes content de vous ?

— De moi ? Non, vous vous êtes calmée toute seule. Ça n'a pas traîné. »

Elle se cala contre le mur, goûtant à la paix de l'instant, alors qu'à ce stade elle aurait dû être recroquevillée en position fœtale à respirer dans un sac en plastique pour encore un bon moment.

« Michael. Pourquoi êtes-vous venu, hier ? »

Elle le regarda éperdument, alors que son sourire s'effaçait et qu'il passait d'un pied sur l'autre. Il gratta sa barbe de trois jours, fit courir sa main dans ses cheveux. Seigneur, tout ce cinéma que faisaient les hommes pour sortir une simple réponse…

Elle avait mal aux yeux, ses paupières étaient en plomb – le malaise la rattrapait. Elle battit des cils, perdant doucement la notion du temps.

« Très franchement, je n'en sais rien, finit-il par dire.

— Mmm.

— Du thé ?

— Arrêtez avec votre thé. Je vais rentrer.

— Restez un peu tranquille. »

Elle rouvrit les yeux pour le voir se rapprocher d'elle, lui ouvrir ses bras, et l'envelopper de son odeur. Ses dernières forces l'abandonnèrent tandis qu'il la soulevait, calant sa tête dans le creux de son cou, sa main si chaude sur sa nuque, comme il l'aurait fait avec une enfant. Elle pensa à Eleanor, sentit les larmes grossir dans un coin de son crâne qui palpitait dans des spots de migraine, serrant ses épaules aussi fort qu'elle le pouvait.

« Michael, je suis si fatiguée, murmura-t-elle. Tellement fatiguée…

— Je sais. Ça va aller. »

Elle le laissa l'emporter, dans une léthargie bienfaisante, ferma les yeux lorsque, allongée sur le lit, il lui retira ses tennis et son jean, puis l'installa confortablement entre ses bras, remontant une couverture sur eux. La pluie tambourinait sur la fenêtre, et elle était bien à l'abri. Ce fut la dernière pensée qui lui traversa l'esprit.

Elle s'éveilla d'un coup, la tête sur sa poitrine, en proie à un sentiment d'urgence, se débattant entre le rêve et le réel.

« Michael », dit-elle d'une voix enrouée. Aussitôt, sa main chaude vint se poser sur sa joue. Hanna gémit, vaguement nauséeuse, le cœur en vrac. Il fallait qu'elle le lui dise. Maintenant. « Je vous aime », lâcha-t-elle dans un souffle libérateur.

Tant pis.

Elle sentit sa respiration s'interrompre, son torse s'affala dans une inertie minérale. Elle écouta le silence, le feu au visage, les yeux grands ouverts. « Je vous aime encore. Il faut que vous le sachiez. Ne m'empêchez pas de vous le dire, vous n'en avez pas le droit… Sinon il ne faut pas faire ça. » Autant que la passion, c'était la colère qui donnait sa force à sa voix. Colère contre elle-même, cette personne confuse et fébrile qu'elle était devenue, colère contre lui et le pouvoir qu'il avait sur elle.

Michael reprit sa respiration, puis libéra doucement son épaule.

Au désespoir, elle s'apprêta à se lever, mais il attrapa sa nuque d'une main ferme et la rallongea face à lui. Ses yeux clairs étaient brumeux, elle ne savait rien de ce qu'il ressentait – en dehors de la peur d'être contraint.

Elle frémit, arc-boutée sur la douleur qu'allaient lui infliger les mots à venir, mais il hocha simplement la tête. Une plainte monta qu'elle ne put étouffer, puis sa main fut sous sa chemise, ses lèvres fondant sur les siennes. Elle perdait la tête, repoussant chaque centimètre de tissu qui gênait ses caresses. Libérée, elle psalmodiait son nom en tirant sur les boutons, la ceinture, chuchotait tous les mots d'amour du monde sans retenue.

Sans lui répondre, il la couvrit de baisers, achevant de la déshabiller sans ménagement. Ils chassèrent le restant du jour de leurs souffles erratiques, puis la nuit se coucha.

Hanna s'endormit comme emportée par une grande fièvre, s'éveillant par à-coups pour vérifier qu'il était toujours là. Sa main s'égarait alors dans les endroits les plus intimes, cette absence de retenue l'assurant qu'il était à elle – pour cette nuit au moins.

Les rayons du jour zébraient l'épaule de Michael. Il caressait doucement sa hanche, un sourire calme affleurant à ses lèvres. Après l'amour, Hanna sentait son cœur reprendre un rythme normal, sa respiration en écho.

Il faudrait bientôt qu'elle se lève. Un notaire l'attendait à deux heures de l'autre côté de la ville, et elle ne pourrait faire l'économie d'un passage par le cottage pour se changer et se composer un visage plus conventionnel – moins charnellement comblé.

Il faudrait aussi qu'elle appelle Jeff. Qu'elle passe un peu de temps avec Marsha, qu'elle avait traînée jusqu'ici puis abandonnée au milieu de la lande, au bord d'un rocher.

Il faudrait qu'elle appelle Edwyn Collins et qu'elle ouvre cette boîte. « Quelle heure est-il ? chuchota-t-elle, craignant de briser la magie.

— Je ne sais pas. Huit ou neuf heures.

— Encore un moment.

— Oui. »

Elle posa un tendre baiser sur ses lèvres.

« J'ai rendez-vous avec le notaire.

— C'est bien. Tout sera réglé. Vous allez vendre ?

— Non. Bien sûr que non. »

Comment aurait-elle pu ? Ce serait le seul prétexte pour le voir. Il hocha la tête et lui rendit son baiser. Elle avait la chair de poule. Il récupéra le drap tire-bouchonné sous ses hanches et le remonta sur elle, caressant son ventre au passage.

« Une nouvelle cicatrice ? Je ne la connaissais pas, celle-là. »

Elle eut l'impression que son cœur s'arrêtait pour de bon. *Quitte ou double.*

« Césarienne, dit-elle dans un souffle.

— Je vous demande pardon ? »

Elle ferma les yeux, anéantie. Elle ne voulait pas lui faire ça.

« Césarienne, répéta-t-elle.

— Vous avez… ? Quand ? »

Il s'était reculé pour avoir une vue d'ensemble de la situation. Hanna était au bord d'un abîme, et il était trop tard pour faire marche arrière. Sa forfaiture allait lui coûter l'homme de sa vie.

« En août, murmura-t-elle.

— En août ? »

Ses yeux balayèrent la forme de son corps sous le drap, comme s'il s'attendait à y voir encore les stigmates de l'accouchement.

« Mais comment est-ce arrivé ? Je croyais que… »

Il s'interrompit, dépassé par l'énormité de ce qu'il allait dire. Le fait qu'elle était censée être stérile était beaucoup trop intime. Même poussé dans ses retranchements, il ne pouvait pas dépasser les bornes.

« Je croyais aussi », le secourut-elle donc.

Il soupira profondément, s'abandonna un bref instant sur les oreillers, puis se redressa, les yeux plantés dans les siens. Elle se sentit misérablement seule, sans ses bras autour d'elle.

« Bon sang, Hanna. Vous étiez enceinte à Paris ? »

Ce n'était pas la bonne question, il le savait très bien.

« Non, dit-elle, les larmes au bord des yeux. (Puis elle ajouta, bêtement :) Ne vous inquiétez pas. »

Des mots-pansements qui ne servaient à rien. Il secoua lentement la tête, sonné.

« Ne pas m'inquiéter ? Je sais compter jusqu'à neuf, figurez-vous. Faire une soustraction, ce genre de calculs.

— Elle est née en avance.

— Elle ?

— Eleanor. Ma fille. La semaine suivant... Paris, j'étais avec mon mari. Et elle est née en avance. En août. »

Comment cherchait-elle à l'enfumer, elle ne le savait même pas elle-même. Il se frotta les yeux pour reprendre ses esprits, attrapa un tee-shirt sur le sol pour se protéger.

« Et alors ? demanda-t-il.

— Et alors quoi ? Je n'ai pas fait de test ADN, si c'est ce que vous voulez savoir. »

Tais-toi, se dit-elle. Ne le pousse pas trop loin. Seigneur, elle ne voulait pas que cet homme-là la déteste, elle en mourrait. Il la dévisagea, harassé.

« Hanna, est-ce que vous vous rendez compte de ce que vous êtes en train de me dire ?

— Je ne suis pas là pour prélever des échantillons. Ne vous inquiétez pas, ma fille a un père et une mère. À New York. Tout va bien.

— Tout va bien ? Bien sûr que non, tout ne va pas bien. »

Dans le clair-obscur de ce qui avait été leur Éden, elle n'arrivait pas à définir l'air qu'il avait. Ni à décrypter le silence qui s'installa ensuite. Il enfila son tee-shirt, exhalant un parfum de peau, de sueur et de sexe qui lui monta à la tête.

Elle s'assit sur le bord du lit, dévastée par sa propre bombe. Son ventre résonnait en creux, après la plénitude de cette nuit idyllique. Elle avait besoin de lui, plus que jamais, mais il avait bien trop à encaisser pour faire un geste vers elle.

« Je vais rentrer », murmura-t-elle donc. Comme elle l'avait prévu, il ne la retint pas.

24

Si Jeffrey Reagan avait un jour à définir l'heure précise de la mort de son mariage, ce serait ce moment où le téléphone n'avait pas sonné.

Il était à Londres, comme un con, avec une belle-sœur rentrée de Dublin d'une humeur de cochon, un beau-frère qui en avait à lui remontrer en matière d'humanité, et deux enfants qui n'étaient pas à lui.

Deux filles, en plus, de cette espèce qu'il ne comprendrait jamais, submergé par ses complications. Patti entrait dans l'adolescence avec l'amnésie de cet âge, oublieuse de tout ce qu'il avait fait pour elle – y compris lui changer ses couches et faire tourner une mappemonde lumineuse pour lui apprendre le monde dans la chambre qu'il lui avait construite, à Dearbly-upon-Haven, Irlande. À présent, seuls comptaient pour elle Oxford Circus et le rayon « Petite » de *TopShop*, où elle avait réussi à le traîner pour fuir l'appartement exigu de Belgravia – bling et chic, à l'image de Gail.

Quant à Eleanor, pourtant encore dans sa poussette, elle recelait tellement de mystères qu'elle aurait déjà dû mesurer 1,80 mètre, être connue dans le monde entier, et faire l'objet de produits dérivés, comme Madonna ou Michael Jackson, se disait-il.

Depuis qu'il était arrivé à Londres, Jeff parvenait assez bien à se composer une figure de père de famille débonnaire. Pour cela, il recourait à des coups de fil secrets et bandants à Marianne, ce qui lui donnait l'impression de ne pas être complètement le dindon de la farce.

Dès qu'Hanna était partie pour Kinsale, il s'était mis en mode « divorce ». Il avait de l'intuition, c'est ce qui faisait de lui un excellent journaliste.

Souffrait-il ? Pas vraiment. Il avait le cuir épais. Et puis il fallait bien qu'il paye. Il avait tenu Hanna sous sa coupe en lui mentant depuis si longtemps que cela valait bien une condamnation. Dans un sens, cela satisfaisait à son éthique.

L'aimait-il encore ? Oui, bien sûr. Pour peu qu'il arrive à poser les derniers vestiges de l'étudiante lumineuse qu'il avait connue sur la femme indépendante et dure qu'elle était devenue. Cela se produisait au détour d'un sourire juvénile qui lui échappait parfois quand elle se penchait sur sa fille. Elle n'avait pas appelé, hier soir, comme elle avait dit qu'elle le ferait. Il n'avait pas essayé de la joindre, cela aurait été contraire à l'image qu'il voulait garder de lui-même. Costaud et serein.

Il était midi quand la sonnerie finit par retentir. La voix d'Hanna était un peu éraillée, et il ne voulait pas savoir pourquoi. Il alla donc vite : Eleanor. Ellie, comme il l'appelait toujours, allait bien. Elle n'avait pas de souci à se faire. Il gérait la situation.

« Hanna, dit-il dans un dernier élan d'amour. Fais ce que tu as à faire. Rentre quand tu veux. Tout se passera bien. »

Sa bénédiction donnée, il raccrocha, se prit la tête entre les mains et pleura une dernière fois sur son amour mort.

De retour au cottage, Hanna passa sous le nez de Marsha qui préparait le repas sur l'îlot de la cuisine en bois clair. Le soleil faisait jouer aux ustensiles en argent se balançant au-dessus de sa tête un curieux concert muet.

« M. Collins est venu hier soir, lança son amie dans l'espoir de l'arrêter. Très sympa.

— Oui ? Je reviens. »

Elle s'enferma dans la salle de bains, faisant couler l'eau bouillante pour noyer la pièce sous le brouillard. Pas de miroir ce matin.

Edwyn Collins. La boîte. Il fallait qu'elle se concentre sur la boîte. Entre ça et le notaire cet après-midi, la journée devrait s'écouler vite. Ce soir, elle avalerait deux cachets pour passer sa dernière nuit à Kinsale.

Elle appela Jeff, sans se donner le temps de penser.

« Hanna. Fais ce que tu as à faire. Rentre quand tu veux. Tout se passera bien. »

Qu'essayait-il de lui dire qui ne parvenait à sortir que sous la forme d'une onction bienveillante ? Elle ne voulait pas y réfléchir maintenant.

La boîte. Concentre-toi sur la boîte, se dit-elle en raccrochant.

« Qu'est-ce qu'il a dit ? M. Collins ? »

Dans la cuisine, elle attrapa une branche de céleri cru pour se donner une contenance, avant que Marsha l'étouffe de propositions gustatives qui la feraient davantage vomir les unes que les autres. « Rien de spécial. Il voulait s'assurer que le péché incarné t'avait bien filé toutes les clés.

— Il t'a parlé du coffre ?

— Non, il n'est pas resté longtemps quand il a vu que tu n'étais pas là. »

Hanna croqua dans le céleri d'un coup sec. Des fils lui passèrent entre les dents – dégueulasse. Marsha bouillonnait, s'essuyant mécaniquement les mains sur son stupide tablier à fleurs. Elle n'avait sans doute jamais passé autant de temps derrière une plaque de cuisson de toute sa vie.

« Hanna, ça va ?

— Oui. Ce n'est pas Michael qui a laissé la boîte dans le coffre.

— Et ça, tu aurais pu le savoir rien qu'en lui téléphonant. Je te demande donc si ça va, si le reste s'est bien passé. Tu vois de quoi je parle, quand je dis le reste ?

— Oui. J'ai pas faim.

— Je m'en serais doutée. Mais tu vas quand même avaler quelque chose, sinon le notaire va te récupérer en miettes. Fais ça de la même façon que tu te maquilles ou que tu t'habilles. Pour être urbaine. »

Elle lui servit un blanc de poulet sous une sauce brune odorante.

« Curry, annonça-t-elle.

— Tu t'es donné du mal.

— En même temps, je n'ai que ça à foutre.

— Pardon.

— Pas de problème. Je veux juste savoir si je me suis exilée dans la cuisine pour la bonne cause : ça s'est bien passé, là-bas ?

— Je lui ai tout dit, Marsha.

— Ah, merde. Bien. Au moins une bonne chose de faite. »

Une bonne chose de faite ? Elle l'avait laissé seul avec tout le paquet sur les épaules : son amour irrationnel pour lui, le soupçon d'une paternité non désirée. Que faisait-il de tout cela, à cette heure-ci, pendant qu'elle livrait un combat trivial contre son estomac ?

« Et il l'a pris comment ? »

Marsha marchait sur des œufs. Hanna déglutit un raisin sec aussi mortel qu'une balle de 57 Magnum. « Super. Il n'attendait que ça. Il m'épouse demain », railla-t-elle.

Elle posa sa fourchette et quitta la pièce, laissant son amie impuissante. Après le notaire, ce soir, son deuil de Michael pourrait commencer, facilité par le Xanax. Puis copines et vodka-champagne à Cork demain. Retour à Londres, enfin, où elle s'occuperait à faire la gueule à Gail et bonne figure à Jeff.

Ensuite elle trouverait plein d'autres choses à faire à Pemberley.

Elle pensa à Elena la ballerine, au professeur Allenwood, à Alice Wood. À Sybil. Ce serait doux de les retrouver.

Elle pensa à Eleanor. Elle voulait sa fille dans ses bras. Mais cela allait être si douloureux, maintenant.

Elle retourna dans la salle de bains pour maquiller légèrement ce qui pouvait l'être. Ses craintes s'apaisèrent devant le miroir : elle était plutôt jolie, selon les standards de la dépression nerveuse – rose et reposée. Un coup de crayon brun, deux couches de mascara waterproof, un voile de baume, ses cheveux attachés bas sur l'épaule.

Triste mais correcte.

Elle entra dans la chambre de Zelda, le cœur hésitant. Le coffre s'ouvrit sans bruit, libérant un arôme de vanille et de pomme qu'elle se souvenait d'avoir souvent senti dans le sillage de la vieille dame.

« *Lui.* »

Elle hésita encore. Peut-être fallait-il qu'elle appelle Edwyn Collins avant ?

« *Ouvrez-la, c'est facile* », lui avait dit Michael. Elle serra les dents sur la douleur, puis prit la boîte à deux mains, la palpant longuement. C'était un couvercle tout ce qu'il y avait de sommaire, sans attache particulière, sans sceau de cire ou bandeau « Scène de crime » en travers.

Elle retint son souffle, puis d'un coup d'ongle fit sauter le couvercle en carton usé.

Il n'y avait pas grand-chose à l'intérieur, mais elle sut tout de suite que cela pèserait plus lourd que tous les lingots d'or du monde. Un tissu en lin grège, aux initiales brodées dans un coin : « M. T. » ; un bracelet en cuir, simple, épais ; une chevalière d'université, des boutons de manchette, probablement en or, avec les mêmes initiales. Des papiers jaunis, qu'elle n'osa déplier – des petits mots qui semblaient avoir traversé une éternité.

Et quelques photos. Sur l'une d'elles, aux couleurs mates et sans nuances, un homme grand, en blouson d'aviateur, enlaçait une jeune femme aux cheveux bouclés et bruns-roux. Tous deux portaient des lunettes de soleil et souriaient, sur fond de prairie à l'herbe presque fluorescente.

Sur une autre, en noir et blanc, l'homme seul, posant en uniforme, épaulettes et casquette sur la tête.

Hanna eut un vertige : cet homme-là, c'était presque Michael. Le même sourire. Les mêmes yeux, surtout. Les traits plus classiques, rasé de près. Le nez plus fin, peut-être la quarantaine, mais cette quarantaine des années soixante, mûre et grave. Très beau.

Hanna s'assit lourdement sur le bord du lit, submergée par l'émotion. Dans le secret de cette chambre, elle se retrouvait prise dans le faisceau de plusieurs générations, comme une mouche dans une toile. D'un côté, Eleanor, sa révélation à Michael. De l'autre, cet homme, son père, assurément.

Comment était-elle devenue, elle, la fille qui n'avait jamais trouvé sa place dans sa propre famille, la dépositaire de tous les secrets d'une autre ?

25

L'après-midi rayonnait. Marsha commençait effectivement à apprécier le séjour. Les mains gantées de caoutchouc, elle coupait les ronces avec une énergie qui lui manquait devant l'accablement d'Hanna. Elle l'avait laissée filer chez le notaire en lui arrachant la promesse qu'elle ne se foutrait pas en l'air sur la route – c'est tout ce qu'elle avait pu faire.

Marsha en voulait à tous les hommes – Andrew, son ex-mari volage, avait été récemment supplanté dans son bagne personnel par Michael : ils avaient beau jeu de se plaindre des turpitudes féminines, si leur seule réponse était de s'envoyer en l'air à droite à gauche, de semer à tout-va et de ne jamais s'engager à rien. Bon sang, aucune femme n'avait besoin d'un homme. Il faudrait que ça finisse par se savoir, quitte à signifier l'extinction de l'humanité.

La voiture qui s'engagea dans l'allée allait apporter de l'eau à son moulin. Elle s'essuya le front d'un revers de main, incrédule. Nom de Dieu, c'était lui. L'amant. Le père. Le délicieux tortionnaire.

« Hanna n'est pas là », l'avertit-elle sitôt qu'il claqua la portière.

Il était vraiment très grand, et vraiment très beau. Ce type-là ne devait pas être légal, se dit-elle.

« Bonjour, dit-il. Je… Elle ne répond pas au téléphone. Je passais par là, alors… »

Bien sûr, se dit Marsha. Comme si ce bout de falaise était un endroit où l'on passait sans le faire exprès.

« Elle est chez le notaire.

— Ah, c'est vrai. »

Il semblait plutôt humble et perdu, pour un séducteur irresponsable, se dit Marsha. Il avait cette espèce d'aura mystérieuse qui nimbe les gens quand ils sont amoureux – comme s'ils étaient en convalescence, presque frissonnants.

Elle le considéra un moment en silence puis prit sa décision.

« Vous voulez une bière ? Je meurs de soif. »

Il jeta un œil derrière lui, cherchant encore Hanna, puis écarta les mains.

« OK, dit-il. Pourquoi pas. »

Marsha ôta ses gants et se massa la nuque en grimaçant. Elle appréhendait la conversation. Dans une heure, si tout se passait bien, elle serait au bord de la rupture d'anévrisme.

« Je reviens », dit-elle. Elle se retrancha dans la maison, se reniflant machinalement les dessous de bras. Correct, estima-t-elle, inutile de convoquer Yves Saint Laurent en ces circonstances. On n'était pas dans un putain de salon de thé, elle allait devoir se concentrer sur ce qu'elle dirait à ce type pour aider Hanna sans la trahir. Sa mission était délicate. Elle sortit deux Guinness du réfrigérateur puis ressortit, les épaules droites.

« Pas pris de verre, dit-elle en lui tendant une canette. À la bouteille, entre mecs. Parce que je vous préviens, l'échange risque d'être viril. »

Michael sourit et s'assit face à elle derrière la table de jardin en bois bleu. Marsha avala une grande goulée de bière pour se mettre en jambes.

« Vous êtes cash, vous, hein ? observa-t-il.

— Vous n'avez pas idée. Il est encore temps pour vous de faire demi-tour, je ne vous épargnerai rien. »

Michael sembla hésiter, puis hocha la tête. Il lui tendit une cigarette, en colla une au coin de sa bouche, et ils les allumèrent en silence, exhalant la première bouffée avant de se lancer.

« Je pense déjà que je vais détester avoir cette conversation avec vous, dit Marsha. Parler dans le dos d'Hanna. Mais il le faut, parce que j'aime mon amie. Vous aussi, non ? »

Michael porta la canette à ses lèvres, manifestement pas prêt à répondre.

« Oh, je vous en prie, râla Marsha. Il me semble que c'est la base de notre discussion. Pour voir ce qu'on peut faire. Si vous n'aimez pas Hanna, vous avez juste à lui foutre la paix. »

Il hocha la tête, vaincu.

« OK. Écoutez, je ne sais plus vraiment ce que c'est que d'être amoureux. Si c'est avoir peur de ce qu'une femme veut de moi parce que je sais que je lui céderai tout, alors je le suis.

— Nom de Dieu. Vous êtes un grand handicapé.

— Je sais. Ma maman m'a élevé comme ça. (Il haussa les sourcils, ironique.) Disons qu'elle m'a appris à ne pas me laisser approcher de trop près. Jusque-là, je ne m'en étais pas trop mal sorti.

— Pauvres femmes. Vous en avez usé beaucoup, comme ça ?

— Une ou deux plus que les autres. »

Il eut un sourire froid. On n'irait pas plus loin de ce côté-là. Marsha s'envoya une nouvelle goulée.

« Donc vous êtes un connard immature de la pire espèce.

— Vous avez tout compris, sourit-il.

— Sérieusement, vous me faites peur. Vous ne méritez pas Hanna. »

Elle pensa qu'il allait de nouveau adhérer à sa conclusion, mais il eut une réponse incroyable.

« Je crois que si. Je l'ai attendue assez longtemps. »

Elle le regarda bouche bée, puis posa sa bière.

« Assez longtemps ? Vous rigolez, vous avez tout ce que vous voulez d'elle. Vous l'avez attendue quoi, un an et demi ? Même pas.

— Peut-être toute ma vie d'homme. »

Incrédule, Marsha partit dans un petit rire.

« Nom de Dieu, je n'ai jamais entendu un truc aussi romantique. Vous allez me démolir tout mon argumentaire. »

Il haussa les épaules, et ne répondit rien d'autre qu'un sourire.

« Vous êtes sérieux ? Vous croyez à ces trucs-là ? L'âme sœur et tout le bordel ?

— Maintenant, pourquoi pas. Mais je crois surtout à tout le bordel, comme vous dites. Tout ce qui abîme l'âme sœur. Les habitudes. Les compromis. Vous aurez compris que ça freine mes engagements.

— Vous êtes bien comme elle. Deux idéalistes dans un monde trop vulgaire pour eux. »

C'était désespérant : Hanna était tombée sur le seul taré disponible qui raisonnait comme elle. *A priori* tous les autres étaient déjà occupés par la musique ou la poésie.

« Bien, soupira-t-elle. Je dois donc me rendre à l'évidence : vous, elle, ça relève de la chimie. Un truc palpable dans l'air, j'avoue que je l'ai vu passer, l'autre soir... (Elle eut un petit rire.) Et cette manière que vous avez de vous parler, ce mélange de proximité et de politesse bizarre, il fallait vraiment que vous tombiez l'un sur l'autre. Mon défunt mari ne m'a jamais demandé : "Marsha, puis-je vous sauter sauvagement dessus s'il vous plaît", ou ce genre de trucs que vous semblez vous dire. »

Michael hésita entre le rire et l'affliction.

« Je suis désolé. Pour votre mari.

— Pourquoi ? Oh, ne vous méprenez pas, il n'est pas décédé. En revanche notre mariage l'est, de sa belle mort. Dans notre cas, le bordel dont vous parlez s'est présenté sous la forme d'une caricature blonde de 1,80 mètre, jeune et bête.

— Ah ! Précisément ce que je veux éviter.

— Les blondes de 1,80 mètre ? Vous faites bien.

— Non. L'envie d'aller voir ailleurs. »

Marsha comprit qu'il ne parlait pas de lui-même.

« Si Hanna l'a eue, cette envie, c'est parce que c'était vous, justement. Croyez-moi, depuis dix ans elle n'avait pas bougé une oreille, et n'en avait pas l'intention. Je la connais bien, et je ne l'avais jamais vue comme ça. Rien à voir avec le pétage de plombs de mon ex. Hanna vous aime, Michael. Elle n'a pas pu lutter. »

Marsha le laissa ployer deux minutes sous le poids de sa responsabilité, puis alla chercher deux autres bières. Il allait falloir faire vite avant qu'Hanna ne rentre et ne les découvre en train de s'occuper de son cas.

À son retour, Michael prit son élan :

« Et sa… famille ? Comment ça se passe, avec sa famille ? » demanda-t-il en la regardant bien en face.

Marsha vacilla.

« Écoutez… dit-elle après un long silence. Oh, et merde ! Je sais de qui vous voulez parler. La petite. Eleanor. Hanna n'a rien dit à personne.

— Sauf à vous.

— Sauf à moi, mais pas de façon vraiment officielle. Merde, je déteste parler de ça. (Elle déboucha sa bouteille d'un coup sec en maugréant.) Que je sache, elle n'a pas fait analyser la provenance de la petite. En envoyant par exemple l'ADN de son mari à un de ces sites sur internet, “Test de paternité, réponse en quarante-huit heures”. Ces trucs-là font fortune. C'est chouette, l'amour, de nos jours, hein… Mais je suppose qu'elle n'a pas eu besoin de ça.

— Et son mari ? »

La question était sortie si vite que Marsha sentait bien qu'elle le tuait. Oh non, pas Jeffrey. Elle ne pouvait pas parler de Jeffrey. Hanna lui en voudrait pour ça. Mais elle en avait marre de tourner autour du pot. Alors...

« Bon, écoutez, lança-t-elle. Son mari est quelqu'un de bien, mais c'est de vous qu'elle a besoin. C'est comme ça. Son mariage est en train de se casser la gueule, et il n'y a qu'elle qui se persuade du contraire. Ça ne peut pas durer comme ça. Une femme qui aime un autre homme... Vous comprenez. C'est pas bon, ça. Pas bon du tout. »

Il hocha la tête. Oui, il comprenait. Elle le lui avait tellement dit, cette nuit.

« *Je vous aime...* » Il fit tourner la bouteille de bière entre ses doigts, vidé.

« Et qu'est-ce que ça vous fait ? demanda Marsha après un silence. Tout ça. Hanna, la petite. Qu'est-ce que ça vous fait ?

— Je ne sais pas encore. Il faut que je réalise. »

Marsha hocha la tête. Michael prit le temps d'allumer une nouvelle cigarette, expirant lentement la fumée.

« Quand j'ai su qu'elle venait à Kinsale, je suis rentré. Parce que, la manière dont elle m'avait parlé au téléphone... J'avais senti qu'elle était toujours là-dedans, et que je l'étais aussi, après tout ce temps. (Il sourit.) Je suppose que ma mère avait vu ça, et qu'elle a tout fait pour nous rapprocher. Le testament. La maison. »

Marsha sentait l'alcool commencer à lui monter à la tête, avec un bon coup de soleil par-dessus. Elle avala une gorgée de bière et étouffa un renvoi, sous son regard impassible.

« C'était une femme admirable, votre mère. Un vrai mystère », lâcha-t-elle.

Michael cligna des yeux au-dessus de sa Guinness, surpris.

« C'est vous qui avez mis cette idée dans la tête d'Hanna ? demanda-t-il.

— Quelle idée ?

— Marilyn. L'idée de Marilyn Monroe. Vous savez.

— Ah ! Oui, je sais. Vous avez un truc à me dire, à ce sujet, tant qu'on y est ? Profitez-en, je suis bientôt ivre, je ne me souviendrai de rien. »

Il éclata de rire.

« Mon Dieu. Non, je n'ai rien à avouer. C'est une drôle d'idée.

— Drôle ha-ha, ou drôle bizarre ? »

Il redevint sérieux, prenant le temps de réfléchir.

« Un peu les deux. Marrante, parce que si vous aviez connu ma mère, vous auriez vu qu'elle n'avait rien de clinquant, de sophistiqué. C'était une femme de la terre. Et bizarre, parce que, justement, personne ne l'a vraiment connue. Et je m'aperçois depuis sa mort que moi encore moins que les autres. Hanna a eu un œil nouveau sur elle.

— Sans déconner ? Vous croyez que ça peut être elle ? Marilyn ? »

Retiens-toi, Marsha, ma poule. Elle avait bien failli jaillir de sa chaise dans une volée de plumes. Merci la Guinness. Heureusement, il choisit de s'en amuser.

« Là non plus, je n'ai pas de réponse à vous donner. »

Ce type est un mystère, pensa Marsha, *comme le fantasme qui l'a mis au monde.*

Le soleil commença à descendre derrière les nuages, Michael lui tendit une cigarette, et Marsha se dit que cet après-midi-là était enfin paisible.

26

Hanna reconnut la voiture stationnée devant la maison et sentit son sang glacé dégringoler dans ses pieds. Elle se gara au radar, tirant d'un coup sec sur le frein à main, puis resta immobile dans le cocon chaud que formait l'habitacle de la Rover de Marsha.

Le notaire, un M. Chilsom sorti directement des bouquins *Harry Potter*, avait bien failli l'endormir, lui parlant comme à une plante verte, dans le genre d'un botaniste *new age*. Son ton lénifiant, ajouté à sa nuit d'amour, l'avait achevée. Croyait-elle – car, visiblement, le pire était à venir.

Elle soupira, épuisée, puis étira sa nuque contre l'appuie-tête, les yeux fermés. Elle avait besoin d'un break.

À sa sortie de chez le notaire tout à l'heure, Edwyn Collins l'attendait, avec son bon sourire et sa dégaine de père Noël. Ils avaient bu un thé dans un pub voisin. Il avait l'air sincèrement heureux de la voir, mais sa robe à fleurs trop large et son maquillage trompe-couillon n'avaient pas fait illusion : le bonhomme lui avait demandé plusieurs fois comment elle allait, ce qui n'était pas que politesse de la part de quelqu'un ayant bossé dans l'industrie pharmaceutique. Elle était maigre comme un coucou, avait une tête de zombie, et un type aussi aguerri que lui pouvait s'en inquiéter. Pour la sale mine, le jet-lag avait bon dos ; pour la perte de poids, elle avait fait semblant d'en être contente. Elle n'avait pas évoqué Eleanor.

La conversation n'avait pas été longue, entrecoupée par les présentations qu'Edwyn avait faites aux habitués du pub – « Vous pensez, un vieil excentrique comme moi avec une charmante jeune femme comme vous… » –, et n'avait pas dépassé certaines limites. Celles du coffre, par exemple, n'avaient pas été franchies. On avait parlé de la maison, des chevaux qui étaient fort bien là où ils étaient, de Zelda, aussi – un peu, mais pas trop.

Était-ce Edwyn qui avait mis la boîte là ? Elle ne lui avait pas demandé. Pas dans ce pub, pas maintenant. Elle l'avait invité à dîner au cottage, mais il avait gentiment refusé.

« Vous êtes fatiguée et vous vous lèverez tôt, si vous devez repartir demain matin. Maintenant que vous êtes propriétaire, nous avons bien le temps. » Il était heureux qu'elle ne vende pas. Mais qu'avaient-ils tous, à imaginer qu'elle disposerait du cottage comme une vénale parvenue ? Sur le moment, elle avait été soulagée que Collins refuse son invitation, mais maintenant, coincée dans cette voiture devant sa propre maison, elle le regrettait. Le bonhomme aurait fait diversion.

Que venait faire Michael ici ? Était-ce bien, ou mal ?

Elle rouvrit les yeux, et ressentit un élan de solidarité envers l'espèce de faucheux écrabouillé sur le pare-brise, parce que c'était exactement comme cela qu'elle se sentait : écrasée, morte et dégoûtante.

Elle ouvrit la portière, et tenta de dérouiller ses jambes. Putain, même pas encore quarante ans, et elle était aussi friable qu'une petite vieille.

Michael était assis avec Marsha, sous la véranda, et, lorsqu'il leva les yeux sur elle, elle sentit ses dernières forces l'abandonner. Elle était dans ces bras-là, cette nuit.

Et dans la lumière diffuse de cette fin d'après-midi, elle se disait qu'elle n'avait jamais rien ressenti de plus excitant que cette distance du corps qu'elle avait caressé. La stature de l'homme qui s'était abandonné en elle était follement érotique.

En l'occurrence, c'est avec Marsha qu'il avait retrouvé son identité sociale – devant des canettes vides et un cendrier plein. Pas possible, ils avaient dû passer tout l'après-midi ici.

« Salut », dit-elle, bénissant *in petto* l'inventeur des lunettes fumées. Il se leva, elle eut un vertige.

« Bon, dit Marsha, moi, j'ai besoin de protéines. Je vais chercher des trucs à manger. Il y en a plein le frigo, ça évitera de jeter. »

Elle disparut dans la maison, les laissant face à face.

« J'imagine que la discussion a dû être longue, dit Hanna avec un geste vers le cendrier.

— Une cigarette ? lui proposa-t-il.

— Non merci. À moins que vous ne vouliez encore me ramasser par terre. »

Il lui sourit.

« Je suis fatiguée, dit-elle. Je me lève tôt demain matin. Un avion à prendre. »

Il hocha la tête, mais n'eut pas la réponse prévue par le règlement, à savoir : « Je ne vais pas rester longtemps. » Au lieu de cela, il se rassit et chacun observa l'autre en chien de faïence, attendant de voir lequel des deux allait remplir l'espace-temps qui leur était donné pendant que Marsha s'affairait bruyamment dans la cuisine.

Hanna pensa que sa tête allait exploser et dut parler pour évacuer de l'air.

« Alors, cette discussion ? Quels grands thèmes ont été abordés ? Le jardinage, l'équitation ? »

Il rit doucement.

« On a parlé de la vie en général.

— Et de la mienne en particulier.

— Non. Pas trop.

— Bien sûr. Menteur. »

Il garda son sourire. Mais sans ses yeux, il était difficile à analyser.

« Ça s'est bien passé ? Chez le notaire.

— Oui. Tout est réglé.

— Bien. »

Bien, oui. La maison était officiellement à elle. Zelda devait être contente. Il faudrait qu'elle soit digne de ce legs, et qu'elle se débrouille le mieux possible de ses appendices. Les chevaux. Les moutons. Les rosiers. Le fils. Derrière ses lunettes, elle l'observa jouer machinalement avec la canette vide. Ses yeux s'arrêtèrent sur ses mains. De belles mains viriles et soignées, sillonnées de bleu, ombrées de brun. Toujours cette voluptueuse sensation de décalage entre ces mains sur elle, lourdes et chaudes, et leur indépendance retrouvée en plein jour. Une chaleur familière envahit son ventre. Elle se tortilla sur sa chaise.

« J'ai vu M. Collins, dit-elle, se raccrochant à l'image affable du père Noël.

— Ah ! dit-il.

— Ça m'a fait plaisir.

— J'imagine, oui. (Il arrêta de jouer avec sa bouteille.) Vous avez résolu le mystère de la boîte ?

— Non. »

Il reprit son jeu avec sa bouteille, et elle sentit l'énervement la gagner. C'était phallique, ou quoi ? Le faisait-il exprès ? Non, ce n'était pas son genre.

« Bon, Michael, à quoi jouez-vous ?

— Je ne joue à rien, Hanna. Je ne sais pas jouer avec vous. Il me semble vous l'avoir déjà dit.

— Foutez-vous de moi. Je rentre, et je vous trouve à discuter avec ma meilleure amie, et pas depuis cinq minutes, apparemment. J'ai horreur de ça. J'ai horreur qu'on règle mon compte dans mon dos. J'ai horreur qu'on s'occupe de moi comme si j'étais une espèce de… gamine au bord du suicide. J'ai toujours eu horreur de ça, mais peu de gens l'ont compris.

— Je l'ai compris, je crois.

— Que fichez-vous là, alors ? En mon absence ? »

Il soupira, puis finit par ôter ses lunettes. Il avait l'air fatigué. « Ce n'était pas votre compte qu'on réglait, mais le mien », dit-il. Il ne la lâchait pas des yeux. Elle frémit. *Une dernière nuit, Seigneur. Qu'il me donne une dernière nuit.*

Marsha débarqua avec un plateau surchargé, ayant fait suffisamment de bruit pour qu'ils l'entendent arriver. Encore heureux qu'elle ne chantonne pas, se dit Hanna, ironique. « Alors, ma chérie, ce notaire ? » lança son amie de sa voix commerciale.

Hanna joua le jeu en répondant par une description parfaitement ennuyeuse de ce qu'elle avait fait à l'office – des papiers à signer jusqu'aux tentures murales de maître Chilsom, oh mon Dieu tellement typiques.

Elle réussit même à avaler quelques bricoles dont elle aurait été incapable de dire ce que c'était, tellement elle était occupée à faire bonne figure. Elle ne voulait pas qu'il soit dit qu'elle souffrait, qu'elle était fragile, elle en avait foutrement marre de tout ça.

« Collins souhaite continuer à s'occuper des chevaux, dit-elle sans regarder Michael.

— Bien. Pas d'équarrissage, alors ?

— Non, pas d'équarrissage, imbécile. Ma nièce sera heureuse de monter Kibootz, elle avait adoré. »

La nuit tombait sur la véranda. Marsha les laissa, emportant avec elle la légèreté de la conversation.

Après un moment de lourd silence, Hanna se décida et regarda Michael.

« Il faut que je vous montre quelque chose », lui dit-elle.

Ils s'étaient réfugiés dans le salon car le froid commençait à mordre. Hanna avait la chair de poule. Entre ses mains, la boîte tremblait.

Michael la regarda, inquiet, puis attrapa fermement son poignet si fin, la forçant à s'asseoir près de lui. Elle serra les dents, sa hanche touchant la sienne.

« Le coffret mystérieux ? demanda-t-il.

— Vous l'avez déjà vu ? »

Il l'observa de plus près, eut une moue dubitative.

« Non, pas que je m'en souvienne. Vous l'avez ouvert ?

— Oui. Mais je ne comprends pas pourquoi il me serait adressé. Je pense qu'il est plutôt pour vous. »

Elle souleva le couvercle, et tendit les deux photos à Michael. Celle du couple en couleurs, surexposée. Celle du séduisant militaire, en noir et blanc.

Il les contempla sans rien dire. Elle regarda les petites flammes des bougies sur la table basse danser dans ses yeux clairs. Il cilla deux ou trois fois, et elle eut une envie presque irrépressible de le serrer dans ses bras. Elle lutta, ses mains douloureuses ballantes entre ses genoux.

« Vous les connaissez ? » demanda-t-elle timidement.

Il lui lança un bref regard, puis retourna à sa contemplation.

« Ces photos, non, dit-il. Mais je suppose qu'avec elle, c'est mon père. (Il regarda encore, puis posa les photos sur la table.) Oui, ça doit être lui, c'est évident non ?

— Vous ne l'aviez jamais vu ?

— Pour être honnête, je ne crois pas, non. Elle m'a toujours dit qu'elle avait perdu les photos. »

Lui en voulait-il d'être détentrice de ces clichés si personnels ? Il semblait imperturbable. Elle sentait sa cuisse contre la sienne, et elle n'arrivait plus à penser correctement.

« Écoutez, Hanna, tout ça n'est pas bien grave, je n'ai aucun souvenir de mon père. Bon ou mauvais. Alors bien sûr, c'est émouvant, mais ces photos sont assez anecdotiques. Éloignées de moi, vous comprenez ?

— Oui, je comprends, mais ce n'est pas ça. »

Il haussa les sourcils. « Ce n'est pas quoi ? » Il s'était tourné face à elle, son visage était si près que c'en était hypnotique. Elle allait perdre les pédales, mais avant il fallait qu'elle lui fasse remarquer une chose.

« C'était un immigré de l'Est, n'est-ce pas ?

— Oui. C'est ce que je sais de lui. Un nom à coucher dehors.

— Je m'en souviens, oui. Alors… (Elle prit la photo du militaire entre ses doigts glacés, se détournant de lui.) Michael, si c'était un immigré de l'Est, un vétérinaire d'après ce que Zelda racontait… Pourquoi a-t-il un insigne de l'US Navy ? »

Il baissa de nouveau la tête vers la photo, pensif.

« Oui, c'est vrai. Je ne sais pas. (Une pensée amusante lui traversa l'esprit.) C'était sans doute son amant. Je suis peut-être le fruit d'une liaison adultère, allez savoir. »

Un grand vide s'ouvrit devant Hanna. Il n'avait pas pu dire ça, pas avec ce sourire.

« En effet, dit-elle, les yeux fixes, ce serait à mourir de rire.

— De toute façon, on s'en fout, je n'ai connu ni l'un ni l'autre. Ni le mari ni l'amant. On ne peut donc pas considérer ça comme une révélation. »

Michael lâcha son regard et repoussa d'un geste décidé les photos sur la table basse. Hanna était paralysée. Voilà ce qui attendait peut-être Eleanor : grandir sans père, si aucun des deux ne voulait d'elle. Elle eut un moment de grand vide : Michael lui parlait, mais elle ne pouvait plus l'entendre, frappée d'une surdité défensive.

« Hanna ? »

Elle revint à elle sous son regard inquiet.

« Ça ne va pas ? demanda-t-il. Spasmophilie ?

— Non. C'est bon. Continuez.

— Je disais… reprit-il doucement. Je disais que je ne voyais pas pourquoi elle se serait encombrée à la fois d'un mari et d'un amant dans ses bagages pour immigrer ici… »

Elle se reprit.

« Oui. Je ne sais pas. Peut-être a-t-elle laissé l'amant en Amérique », dit-elle, misérable.

Il sembla peser chacun des mots qu'elle avait prononcés, puis secoua la tête.

« Non, pas si c'est mon père. Elle a acheté le cottage à son arrivée, en 1962. Je ne suis né qu'en 1964. (Il sourit, enfin.) Je sais bien que vous prêtez toutes sortes de légendes à ma mère, mais une gestation de deux ans… ça relèverait du phénomène de foire. »

Hanna ne savait plus que penser.

« Donc, il n'y avait qu'un homme », murmura-t-elle.

Michael hocha la tête.

« Et pas celui qu'on croyait. (Il prit de nouveau la photo, la considéra d'un œil plus pointu.) Pas d'Adel venu de l'Est pendant la guerre, avec un nom polonais à coucher dehors. Pas de vétérinaire qui soigne ses chevaux tranquillement dans une ferme. Ce type-là était aussi américain qu'elle, sinon il n'aurait pas été capitaine dans la Navy.

— Vice-amiral.

— Je vous demande pardon ?

— Vice-amiral, pas capitaine. Quatre étoiles. Vice-amiral. »

Michael eut l'air franchement amusé.

« Bravo, dit-il.

— Wikipédia.

— À ce niveau-là, vous relevez plutôt de la CIA. »

Bien, se dit-elle. Elle avait décidément tous les vices. Femme adultère, maîtresse spasmophile, mère indigne et espionne obsédée, par-dessus le marché. Elle laissa échapper un hoquet gonflé de tristesse, fermant les yeux, et sentit la brûlure de sa main sur sa joue. Mon Dieu. Même s'il avait seulement pitié d'elle, ce serait au moins un sentiment bienveillant. Elle n'avait besoin que de cela, ce soir, d'un sentiment bienveillant de l'homme qu'elle aimait.

Elle ne voulait pas ouvrir les yeux, de crainte de voir sa propre image dans les siens. Elle avait si peur de ce qu'elle était pour lui. Elle sentit son souffle sur sa joue, puis le piquant de son menton enflammer la ligne fragile de sa mâchoire. Ses lèvres fermes sur sa peau. Elle gémit, les paupières serrées à s'en faire tourner la tête.

« Hanna, murmura-t-il. Ça suffit maintenant. »

Elle n'eut pas le temps de se demander quoi. Elle fut saisie à deux mains, bousculée, serrée contre lui, sa bouche envahie de douceur, ses reins calés contre son bras. Elle lui répondit dans un désir désespéré, noyant son angoisse dans les promesses de la dernière nuit à venir :

« Michael, je ne veux pas dormir. »

Il repoussa son visage pour mieux la regarder, et, les yeux enfin ouverts, elle put voir des ondes brillantes passer dans les siens. « D'accord », dit-il. Et il l'emporta vers la chambre.

27

Elle ne dormit pas, luttant chaque seconde contre le bien-être qui l'anesthésiait. Elle avait besoin de garder tout son sommeil pour la journée pénible qui s'annonçait. Elle s'en servirait comme d'une drogue, pour tenir la réalité en respect : le voyage en voiture sous les questions de Marsha, la journée de retrouvailles avec Cork, l'avion qui l'arracherait d'Irlande.

Les yeux grands ouverts, elle n'avait presque pas bougé, la joue collée contre la poitrine de son amant qui se soulevait régulièrement. Plusieurs fois, dans son sommeil, il avait lancé un bras de noyé autour d'elle, l'attirant encore plus près de lui. Elle en avait eu la respiration coupée, et le sentiment de toucher à la perfection d'un instant.

Au petit matin, il avait dit son prénom, puis lui avait fait l'amour avec une douceur qu'il n'avait pas eue plus tôt. Lorsque sa bouche s'était attardée au-dessus de son pubis, sur sa cicatrice, elle avait tressailli, retenant son souffle.

Quand les aiguilles du vieux réveil se confondirent sur le 6, elle sut comme une condamnée que tout était fini. Il se passerait du temps avant qu'elle ne goûte à nouveau à lui. Elle déposa un collier de baisers autour de son cou, articulant des mots d'amour sans laisser le moindre son s'échapper. Elle ne voulait pas le réveiller, qu'il la regarde partir.

La maison était silencieuse. Pour devancer l'appel, elle se redressa, s'infligeant la douleur nécessaire de sortir de ses bras. Il bougea à peine, et elle put une dernière fois s'abîmer dans les ombres de son visage, ses cils sombres sur les fines rides en soleil, son nez un peu bousculé, son menton rugueux, et le point palpitant de son cou.

Dans la salle de bains, elle se fit face avec résignation, dressant l'inventaire de ce qu'il y avait à faire. Des yeux à nettoyer d'un restant de mascara qui avait fait illusion, des joues rouges à apaiser, une bouche enflée à force d'avoir embrassé. De nouveau, elle était à Paris, un an et demi en arrière, avec les mêmes douleurs.

Elle s'aspergea le visage d'eau froide, puis entra sous la douche. Elle fut rapide, n'y prenant aucun plaisir, limitant le contact de ses mains avec son corps.

Étranglée dans un peignoir serré au maximum, elle se maquilla légèrement puis entreprit de se brosser les dents, ultime dépouillement : dans deux minutes, elle n'aurait plus son goût dans la bouche. Elle se rinça, cracha consciencieusement, puis redressa la tête. Michael était dans le miroir. Appuyé au chambranle de la porte entrouverte, les bras croisés sur son torse nimbé de soleil, il la fixait de ses yeux métalliques.

Tétanisée, elle le vit ouvrir la bouche, étrangement calme.

« Hanna, dit-il. Restez avec moi. Faites ce qu'il faut pour ça. (Dans un éblouissement, elle réussit à accrocher ses yeux sur ses lèvres.) Je vous aime. » Avait-il dit cela ?

Les mots étaient trop grands pour elle, n'avaient aucun sens, se catapultaient au-dessus de son champ de ruines. Ses jambes l'abandonnèrent et elle se sentit glisser.

Elle atterrit doucement sur sa peau, dans son parfum, et il n'y eut plus que lui. Pour seul horizon, et pour toujours.

Elle allait se réveiller. La chambre serait sombre, le lit serait vide, elle fermerait la maison et irait prendre son avion. Voilà ce qui allait se passer si elle ouvrait les yeux.

Elle voulut porter sa main à son visage, pour capturer ce qui pouvait encore l'être, mais un poids l'en empêcha.

« Hé. Du calme. Tout va bien. »

Son cœur s'arrêta, et elle ouvrit les yeux. Il était là, allongé face à elle, un doux sourire dans l'ombre rayée des persiennes. Il faisait beau. C'était vrai ?

Précipitamment, elle s'assit en s'aidant de ses poings enfoncés dans le matelas. Elle avait besoin de se réunir, de s'ancrer dans la réalité. Soudain, tout était simple : la journée qui commençait, son sentiment de plénitude, l'absence soudaine de douleur. Ce bras autour de ses hanches. Elle se frotta les yeux, décidée à lui offrir le plus joli des visages, qu'il ne regrette rien. Ainsi, c'était ce qu'il avait voulu dire, hier soir : « Hanna. Ça suffit, maintenant. »

C'en était fini du manque, de la souffrance, du rien du tout. Elle l'avait lui, elle avait presque tout. Au mur, le trompe-l'œil brillait d'un éclat nouveau, à la fois enfantin et mystérieux. Les pirates tendaient l'oreille comme autant de petits espions.

« Et maintenant ? chuchota-t-elle contre ses lèvres.

— Maintenant ? Je ne sais pas.

— Je dois partir aujourd'hui. C'est ce qui est prévu, je…

— Comme vous voulez.

— Je ne le veux pas. Je le dois. (Elle soupira, le cœur battant.) Michael. Je dois faire ce qu'il faut, vous me l'avez dit. C'est à moi que ça arrive.

— Je sais.

— Et il y a Eleanor.

— J'en suis le premier surpris, dit-il, mais de toute évidence, c'est ce que les gens qui s'aiment font parfois. Des enfants. »

Hanna avait arrêté de respirer. Sur sa nuque, la caresse, elle, ne s'était pas interrompue.

« Alors, évidemment, ça me bouleverse. Ce bébé questionne mes principes. Je n'avais pas spécialement prévu de me reproduire. Ce n'est pas simple, Hanna. Cette petite fille a déjà un père. Et moi je ne sais même pas d'où je viens et ce que j'ai à lui offrir.

— Si ça peut vous consoler, je ne l'ai de mon côté découvert que très récemment », dit-elle, amère.

Elle lui raconta Evelyn, George, Gail, tous ces grands éloignements et ces petits rapprochements qui l'avaient exclue de sa propre famille. Il l'écoutait, attentif. Toujours cette caresse.

« Je veux que notre fille sache qui elle est, conclut-elle. D'où elle vient. Le mal que je vais faire à mon mari durera si peu de temps, par rapport à toute une vie de malentendus et de trahisons… Il ne mérite pas la médiocrité. Et c'est ce qu'il a depuis que je vous ai rencontré. »

Ils se turent un moment, laissant passer le malaise. Mais Hanna savait que Jeffrey Reagan souffrirait moins de l'agression qui amènerait une réplique que de la passivité à laquelle elle le réduisait depuis trop longtemps. Sinon, elle ferait comme tant d'autres à sa place : elle renoncerait au bonheur.

« Michael, je veux qu'Eleanor connaisse Kinsale, dit-elle, une boule dans la gorge. Cette maison. Zelda.

— Cette maison ? J'y ai passé tellement de temps sans aucune idée de ce qu'elle renfermait. Je me demande si cette petite y trouvera la même chose que vous.

— J'aime cette maison, Michael. »

Il recula pour mieux la regarder, incrédule.

« Vous voulez vous installer ici ?

— Non. (Elle secoua la tête, sans se donner le temps de réfléchir.) Non. J'ai un travail que j'adore, à New York. »

Elle lui dépeignit Pemberley, lui raconta ses habitués, leurs petites histoires, volubile. Il la contemplait, une lueur dansant dans ses iris gris-vert – les mêmes que ceux d'Eleanor… Voilà ce que leur rencontre avait fait d'elle : une femme libre, à mille lieues d'un foyer classique qui les mettrait tous les deux sous séquestre. Elle le lui confirma en le regardant dans les yeux :

« Michael. Je ne sais pas ce qu'on va faire, ni comment on va le faire, mais ni vous ni moi ne serons jamais quelqu'un d'autre… »

Hanna avait pleinement conscience de l'affreuse vanité de cette déclaration, mais elle ne savait pas comment le dire autrement.

« Je me souviens de la première fois où je vous ai vue, dans la salle d'attente, au Mercy Hospital, dit Michael un peu plus tard. Vous étiez avec Marsha, à planquer une bouteille de vin sous une chaise. »

Hanna rit. Elle se souvenait parfaitement. Du vin, un pouilly-quelque-chose au goût d'abricot, et de la réflexion de Marsha : « Je veux bien me casser les deux jambes pour voir un type comme ça se pencher sur moi. » C'était si loin. Comment pouvaient-ils être les mêmes personnes après tout ce qu'ils avaient traversé, et comment avait-elle vécu jusqu'alors sans savoir qu'il l'attendait quelque part ?

Lorsque Hanna se leva pour aller chercher du thé à la cuisine, Marsha était partie sur la pointe des pieds, comme l'une des trois fées de la Belle au Bois dormant. Elle avait laissé un mot sur la table, sous une poignée de fleurs fraîches : « *Profite, ma chérie. Tu as raison, c'est tout à toi. Ton amie pour la vie. P-S : Et mange, nom de Dieu !* »

Ils étaient seuls au monde. Elle ne partirait pas aujourd'hui : Michael et elle avaient bien d'autres coffres à ouvrir sur le chemin tracé par Zelda Zonk.

28

Jeffrey était soulagé : par la grâce d'un coup de fil matinal, son chemin de croix parvenait enfin à son terme. Hanna, sa femme qu'il avait tant aimée, qu'il aimait peut-être encore, venait de le délivrer des tourments qu'elle lui avait infligés.

Oh, elle n'avait pas dit grand-chose, mais il avait compris qu'il n'y aurait pas de trahison supplémentaire – ni l'un ni l'autre ne pouvaient se le permettre. Selon la bonne vieille équation que moins par moins égale plus, leurs manquements respectifs s'annulaient. Il faudrait cependant mettre des mots dessus, mais ce temps-là n'était pas encore arrivé.

« Jeff, je dois rester encore aujourd'hui. Peut-être demain... », avait-elle commencé par dire. Puis plus rien. Seulement son souffle dans le téléphone. Elle attendait l'explosion, les questions, les reproches, il ne lui opposa rien d'autre que son silence.

« Je prendrai l'avion demain. » Il n'était donc pas question de rentrer, mais simplement de *prendre l'avion.* Le point d'arrivée était le même, mais la rhétorique changeait tout.

Il tourna en rond comme un fauve en cage, l'échine fourbue, le téléphone collé à l'oreille, puis finit par s'asseoir dans une chauffeuse rose aussi sirupeuse que le reste de l'appartement de Gail. Bordel, comment faisait Craig pour vivre dans une bonbonnière pareille ?

« Oui ? fit-il. D'accord.

— Il faut… Je dois rester aujourd'hui, répéta-t-elle.

— Hanna, s'il te plaît. N'invente rien.

— Je… D'accord. »

Elle semblait si loin, désorientée mais plus si faible. Dingue le nombre de couleurs qu'on pouvait voir dans un seul mot : *d'accord.*

« Eleanor va bien ?

— Oui. Elle mange bien, elle dort bien. Sa maman lui manque.

— Jeff, ne me fais pas ça.

— Ne t'inquiète pas, elle t'attendra. »

Bien évidemment, il n'ajouta pas le traditionnel « et moi aussi ». On n'en était plus là. N'empêche, il était surpris par la facilité des choses.

« Tu rentres à New York ou faut-il annuler ton billet ?

— Jeff, je t'en prie.

— Je suis pratique, c'est tout.

— Oui, je vais rentrer à New York.

— Mais il faut qu'on parle, n'est-ce pas ? »

Elle soupira à l'autre bout du fil. Y avait-il du désespoir ou du soulagement dans ce soupir ? Quel pourcentage de l'air expulsé ? se demanda-t-il, blasé.

« Oui, il faut qu'on parle.

— Ici ou là-bas ?

— Je ne sais pas. Mais rapidement.

— Merci, oui. Pourquoi pas maintenant ?

— Jeff, je… Je ne peux pas. »

Il remua dans son fauteuil. Il détestait la question qu'il allait lui poser. Mais plus que les mots, il allait probablement haïr le ton de sa propre voix. Il chercha à être le plus détaché possible, et laissa tomber les syllabes une à une, désincarnées :

« Pourquoi, il est avec toi ? »

Ainsi, ça allait. Pas d'amertume ni d'acidité, du neutre absolu.

« Non, répondit-elle après une hésitation. Mais je ne peux pas maintenant, Jeff. Pas comme ça, au téléphone. »

Non. Mais. Elle ne se défendait pas, et c'était mieux que ce qu'il aurait pu supporter. Merci de ne plus me mentir, se dit-il, fermant les yeux sur ses propres secrets, encore bien tassés à l'intérieur de lui-même. Il espérait être aussi capable qu'elle de faire sauter le couvercle.

Lorsqu'il raccrocha, il se trouva démuni : il ne savait pas encore terminer une conversation avec sa femme sans lui dire : « Je t'aime. » À l'avenir, il faudrait qu'il cherche une solution de remplacement. *Au revoir, cordialement ?* Un rire idiot lui échappa.

Eleanor dormait dans son lit pliant, petite fille aux poings fermés, sa bouche rebondie et nacrée tétant un biberon imaginaire.

Hanna n'avait jamais pu lui donner le sein, et Jeffrey se demandait s'il aurait pu le supporter. Voir la mère et la fille se fondre l'une dans l'autre, alors qu'aucune des deux n'était à lui, l'aurait exclu davantage. Tandis qu'en prenant son tour de biberon, il était parvenu durant un temps à se faire illusion : puisqu'il la nourrissait, la petite avait besoin de lui.

Pendant de longues minutes, il se livra au bon vieux débat qui faisait tant de littérature – lequel de celui qui tire son coup ou qui subvient aux besoins est davantage père que l'autre ?

Dans son cas, il y avait un corollaire : lequel des deux est le plus menteur ? Le plus bel enfoiré ? Étant lui-même un salaud de compétition, il arrêta là ses comparaisons stériles. Maintenant, tout était à repenser. Hanna n'avait même pas nié qu'un autre était entré dans sa vie. L'autre, *le père,* évidemment. Hanna n'avait rien d'une amazone, elle ne collectionnait pas les liaisons pour satisfaire des pulsions. Si *l'autre* avait pu la mettre dans des états pareils – d'abord enceinte, ensuite dure et lointaine –, c'est qu'elle devait l'aimer follement. Pas raisonnablement, comme elle l'aimait lui.

Machinalement, il plia en deux, puis en quatre, puis en huit, le bavoir en éponge qu'il avait encore entre les mains, jusqu'à en faire un petit rouleau humide comme une serviette de resto chinois. L'odeur du lait caillé ne l'écœurait même plus. Il imaginait que si on lui en avait laissé le temps, ça aurait été la même chose avec la merde toute verte et le vomi. Au parc, il avait même vu des mamans lécher la cuillère baveuse qui sortait de la bouche des mouflets. Serait-il allé jusque-là ?

Les yeux glissant sur la joue dodue d'Eleanor, il fouilla au fond de lui-même pour trouver quels sentiments y subsistaient. Force était de constater que sous la honte et l'instinct de survie, il n'y avait plus grand-chose à gratter.

« Tu fais quoi ? » demanda Gail, dans son dos. Il ne répondit pas. « Elle a bien mangé ? » insista-t-elle. Sa belle-sœur ne laissait jamais aux gens le temps de réfléchir à leur réponse.

« Tout bu, dit-il. Et maintenant, elle redort. Bouffer, dormir, pas compliqué.

— Une vie de rêve. »

Elle attrapa le biberon qui traînait sur le lit.

« Laisse, je vais le laver, dit-il.

— C'est bon. »

Elle lui fit le plus gentil sourire qu'elle lui avait jamais fait. Il se demanda s'il la reverrait un jour. Objectivement, il n'y avait pas de raison.

« Tu as des nouvelles d'Hanna ?

— Oui. Elle revient demain.

— Ah bon. Pas aujourd'hui ?

— Non, pas aujourd'hui. »

Gail hocha la tête, changée en statue de sel. Jeff la regardait, absent, comme s'il voyait à travers elle.

« Gail ?

— Oui, Jeffrey.

— Je ne veux rien savoir. Pas encore.

— Je suis sûre que tout ira bien. »

Il affûta ses yeux sur elle.

« Bien sûr, dit-il. Tu as toujours eu l'art d'éviter les emmerdes. Moi pas. Et là, j'ai envie d'en prendre plein la gueule. »

29

C'était bien Edwyn Collins qui avait déposé la boîte dans le coffre, selon les instructions de Zelda. Il le dit à Michael et Hanna autour d'une tasse de thé de cinq heures au cottage, excellent prétexte à une discussion informelle. Le bonhomme n'avait pas tiqué en les voyant côte à côte – bien sûr, Edwyn était loin d'être un imbécile. Sinon Zelda ne l'aurait pas chargé de ses basses œuvres, qui consistaient à déposer une bombe dans une chambre mortuaire, en quelque sorte.

Mais il semblait qu'il n'en savait pas plus. « Je n'ai été qu'un relais, finit-il par dire en essorant sa moustache d'un coup de dents. C'est Siobhan, la vieille amie de Zelda, qui détenait tous ces documents. »

Il hésita un instant et lâcha avant de partir : « Mais Siobhan ne marche plus beaucoup, vous savez… Peut-être que si vous alliez la voir, elle pourrait vous en dire plus. »

Et il ne s'était plus retourné, filant tout droit vers la sortie.

Siobhan Kelley, l'artiste peintre de Kinsale. Hanna se souvenait de ce nom-là. Zelda l'avait évoqué dans la dernière conversation qu'elle avait eue avec elle.

Après le départ d'Edwyn, Michael avait voulu qu'ils regagnent son appartement, derrière le port. « Marre de cette maison », avait-il simplement dit. Pas bavard, il avait fait couler un bain à Hanna qui était toujours frigorifiée, préparé à manger, et elle s'était docilement laissé faire, prise dans une bulle de renoncement. Elle n'avait même pas la force de culpabiliser, à reproduire ainsi le même schéma qu'avec Jeffrey.

« Profitez-en, avait-elle articulé en avalant une bouchée de spaghettis. Je n'aime pas qu'on s'occupe de moi.

— Non, ce que vous n'aimez pas, c'est qu'on décide à votre place.

— C'est pareil.

— Non, ce n'est pas pareil. Il y a un tas de nuances entre la tendresse et l'humiliation.

— Ah bon ? »

Il avait ri, et l'avait envoyée se brosser les dents et faire pipi, comme une gamine. Elle n'avait même pas protesté, avant de s'écrouler dans le lit. Puis s'était réveillée en pleine nuit, le souffle court, le corps affamé. Elle ne savait pas depuis combien de temps les caresses de son amant embrasaient le creux de ses reins, mais elle touchait déjà le point de non-retour. Sans vraiment sortir du sommeil, elle avait basculé sur ses coudes, se tendant pour qu'il la prenne, vite ; la violence du plaisir l'avait terrassée.

Elle aimait ça aussi avec lui, cette façon qu'il avait de ne pas la ménager. Le sexe brut dans son urgence.

Au petit matin, un peu intimidée, elle retrouva ses manies de jeune fille. Elle rampa jusqu'à la salle de bains avant qu'il ne se réveille, pour se composer un visage d'Irlandaise convenable. Cheveux démêlés, joues fraîches, bouche en cœur, rien à voir avec l'amante lascive du crépuscule. Les yeux mi-clos, elle le surveilla entre ses cils, attendant son réveil sans impatience. Elle se délectait impunément de la vue qu'il lui offrait, tout en sachant qu'elle détesterait qu'il lui fasse le même coup : la regarder dormir comme ça, quelle horreur. Il ouvrit un œil.

« Réveillé ?

— Depuis un moment. J'attendais de voir où vous conduiraient vos études.

— Là », dit-elle.

Il ouvrit les yeux en grand, ébloui, pour la voir pointer du doigt la boîte qu'elle avait rapportée sur le lit.

« Oh merde, râla-t-il. Pas au réveil.

— Le plus tôt sera le mieux. On ne discute plus, on ouvre ce truc.

— Nom de Dieu. Vous êtes plus accommodante à trois heures du matin.

— Oui, bref. Le café est là. (Elle poussa un plateau vers lui.) Jus d'orange. Toast. Ce que j'ai trouvé. Votre frigo, c'est la Sibérie. »

Il soupira, et s'assit sans se presser, brassant l'air autour de lui. Troublée, Hanna ramena les pans de son gilet sur sa poitrine. Puis, d'une main décidée, fit basculer le couvercle, et saisit les photos.

« Je commence. Bon, ça, on a déjà vu. Les papiers, maintenant. » De mauvaise grâce, Michael enfila un tee-shirt.

« Hanna, je vous jure que je n'ai pas envie de passer la journée à remuer le passé. Là, maintenant, ça ne m'intéresse pas vraiment.

— Et si moi, ça m'intéresse ?

— Pourquoi ? Dans le présent, il y a vous et moi, c'est bien plus passionnant.

— Et dans le futur, il y a Eleanor. »

Elle se mordit les lèvres. D'une manière surprenante, elle sentait une colère souterraine monter enfin à la surface.

« Michael. J'ai enterré mon père il y a trois jours, et je ne lui ai même pas fait l'aumône de mon chagrin. Je ne le connaissais pas, et d'autres que moi l'ont pleuré pour de bonnes raisons, comme cette Andrea je-ne-sais-pas-quoi avec qui il s'éclatait. Ma mère est bien vivante, elle, mais j'ai raté toute une partie de ma vie avec elle pour des malentendus. J'ai une sœur dont je découvre seulement maintenant les failles, alors que j'avais bâti toute une espèce de légende autour d'elle. Dans ma famille, nous nous sommes tous définis par rapport à l'image que nous avions les uns des autres. Et nous nous sommes tous trompés… (Elle prit une profonde inspiration.) Pour savoir qui on est, il faut d'abord savoir d'où on vient. C'est le minimum. Je ne veux pas que ma fille – *notre* fille, Michael – se construise sur des sables mouvants. »

Il garda le silence un moment, se grattant la joue dans un crissement qui lui vrilla le ventre. « Bien, dit-il. Ouvrons ce truc. »

Cœur battant, poumons en panne, Hanna ressentit tout le panel des symptômes d'une crise carabinée, qui pourtant restait au bord du vertige : le trac, voilà ce que c'était.

Peut-être allaient-ils découvrir ensemble un secret d'État, dans ces documents soigneusement pliés, avoir la réponse aux questions qu'elle se posait depuis qu'elle était tombée sur ce passage d'un livre sur Marilyn, un soir dans un train revenant de Kinsale. « *Elle devenait Zelda Zonk pour arpenter les rues de Manhattan.* »

La réponse était là, à commencer par cet acte de naissance.

« 1er juin 1926, articula Hanna, le cœur au bord des lèvres. 1er juin 1926. Nom de Dieu. Premier. Juin. 1926.

— Et alors ?

— Et alors ? Et alors Wikipédia. Vous avez ça sur votre portable ? »

Il attrapa son téléphone sur la table de nuit, un sourire railleur aux lèvres.

« Je serais vraiment déçu d'apprendre que ma mère était quelqu'un d'aussi inoffensif qu'une actrice de cinéma, dit-il. Franchement, je m'attends plutôt à découvrir qu'elle mangeait des petits enfants ou qu'elle émasculait ses amants. Une mamie genre Jack l'Éventreur ou Ted Bundy, ce serait quand même plus rock'n'roll. Non ?

— Non. Et je suis sûre que vous avez autant le trac que moi. »

Il rit, secouant la tête.

« Hanna, je sais vraiment pas comment vous le dire, et j'ai bien entendu vos craintes sur les malentendus familiaux, je les respecte. On fait ça pour vous et euh… notre fille. (Il secoua la tête.) Bon Dieu, j'ai du mal à m'entendre dire un truc pareil… Bon, mais tout ça, ces ajustements avec Marilyn Monroe, personnellement je m'en fous. Ce n'est pas mon monde. Ma mère est née un 1er juin, c'est pas une nouvelle, et morte un 5 août, fin de l'histoire. Dans une partie de cet espace-temps, elle a été ma mère, une mère formidable, et c'est tout ce dont j'ai besoin de me souvenir…

— Le 5 août ? Elle aussi ? (Hanna était ébahie : Marsha avait raison.) Pourquoi vous ne me l'avez pas dit ?

— Vous ne me l'avez pas demandé. Bon, voyons voir… Monroe. Née le 1er juin 1926, morte le 5 août 1962. Les deux à Los Angeles, Californie.

— Ça, je le savais. C'était pour que vous mettiez le nez dessus.

— C'est fait. Pour ce qui nous concerne, ma mère Zelda Zonk est née à Tulsa, Oklahoma, c'est écrit là-dessus, sur ce papier. La patrie des Indiens et des ouragans. Devise : *Labor omnia vincit*, elle l'a brodée quelque part. « Le travail conquiert tout », elle m'a soûlé avec ça toute mon enfance.

— Et ça change quelque chose, sa ville de naissance ?

— Vous croyez vraiment qu'elle se serait juste emmerdée à falsifier la ville et pas la date, si elle avait voulu enfumer tout le monde ? Si c'est une fuite organisée par l'État, je suppose que la CIA a tous les stylos qu'il faut pour changer un 6 en 8, par exemple. Avec des encres de toutes les couleurs et de jolis tampons officiels.

— Michael, c'est important, une date de naissance. C'est une racine. C'était peut-être la seule chose qu'elle voulait garder.

— C'est sûr que quand on fuit son pays avec de faux papiers c'est le moment de faire sa coquette… Imaginez le truc : oh, je prendrais bien Tulsa, c'est joli, mettez-moi un peu d'Oklahoma, juste un petit coup de tampon, mais je vais garder la date, monsieur le marchand des services secrets.

— C'est pas drôle.

— Mais si, allez. Ils auraient pu la faire japonaise que tout le monde n'y aurait vu que du feu. (Il avait décidé de prendre ça à la légère.) Moi, si je voulais disparaître, je me ferais inuit ou ougandais, et je me collerais dix ans de moins, tant qu'à faire. Pour en profiter. »

Ravi de sa démonstration, il replia son acte de naissance et s'étira dans le lit. « Bon. Si on se levait ? »

Hanna le considéra les sourcils en l'air, incrédule.

« Vous vous en foutez vraiment ? On a sur les genoux un truc aussi important que le nom du deuxième tireur de Kennedy, peut-être.

— Bizarre qu'il soit pas mon père, celui-là. C'est pas noté quelque part ? Non, c'est dingue, hein ? Le voilà, le militaire : Doe, Michael. Né le 28 août 1915 à Sacramento, Californie… »

— (Il siffla.) 1915, dites donc… On a tendance à procréer sur le tard, dans la famille.

— Oui, des vieux vigoureux, c'est prometteur.

— Et ironique, avec un nom de cadavre.

— Bon. Rigolez, moi je trie tout ça. »

Elle maugréa quelque chose toute seule dans son coin, vidant résolument la boîte comme si elle éventrait une piñata. Les papiers voletèrent partout. Michael lui saisit le poignet, elle ferma les yeux une fraction de seconde, par réflexe.

« Chérie. Sérieusement. »

Chérie. De la soie. Des ombres caressantes. Du soleil dans l'œil, des chatouilles dans le nez. Voilà ce qu'était « chérie » dans sa bouche. Seigneur. Elle aurait du mal à le quitter tout à l'heure.

Ravagée de douceur, elle faillit tout envoyer valdinguer mais elle serra les dents et retourna à ses travaux top secret.

« Sérieusement, répéta-t-il dans son dos. Je pense que si à un moment de sa vie ma mère a décidé de devenir la personne qu'on a connue, celle qu'elle était avant n'a plus aucune importance. Elle a montré d'elle ce qu'elle voulait qu'on voie. Le reste… (Il appuya un baiser doux et chaud sur sa nuque, serrant fermement sa main autour de son bras.) Le reste, c'est anecdotique. Une putain d'anecdote énorme, peut-être, mais pour moi ça ne changera rien. Il faut comprendre ça. Cette première vie n'était pas celle qu'elle souhaitait, manifestement, donc elle ne compte pas. Fini. Kaput. Que dalle. (Encore un baiser, une pression sur le bras.) Mais on va continuer à déplier le moindre de ces petits papiers, décrypter chaque lettre, puisque c'est passionnant… »

Un nouveau baiser, un tsunami charnel, et il relâcha la pression, satisfait. Frissonnante, elle tendit son visage vers lui.

« Voilà, dit-il en se reculant ostensiblement. Pas de temps à perdre. On fouille ces trucs ? »

Hanna serra les jambes. Pour le moment, quelque chose attirait son attention. Une touche de couleur improbable au milieu de ce fatras de papiers jaunis qui sentaient la vanille. Du rouge, pareil à une tache de sang sur les draps blancs, de l'or qui s'effilochait dans la pliure d'un bristol. Hypnotisée, elle tendit la main vers la carte. Un bout de tissu s'en échappa, un ramage de crins dorés sur une résille chair et pourpre.

Gladstone Hotel

« Si le fou persistait dans sa folie, il deviendrait sage. » (W. Blake) Pourquoi ne pas essayer ?

Avec amour, Marty

Médusée, Hanna souffla sur ses doigts dans un réflexe idiot, comme si le papier la brûlait.

« Qu'est-ce que c'est ?

— Michael. Le type qui a écrit ça. Je le connais.

— Décidément.

— Je ne plaisante pas. (Elle se retourna vers lui, saisie de fièvre.) Il s'appelle Martin Allenwood, c'est lui, *Marty* ! C'est un vieux monsieur, un ancien professeur de lettres, il a connu Marilyn quand il était tout jeune. Je l'ai rencontré à Pemberley, c'est un de nos habitués... Il a acheté une robe chez Christie's le mois dernier, c'est le même tissu ! Marilyn avait découpé deux étoiles dedans, comme symbole de ce qu'elle ne voulait plus être... Une pour lui... Une pour elle. Voilà ce qu'il en reste. »

Elle brandit la relique, anéantie. Quelque chose lui faisait mal au cœur. La levée du secret, la transgression. Elle lui raconta le plus calmement possible sa visite chez le professeur Allenwood.

« D'accord, dit-il. On va tout reprendre depuis le début, et je vais me faire l'avocat du diable. J'ai quelques arguments. »

Il lui fit une démonstration point par point, tandis qu'elle rongeait son frein, roulée en boule dans un coin du lit. Premièrement, dix mille personnes naissaient chaque jour aux États-Unis, le 1er juin 1926 avait eu droit au même lot ; deuxièmement, un nombre considérable d'hommes s'appelaient Marty – là, il ne savait pas exactement combien, mais on pouvait faire une recherche internet ; troisièmement, le Gladstone était un hôtel, et les hôtels brassaient des tas de gens tous les jours – il suffisait de leur passer un coup de fil pour avoir une moyenne. Troisièmement, le bristol n'était pas daté, et il pouvait très bien venir d'une époque où Allenwood était encore dans ses langes. Et quatrièmement : tout ça n'avait certainement rien à voir avec Marilyn Monroe.

« Et le bout de tissu ? lui opposa-t-elle.

— C'est qu'un bout de tissu. Comme plein de bouts de tissu. Vous êtes bien placée pour le savoir, comme ma mère, d'ailleurs, qui a passé sa vie à coudre des milliers de bouts de tissu.

— Oh merde, tiens. Vous allez encore me servir votre discours sur les belles histoires que j'ai besoin de me raconter.

— J'ai dit ça, moi ?

— Oui. À Paris. Le matin où vous m'avez quittée. Vous m'avez parlé de mon besoin de rédemption, tout le bazar.

— De rédemption ? Sans blague ? Je suis un fou dangereux. Et après ça, vous acceptez quand même de coucher avec moi, bravo. »

Il hocha la tête, amusé. Pas secoué du tout par ses découvertes, nota-t-elle. Il s'en foutait vraiment. Il sembla lire dans ses pensées, car il se fit soudain plus sérieux.

« C'est vrai que tout ça fait un bon gros faisceau de présomptions, comme disent les flics. Pour en avoir le cœur net, on devrait suivre les conseils d'Edwyn. Quand nous reviendrons à Kinsale, on ira cuisiner Siobhan. »

Parce qu'il leur fallait tous les deux partir. Michael devait préparer une exposition de photo dans une galerie parisienne. Quant à Hanna…

Elle devrait retrouver Jeffrey, terminer de creuser la plaie qu'elle avait ouverte au téléphone, en ne niant rien des convictions de son mari : oui, il y avait un autre homme. Elle ne savait plus mentir.

Lorsqu'ils quittèrent le lit et que la boîte à mystère fut soigneusement rangée, Michael vit Hanna se renfermer. S'habillant sans hâte, elle était plongée dans un abîme de doutes – dont lui-même était peut-être le plus profond. Avait-elle peur qu'il la fuie, comme il l'avait fait à Paris ?

Alors il lui fit traverser cet appartement dont elle ne connaissait guère que la chambre, et la conduisit dans une pièce claire, lumineuse, dont la fenêtre encadrée du même bleu que la porte s'ouvrait sur la rue. Sur une grande table s'étalaient des dossiers, des papiers, un assortiment de feutres. Des clichés étaient accrochés par des pinces sur des cordons. Il ouvrit un tiroir, en sortit une pochette, et après une hésitation lui tendit une photo.

Émue par cette partie de lui qu'il lui restait à découvrir, elle s'essuya les yeux. Elle s'attendait à voir apparaître sur le papier glacé la forêt amazonienne, les chutes d'Iguaçu ou un village africain, et l'imagina attentif et précis derrière son objectif, pendant cette fraction de seconde où elle saisit la photo, avant que ses pensées viennent heurter la réalité du cliché dans un silence assourdissant.

C'était elle.

Un jour d'hiver au soleil éclatant de Central Park.

Le jour où elle cherchait dans le parc un repère qui lui ferait prendre son envol.

Elle portait son gros pull marine, et son bonnet en laine. L'objectif avait saisi son regard en fuite, iris couleur de daim éclaircis par la lumière froide. L'image était si nette que le grain de sa peau offrait des variations de beige semblables à des dunes, sa bouche semblait frémir au vent. Ses cheveux voletaient un à un sur sa joue saisie par la bise.

Michael l'avait trouvée à New York.

Elle le regarda, sans parvenir à sortir de l'état de sidération dans lequel cette révélation la plongeait. Après leur romance achevée dans les larmes à Paris, il l'avait trouvée à New York.

Puis, une fois qu'il avait été sûr qu'elle allait bien, l'avait laissée à sa vie sans lui. Sans savoir qu'elle portait leur enfant.

— Mais comment ?... réussit-elle à articuler dans la brume cotonneuse qui l'étreignait.

Il le lui expliqua : Zelda avait laissé traîner une adresse dans l'Upper East Side – celle de Kirk et Sybil chez qui ils avaient logé avant de trouver leur appartement – bien en évidence sur le meuble du salon. Sans doute avait-elle appelé à la boutique pour l'obtenir, comme tant de clientes qui souhaitaient envoyer leurs vœux à Hanna après son départ précipité d'Irlande.

Ensuite, Michael avait arpenté Central Park, s'était redécouvert une passion pour la photographie en attendant de la voir apparaître dans son objectif. Il était tenace, il avait tout son temps. Puis, un matin, elle était descendue de sa tour d'ivoire ; accompagnée de son mari, elle souriait. À ce moment-là, il avait été incapable d'être heureux pour elle. Hanna s'était retrouvée seule un moment, alors il avait fait des photos, mais seulement deux ou trois pour ne pas se donner l'impression d'être un espion.

Puis son mari l'avait rejointe, avait enroulé une écharpe autour de son cou. Alors Michael était reparti. Pas très fier de lui.

Mais qu'aurait-il fait, s'il l'avait vue pleurer ce jour-là, comme elle avait pleuré presque tous les autres jours ? « Je ne sais pas, hésita-t-il. Je n'avais rien prévu. Sans doute serais-je allé vers vous. Je n'aurais pas supporté de vous voir malheureuse. » Ou plutôt si, avait-il fini par admettre. Il aurait préféré.

Mais ce jour-là, elle n'avait pas pleuré. Et tout s'était peut-être joué à ça. À sa façon appliquée de regarder dans le vide puisque c'était lui qu'elle cherchait.

À lui qu'elle pensait, sur la photo qu'il avait prise, puisqu'elle pensait à lui tout le temps.

C'était vertigineux, qu'il ait capté sa rêverie sans le savoir.

Qui comprendrait ça ? lui demanda-t-elle. Que deux âmes sœurs se retrouvent ainsi en un point précis de leur horizon ?

Perdue dans cette immensité de probabilités, Hanna laissa couler quelques larmes. « Une histoire normale, pas compliquée, j'aimerais bien », rit-elle à travers les gouttes. « Menteuse », sourit-il.

30

Hanna était partie pour Londres. Michael pour Paris. Du même aéroport, mais dans des terminaux différents. Et elle se disait que leur vie à deux s'écrirait toujours de cette façon : ensemble, absolument, mais séparément. Pour sauver l'amour.

Personne ne l'accueillit à Heathrow. Il n'aurait plus manqué que cela, un comité d'accueil, se dit-elle en jetant sa valise légère sur la banquette du taxi.

À Belgravia, personne ne l'attendait non plus. Les rideaux du salon en boîte à bonbons étaient à demi tirés sur la baie vitrée. Tant mieux, elle n'avait pas envie de lumière.

Jeff lui avait envoyé un SMS : « *Au parc.* » disait-il, lapidaire, mais sans oublier de mettre le point.

Hanna passa devant le berceau vide avec un pincement au cœur. Elle osa à peine baisser les yeux, résista à l'envie d'enfouir son nez dans la gigoteuse bien repliée sur le bord du petit matelas – elle sentait déjà la fleur d'oranger et la crème au calendula de là où elle était.

Lorsque la porte d'entrée s'ouvrit un peu plus tard, elle somnolait dans la chauffeuse rose de Gail, sa main droite posée sur la gauche, comme si quelqu'un d'autre la tenait.

« Tiens, dit Jeffrey. Maman est là. »

Excitée à l'idée de la retrouver, Eleanor se calma quand elle la prit dans ses bras. Et elle put plonger dans ses yeux, les mêmes que ceux de son père.

« Tu veux un verre d'eau ? demanda Jeff. J'ai soif.

— Non, merci. »

Elle osait à peine le regarder. Il portait son pantalon kaki, sa chemise bleu ciel qui lui allait si bien. Jeffrey Reagan était un bel homme. Elle savait pourquoi elle était tombée amoureuse de lui ; elle comprenait pourquoi sa vie de quasi-recluse avec lui ne lui avait pas pesé, au début. Mais ces sentiments n'avaient rien à voir avec ceux qu'elle éprouvait pour Michael ; Jeff n'avait jamais eu la capacité de la faire souffrir.

Il posa les yeux sur Hanna, et la première pensée qui fondit curieusement sur elle fut que plus jamais elle ne ferait l'amour avec lui. Profondément déstabilisée, elle le regarda lui tourner le dos vers la cuisine. Voilà la manière dont elle le percevrait dorénavant : une silhouette s'éloignant, sa démarche, sa façon de balancer les bras. Elle posa Eleanor dans son parc, préférant ne pas infliger à son mari trahi le spectacle insupportable d'une mère et d'une fille qui ne lui appartiendraient bientôt plus, ni l'une ni l'autre – unies face à lui. Elle avait chaud. Et soif aussi, mais elle n'osait pas le dire.

« Bon, dit-il en revenant. Je pense qu'il est préférable d'attendre qu'elle s'endorme. Il vaut peut-être mieux qu'elle n'entende pas ce qu'on a à se dire. On ne fait jamais assez attention aux traumatismes de la petite enfance.

— Jeffrey, ne fais pas ça. (Elle se rassit lourdement dans la chauffeuse.) Je sais que tu as toutes les raisons de m'en vouloir, mais je t'en prie, ne fais pas de moi une mère indigne. Je culpabilise assez comme ça.

— Mère indigne ? »

Il laissa échapper un rire sans gaieté. « Tu ne sais pas ce que tu dis. »

Il s'assit à son tour en face d'elle, dans le silence bousculé par les babillages indifférents d'Eleanor. Hanna ne comprenait pas sa phrase – *tu ne sais pas ce que tu dis* –, son regard fuyant, mais tout était déformé par le prisme de sa propre culpabilité.

« Je n'ai pas été honnête, dit-elle doucement.

— Moi non plus », répondit-il.

Hanna s'attendait à tout, mais probablement pas à cela. Elle n'avait jamais imaginé une seule seconde que Jeff puisse lui être infidèle. Ce constat fondit sur elle, glacial. Mon Dieu, c'était grave : la vérité, c'est qu'elle n'avait jamais craint que Jeff la trompe. Pas de jalousie, pas de souffrance – pas d'amour ?

Incapable de respirer normalement, au bord de la crise, elle se lança :

« Eleanor… », commença-t-elle d'une voix rauque. Il leva la main pour l'interrompre. « Je sais », dit-il.

Les murs rose bonbon s'écroulaient. Non, il ne pouvait pas savoir. Qu'avait-elle laissé derrière elle qui la trahisse ? Ou était-ce… Gail ? Non, elle ne supporterait pas cette trahison bien plus grande que n'importe quelle autre. « Mais comment… », balbutia-t-elle.

Jeff eut l'air terriblement fatigué.

« Hanna, tu ne veux pas savoir comment je le sais. Ça ferait de moi le plus parfait des salauds à tes yeux. Je ne suis pas le père d'Eleanor, c'est tout. Alors qui est-ce ? Je le connais ?

— Non. Non.

— Je l'ai croisé une fois, à l'hôpital. Non ? »

Elle le regarda, interdite. Il avait dû chercher longtemps pour arriver à cette conclusion improbable. Gail, elle, n'avait pas su.

« C'est possible, murmura-t-elle.

— Comment as-tu pu faire ça ? Comment cette histoire de fou a-t-elle pu commencer dans un putain d'hôpital ?

Encore, je ne sais pas, dans un bar à Cork, ou à ton travail, une aventure… Mais dans ce putain d'hôpital ! Pendant que je m'inquiétais comme un fou, tu tombais amoureuse de quelqu'un d'autre… »

Le ton montait. Il se passa nerveusement la main dans les cheveux, balança encore quelques « putain » comme des pétards pour se calmer, puis soupira.

« C'est cette vieille dingue, n'est-ce pas ? C'est sa faute ?

— Elle est morte, Jeffrey.

— Je sais bien qu'elle est morte, mais ça n'a pas suffi. Marilyn Monroe est venue t'envoûter, ou je ne sais pas quel délire tu t'es fait. Vous avez voulu continuer la lignée, c'est ça ?

— Ne dis pas n'importe quoi, Jeff. Zelda n'a jamais été Marilyn, c'est terminé tout ça. »

Au-delà de sa réaction légitime à son adultère, elle s'aperçut qu'elle avait peur des conséquences, du pouvoir de Jeffrey Reagan. Il pourrait répandre cette histoire, et Michael et Eleanor ne seraient plus jamais en paix. Seigneur, son ex-mari était-il à ce point son ennemi qu'il fallait à tout prix qu'elle lui mente ?

« Zelda n'a aucun rapport avec Marilyn, insista-t-elle. Ce n'était qu'un fantasme.

— Il faut croire que tes fantasmes ont traversé les générations. Ça s'est passé où ? Avec lui. Pour Ellie. Pas à l'hôpital, je suppose. Sinon, je vais tomber du placard.

— Tu n'as pas besoin de savoir ça.

— Bien sûr que si. J'ai besoin d'un détail, au moins géographique, pour réaliser tout ça. Tu me le dois, au nom de nos dix ans de… mariage. Si on peut appeler ça comme ça.

— Arrête, Jeff, j'ai été heureuse avec toi.

— Pas toujours. Alors, où ? »

Il attendait, genoux écartés dans son fauteuil, avec cette défiance dans le regard, cette façon d'essuyer les tirs de mortier le front en avant.

« À Kinsale, dit-elle. Puis à Paris. »

Bon Dieu, elle détestait ça. Faire de celui qui avait été son mari le confident de ses frasques – cela rendait la chose laide, par-dessus le marché. « Ah, fit-il. Il y a eu récidive. Ce n'est donc pas un accident.

— Jeff, je pensais que j'étais stérile, dit-elle bêtement.

— Aucun rapport. Tu ne l'étais pas, tu ne l'as jamais été. Et quand bien même, tu as couché avec ce type juste comme ça en passant, si ?

— Non, pas juste comme ça. Jeff, je ne l'aurais pas fait avec un autre.

— Ça, tu vois, ça ne m'aide pas. C'est pire. Et maintenant ?

— Jeff, comment sais-tu que je n'étais pas stérile ? »

Les mots lui revenaient bizarrement, en désordre, régurgités par son cerveau surchauffé par la migraine.

Il n'hésita pas.

« Parce que c'est moi qui le suis. »

31

Hanna oscillait entre le soulagement et l'amertume. Les vagues allaient et venaient en un courant alternatif qui la laissait sur le flanc.

Jeffrey venait de rajouter sa pierre à l'édifice branlant qu'avait été sa vie. Il l'avait trahie de la plus vicieuse des manières, et dans un sens elle lui en était reconnaissante. Cela simplifiait les choses. Elle pouvait maintenant se camper dans le mépris, prendre sa fille sous le bras et partir, le menton haut.

Mais ce n'était pas si simple. Dix ans de sa vie restaient à rassembler – dix ans d'angoisses, de maux de ventre imaginaires, de culpabilité dans la salle de bains lorsque le sang finissait par couler en étoile dans ses sous-vêtements, après qu'elle l'eut retenu de toutes ses forces. Elle avait bien failli détruire son corps, à le molester ainsi chaque mois. Et les cachets à avaler, et le thermomètre qui au bout d'un temps avait enlevé toute magie à l'amour. Plus d'orgasmes, rien que la satisfaction du travail bien fait.

De toutes les trahisons qu'elle découvrait sous ses petits mouchoirs, depuis son accident, celle-ci était la pire, l'indicible. Sonnée, elle se demandait si Jeffrey aurait longtemps continué à la priver de sa vie, si Zelda Zonk n'était pas venue la sauver.

Jeffrey n'avait pas su répondre. « Je t'aimais tant », avait-il simplement dit. Il l'aimait au point de la tuer, parce que c'est bien ce qu'il avait failli faire d'une part d'elle-même. Les tribunaux étaient pleins de ces hommes qui confondaient passion et possession, en tant que journaliste il le savait, lui avait-elle répondu.

« Peut-être que maintenant, tu comprendras, avait-il osé, perdu.

— Ce que je comprends, c'est que je préférerais mourir plutôt que de blesser l'homme que j'aime », avait-elle rétorqué, la rage au cœur.

Elle se retrouvait désormais seule et pensive, dans une cuisine du centre de Londres, heureusement occupée à viser avec une petite cuillère la bouche d'Eleanor au milieu d'un séisme de purée de carottes. Incroyable comme la vie pouvait basculer en si peu de temps – trente mois, exactement, depuis son accident, calcula-t-elle, et pourtant une vie entièrement réécrite.

Quand Gail entra un peu plus tard, Hanna avait avancé sa chaise vers la fenêtre pour mieux voir les lumières de la ville, la vie dehors. Sa fille reposait sur sa poitrine, les yeux clos, soufflant à intervalles réguliers une bulle de carotte sur sa tunique tachée. Dans leurs respirations conjuguées, Hanna avait retrouvé la plénitude.

Le grincement d'une chaise qu'on traînait vers elle ne lui fit même pas tourner la tête.

« Tu vas bien ? » demanda Gail, d'une voix qu'elle ne lui connaissait pas. Voilée. Craintive. Hanna ne bougea pas.

« Ça dépend, dit-elle. Selon tes normes, ou selon les miennes ? Que veux-tu entendre, Gail ?

— Je veux entendre que tout ira bien pour toi. Pour vous. »

Hanna lâcha des yeux le néon du restaurant d'en face qui finissait par lui brûler la rétine, et posa un baiser moelleux sur la petite tête brune calée dans son cou. Eleanor sentait bon, ses cheveux étaient doux comme des plumes.

« Si ton souhait est que tout aille bien pour Jeffrey et moi, tu ne vas pas aimer ce que tu vas entendre. »

Elle avait penché la tête en arrière, sur le dossier trop dur, pour que sa voix ne réveille pas l'enfant. Elle voyait Gail en biais, ses jambes croisées, ses mains posées de chaque côté de ses cuisses, ses bras tendus comme des arbalètes. Longue, presque maigre, en couleurs. Un vrai Modigliani.

Cette vision déformée de sa sœur l'arrangeait. Elle n'aurait pas su quoi faire de sa peine d'une manière frontale.

« On se sépare.

— Je suis désolée, balbutia Gail.

— Bien sûr que tu l'es.

— Hanna, je t'en prie…

— C'est moi qui t'en prie : ne me sers pas le fameux "Je ne veux que ton bonheur", je ne te croirai plus. »

Gail secoua la tête, eut une sorte de hoquet étouffé.

« Tu es dure », murmura-t-elle.

Eleanor émit un long soupir, puis un gargouillis en Technicolor. Hanna sentit la tache chaude s'agrandir sur son chemisier.

« Pourquoi as-tu fait ça, Gail ? Pourquoi m'as-tu privée de ma mère ? »

Son chuchotement fut suivi d'un silence qui lui sembla infini.

« Je ne me suis rendu compte de rien, dit Gail. En fait, j'avais fini par me persuader qu'Evelyn et toi n'étiez pas dans le même monde. »

Hanna soupira.

« Gail, tu te crées les mondes qui t'arrangent. Tu l'as toujours fait. Je trouvais ça féerique, quand j'étais petite. Maintenant, c'est juste épouvantable.

— Je ne restais pas longtemps à Marrakech. On n'a jamais vraiment rien partagé, elle et moi. C'était toujours une escale, entre deux vols.

— Pas comme si tu l'avais fait exprès, donc ? »

Gail secoua la tête dans son coin.

« Oh, Hanna… Oui. Oui, voilà, j'ai eu du mal à tout relier. Jusqu'à récemment, ce repas en famille à New York. Ça m'a fait prendre conscience que je n'étais pas honnête avec toi. Mais en même temps, tu avais l'air tellement… loin de tout, que ça ne semblait pas avoir d'importance.

— C'est donc ma faute.

— Je n'ai pas dit ça. Je suis heureuse qu'on ait pu faire le point.

— Ah ! Et aujourd'hui ? On peut reprendre une vie normale ?

— J'aimerais tant… »

Hanna sentait son bras droit s'ankyloser, calé sous les fesses d'Eleanor. La petite pesait son poids.

« Que vas-tu faire ? demanda Gail.

— Retourner à New York. J'ai une vie et un travail, là-bas. »

La chaise de Gail couina.

« Et le… père ? »

Seigneur, comme les mots lui coûtaient, se dit Hanna.

« Il voyage beaucoup. »

Doucement, elle changea de bras sous les fesses d'Eleanor, et s'étira dans un soupir. Elle n'avait aucune envie de partager quoi que ce soit de Michael avec sa sœur.

« Vous n'allez pas… vivre ensemble ?

— Ensemble ? Qu'est-ce que ça veut dire ? Faire salle de bains commune ? (Elle regarda sa sœur avec un reste de complicité.) Désolée de te décevoir, mais ce n'est pas ce qui va se passer. On trouvera des tas d'autres moyens de vivre… À deux. À trois. On verra. »

Hanna eut alors la surprise – et, finalement, pour être honnête, le bonheur – de voir le visage triste de sa sœur s'épanouir en un sourire sincère.

« Tu es incroyable, dit Gail. Vraiment incroyable. Je ne te l'ai jamais dit ? »

Il était évident qu'elle ne pourrait plus jamais dormir avec Jeffrey. Écouter son souffle filer comme autant de mensonges. Il ne rentra qu'après le dîner. Craig était de garde à l'hôpital, ce qui arrangeait tout le monde. Hanna et Gail jouaient la comédie urbaine sans trop d'efforts pour Patti, qui ne s'intéressait de toute façon qu'à son chat.

« Baal-Mollock, chantait-elle en lui posant ses os de poulet sur le carrelage.

— Patti, ne fais pas ça, c'est dégoûtant.

— Pourquoi ? Il est content. »

Alors oui, après tout, si le chat était content. Jeff réunit quelques affaires. Il allait à l'hôtel.

« Tes projets ? demanda-t-il après s'être éclairci la voix. Je veux dire, tes projets immédiats.

— J'ai besoin d'un peu de temps. De me poser. Seule, si tu veux le savoir.

— Non, je ne veux pas le savoir. Mais si tu me fais encore confiance, je peux ramener Eleanor à New York. Pendant ton break. Sybil s'en occupera à Pemberley, tranquillement. Avant qu'elle démarre autre chose. Ailleurs. »

Hanna leva les yeux vers lui. Confiance ? Oui, bizarrement, elle aurait toujours confiance en lui. C'était inexplicable. Et puis elle ne voulait pas emmener Eleanor à Kinsale. Pas si vite. Il fallait laisser du temps à Michael. Elle hocha simplement la tête, et il parut soulagé.

« Je rentrerai dans quelques jours, dit-elle. Jeff, je resterai à New York. Je ne pense pas que j'aurai envie de te voir, pas tout de suite. Mais je resterai à New York. Avec Eleanor. Il n'y aura pas d'ailleurs, elle ne sera pas loin de toi. Je pense qu'il faut arrêter de se faire du mal. »

Il n'en demanda pas plus. Tira sur la fermeture Éclair de son sac de sport et le jeta sur son épaule. Hanna le regarda s'éloigner d'un pas souple, son portable à la main. Baroudeur.

32

Hanna n'avait jamais été en paix avec elle-même depuis des mois, et elle en avait terriblement besoin. Comme d'une désintox aux autres. Et pour cela elle avait un nid que Zelda lui avait offert.

C'est donc seule qu'elle fit retraite vers Kinsale, avion, train, avec un bagage à main qui ne contenait que quelques bricoles et une paire de chaussettes miniatures sentant la fleur d'oranger et la crème au calendula. Eleanor était partie dans les bras de Jeffrey, dans le hall de l'aéroport, et c'était la meilleure chose à faire pour le moment. Hanna appliquait fort à propos les consignes de sécurité des compagnies aériennes : toujours enfiler son gilet de sauvetage en premier pour pouvoir sauver son enfant – même si ça n'allait pas de soi.

Au cottage, il y avait exactement tout ce qu'il lui fallait pour retrouver les forces qui lui manquaient, c'est-à-dire RIEN. Pas de présence humaine, même pas de télé, encore moins d'ordinateur ni de WiFi, pas de voiture. Rien que des fleurs, des échevettes de coton perlé, des bouquins et un frigo, qu'elle remplit de légumes frais, d'œufs et de yaourts aux myrtilles. Lorsque le taxi l'eut déposée avec ses sacs, elle ouvrit un paquet de McVitie's au chocolat qu'elle descendit en rangeant ses courses, prit un bain scandaleusement trop chaud, bassina ses draps à la lavande Yardley et dormit dix heures.

Elle avait investi la chambre de Zelda, pour de bon, elle était chez elle. À son réveil, elle laissa ses yeux courir sur les murs. En dehors d'un miroir rectangulaire posé sur la commode et d'un zodiaque brodé qui occupait tout l'espace au-dessus du lit, ils étaient nus. S'il n'y avait eu ce jeté de lit multicolore en plus du zodiaque, la pièce aurait été monacale. Pas de photos, évidemment, ni de reproductions de tableaux, ni aucune de ces choses qui font d'un endroit votre chambre.

Hanna étira ses chevilles dans les draps de coton presque rêches à force d'avoir été lavés et se dressa sur les coudes. Elle avait des courbatures partout.

Son regard s'était arrêté sur le grand miroir qui reflétait les persiennes à demi baissées. Il y avait quelque chose, dans le coin : une photo. Elle se leva en grimaçant, avec l'impression que tous ses muscles allaient lui revenir dans la figure comme des élastiques. C'était une maison – le perron et la façade. Hanna eut un étrange sentiment, à la limite du malaise. Une volée de marches, des bow-windows, une porte arrondie entre deux vasques de fleurs : bon sang, c'était le *brownstone* dont elle avait rêvé en arrivant à New York.

Elle se rassit du bout des fesses sur le lit, estomaquée. Dans cette maison, Zelda avait dû vivre un grand bonheur dont elle se souvenait au bout du monde : pour un œil exercé, la photo était la première chose donnée à voir en se réveillant, la dernière en s'endormant.

Comment savoir ce qu'elle cachait ?

Il faudrait aller voir Siobhan Kelley, comme Michael le lui avait promis.

« Zelda, que voulez-vous que je fasse de tout ça, exactement ? » La solitude était un drôle de truc pour qui n'y était plus habitué. Hanna comprenait l'utilité des chats ou des chiens. Au soir de son deuxième jour au cottage, elle aurait pu faire la conversation à une chauve-souris et la trouver drôlement sympa. À défaut, elle se retrouvait à parler à un fantôme, à travers une boîte pleine de papiers.

Assise en tailleur sur ce qui était maintenant son lit, elle sentait l'impatience la gagner. Dans la tranquillité surnaturelle du cottage, elle avait fait vœu de silence (ne signalant même pas sa présence à Collins ou aux chevaux), de chasteté (bien obligé, Paris était loin), de gourmandise (plus de yaourts à la myrtille, désolé, disait le frigo) et de futilité (aisselles, mollets et maillot épilés, masques cheveux et visage posés, ongles faits). Mais elle n'avait pas l'habitude d'être autocentrée, et commençait à ressentir la vieille morsure de la culpabilité.

Fouiller dans cette boîte lui occupait l'esprit. L'empêchait de torturer Sybil au téléphone pour qu'elle tienne la comptabilité des calories ingérées par Ellie, ou de répondre aux trente coups de fil quotidiens de Marsha. Elle avait été succincte dans ses explications à ses amies : besoin de faire le point, à bientôt, c'est tout.

Seul Michael avait droit à plus de deux phrases, et encore. Elle sentait confusément que la discrétion sur leurs états d'âme ferait partie de leurs accords. Elle ne voulait être pour lui que le meilleur et pas le pire, à la poubelle toutes ces conneries judéo-chrétiennes.

« Comment va Paris ?

— Morne.

— Votre expo ?

— Beau projet. Ça prend tournure. Que faites-vous ?

— Je fouille dans les papiers de votre mère.

— C'est honteux.

— Oui, je sais. Michael, pourquoi quelqu'un aurait envie de garder des petits mots aussi insignifiants que "*Parti pêcher*" ou "*Champagne ce soir*" ?

— Je ne sais pas. Parce que ça comptait. »

Des petits moments personnels mis bout à bout faisaient une vie à deux, c'était la leçon de Zelda Zonk : comme le diable, le bonheur se cachait dans les détails.

Elle s'aventura dans les armoires en bois à l'odeur citronnée, réunit les boules de cèdre éparpillées dans une assiette creuse, pour tout déplier et tout ranger à nouveau. Marsha avait raison, c'était bourré de merveilles. Des dessus-de-lit, des nappes, des serviettes, du linge à ne savoir qu'en faire. Alors pourquoi ? Pour le plaisir du travail bien fait, pour la satisfaction d'aller au bout des choses, lui répondait la vieille dame du fond du placard. Chaque broderie, chaque patchwork, chaque appliqué était une œuvre. Peu importait l'utilité qu'on en avait.

Hanna refoula une boule de mélancolie au fond de sa gorge. Seigneur, si Zelda avait eu le temps de connaître sa petite-fille, elle aurait trouvé une muse à ses ouvrages. Elle aurait su comment l'habiller, de quoi la couvrir, avec quoi l'amuser – comme Saoirse, la poupée qu'elle avait donnée à Patti. Mais un cruel timing l'avait privée de ce bonheur.

Si elle avait su, pour Eleanor, peut-être Zelda Zonk se serait-elle battue, plutôt que de convoquer la mort sur un banc face à l'océan ? Hanna secoua la tête : elle ne voulait pas penser à cela, c'était dévastateur.

Elle considéra ses mains posées sur le bord de l'étagère. Des mains oiseuses. Depuis combien de temps ces mains n'avaient pas été capables de plier un patron, de mesurer une aiguillée ? Elle étala un panneau sur la table de la cuisine. C'était un jardin, dont chaque brin d'herbe était brodé au point lancé. Des fleurs, des papillons en soie étaient appliqués avec poésie, dans les règles de l'art et des proportions. Sur le côté, Zelda avait commencé les croisillons d'une véranda.

Émue, Hanna reconnut le jardin derrière le cottage, celui-là même où elle avait taillé les roses. L'ouvrage n'était pas terminé. Un petit sac de coton y était épinglé, contenant fils de couleur et carrés de soie légère. Hanna referma soigneusement le placard sur son trésor et bâilla à s'en coller les larmes aux yeux. C'en serait bientôt fini de sa retraite. Michael serait de retour à Kinsale ce soir ou demain, elle n'avait pas voulu l'accabler de demandes de précision horaire. Le temps n'avait pas d'importance, Hanna savait qu'il répugnait à faire de sa vie un calendrier tracé au cordeau. Il serait là, c'est tout.

Elle prit un bain d'une heure, avala la totalité de ses apports journaliers recommandés en sucre en seulement cinq minutes, jeta l'emballage de McVitie's au bord de la nausée et se coucha. L'attente faisait battre son cœur trop fort.

Plus que le bruit de la voiture, ce fut son parfum qui la tira doucement du sommeil. Elle retint son souffle, entrouvrant les yeux sur la nuit noire. Aucune idée de l'heure, mais Michael faisait son possible pour ne pas la réveiller, comme seul un homme savait le faire – en faisant beaucoup de bruit. Porte qui grince, sac qu'on pose, cliquetis de ceinture, protestations de la plomberie pour une douche arrachée en pleine nuit. Elle sourit, entendant son cœur rebondir à travers le matelas.

Le drap se souleva, le parfum l'envahit tout entière. Elle le laissa venir sans bouger, décidée à faire semblant de dormir – il détesterait qu'elle l'attende bouche bée, comme cette courgette de Pénélope.

Lorsque Michael passa son bras autour de sa taille en l'attirant doucement vers lui, elle ne moufta pas. *Je dors, je dors…*

« C'est bon, respirez », lui dit-il.

33

« Racontez-moi Paris ! »

Assise derrière la grande table, Hanna sentait l'air piqué d'embruns caresser sa peau. La fenêtre encadrée de bleu donnant sur la rue était ouverte, des bribes de conversations montaient jusqu'à l'appartement. C'était jour de brocante, le soleil brillait. Un vent tiède faisait jouer les fanions multicolores qui décoraient le lampadaire, juste devant. Kinsale se préparait aux régates.

« Paris vous aime, et vous lui avez beaucoup manqué », répondit Michael. Il classait des clichés qu'il sortait d'un porte-documents en cuir, du même genre que celui dans lequel Hanna rangeait ses dessins quand elle était étudiante aux Beaux-Arts, et, quand il avait eu ce simple geste de chausser des lunettes, elle avait souri pour elle-même, se disant qu'elle avait encore beaucoup à découvrir de lui.

Le paradoxe était qu'elle avait l'impression profonde de le connaître depuis la nuit des temps, mais qu'elle en savait si peu. Pour lever un peu du mystère de son amant, elle se plongea dans la contemplation des photos qu'il avait prises autour du monde. Comme un sujet d'étude, elle observa les paysages que Michael avait choisis – des villes, surtout, il semblait s'attacher aux lieux investis par les gens. De temps en temps, elle lui posait une question – « C'est où, ce mur ? », « Wynwood, le quartier artistique de Miami » ; « Et ces maisons ? », « Un Township au Cap » –, mais pas trop souvent : elle aimait ce calme qui s'était abattu sur eux et disait toute l'intimité de leur relation.

Et puis elle n'y tint plus.

« Michael. Est-ce que c'est mieux de garder des parts d'ombre, ou faut-il tout connaître l'un de l'autre ?

— Nous irons voir Siobhan Kelley tout à l'heure. Edwyn l'a prévenue. »

Hanna secoua la tête.

« Oui, je sais, mais ce n'est pas ça. Je parle de vous et moi. Du couple en général, si vous voulez. »

Il releva la tête vers elle et ôta ses lunettes, semblant penser que la question méritait toute son attention.

« Dans l'idéal, je pense que c'est mieux d'avoir deux salles de bains séparées, comme vous dites, sourit-il.

— Sérieusement. »

Il posa ses lunettes, réfléchit un moment.

« Sérieusement, je suis assez contre cette idée d'une intimité forcenée entre deux personnes. On sait tous que l'être humain a ses moments plus ou moins glorieux, ses baisses de régime et ses humeurs variables. Tout partager me paraît dangereux.

— Michael, je veux vivre avec vous. Mais je ne veux pas habiter avec vous. Je veux nous... sauver. Vous comprenez ?

— Je sais.

— C'est bizarre, non ?

— C'est comme vous.

— Je veux vous manquer. Je veux souffrir de vos absences. Vous attendre... Et vous retrouver. Que ce soit toujours comme ça.

— Nom de Dieu, sacré défi. Mais on va arranger ça. Je vous le promets. »

Elle soupira, détournant son regard de cet homme qui la bouleversait.

« Et pour Zelda… Michael, si vous ne voulez rien apprendre, n'allons pas voir Siobhan. Je ne veux pas vous obliger à écouter ce qu'elle aura à raconter.

— Personne ne m'oblige à rien du tout. »

Hanna posa de nouveau les yeux sur lui, vit son regard franc, ses iris clairs : jamais il ne serait malhonnête avec elle. Elle se dit que c'était peut-être le moment. Et sortit de sa poche une photo d'Eleanor, voulut la faire glisser sur la table. Mais, d'un geste, il l'en empêcha.

« Non, Hanna. Pas comme ça », dit-il en tendant la main pour attraper son poignet.

Surprise, elle sentit le sang affluer à ses joues.

« Pas comme ça, répéta-t-il en lui serrant gentiment les deux mains par-dessus la table. Je suis le père de cette enfant, et je ne veux pas faire sa connaissance sur une photo, ça ne rattrapera rien. C'est une question de sens – cinq sens, pas seulement la vue. À sa naissance, vous l'avez sentie, touchée, entendue. Pas moi. Alors demandez-moi tout ce que vous voulez, mais pas une rencontre tronquée. Mettez-vous à ma place. »

Bien sûr qu'elle se mettait à sa place – elle le lui signifia avec un sourire tremblant sur les bords. Rassuré de s'être bien fait comprendre, il embrassa ses mains et les libéra. Le cœur battant, elle rangea la photo, et le silence s'installa de nouveau. Elle réfléchissait. *Demandez-moi tout ce que vous voulez.*

« Michael, dit-elle au bout d'un moment. Vous connaissez tout de moi – tout sur ma famille, mon mariage. Vous m'avez même rencontrée alors que j'étais en chemise de nuit sur un lit d'hôpital.

— Charmant souvenir.

— Oui, bref. Je comprends bien vos réticences sur l'intimité forcenée, tout ça, mais la mienne a déjà un sacré coup dans l'aile. On n'est pas vraiment à égalité, de ce point de vue-là.

— J'ai été opéré de l'appendicite vers 10-12 ans, sourit-il.

— Très bien. (Elle prit une profonde inspiration.) J'ai discuté une fois avec votre mère, ici, à Kinsale. Après les… euh… régates. Je l'ai presque soudoyée pour savoir si vous aviez déjà eu une fiancée. Je lui ai taillé ses rosiers, et… »

Elle s'interrompit, vaguement honteuse. Amusé, il lui lança un regard où dansaient des étoiles.

« Michael, chuchota-t-elle presque. Je veux savoir. Les femmes que vous avez aimées…

— Ah ! Et pourquoi ça ?

— Pour comprendre pourquoi moi. »

C'était important. Après tous ces mois à changer de direction, de pays, de place, elle avait besoin de se situer – et parvenir à la définition d'elle-même nécessitait des éléments de comparaison. C'était dangereux, c'était pervers – mais c'était sans doute très féminin.

« Hanna, il n'y a rien à comprendre. On est forcément le résultat d'amours passées, inutile d'épiloguer. J'imagine que si j'étais un puceau bientôt quinquagénaire, je n'aurais pas les mêmes charmes à vos yeux.

— Je veux savoir.

— Chérie, ça se passe ici et maintenant. Bon sang, rouvrir les dossiers classés, c'est une manie chez vous. »

Il n'était pas énervé, plutôt amusé.

« Vous êtes amoureux de moi ?

— Vous voulez un certificat ?

— Et avant moi ?

— Une fois à l'école. Elle avait une jambe cassée, je trouvais ça classe. Mon côté secouriste.

— Et après ?

— Et après on lui a ôté son plâtre et je l'ai trouvée quelconque.

— N'importe quoi. Je vous demande "et après l'école". Vous comprenez. »

Il se gratta la joue.

« Une fois », concéda-t-il. Mon Dieu, elle n'aimait pas la manière dont il disait cela. Elle cligna des yeux.

« C'était il y a longtemps ?

— Je ne sais plus. Une quinzaine d'années. »

Si, il savait très bien. Elle le vit à cette façon qu'il eut de reculer dans son fauteuil, cherchant l'ombre derrière la fenêtre ouverte.

« Elle me ressemblait ?

— Pas du tout. Je ne suis pas fétichiste ni tueur en série.

— Blonde ?

— Non, noire. Presque. Métisse.

— Comment s'appelait-elle ? »

Dans son coin d'ombre, il ne bougea pas d'un centimètre, mais le silence s'étira. Mon Dieu, il était touché. Dire son prénom était une épreuve. Hanna détesta ce qu'elle allait entendre, la femme qui allait prendre forme entre eux deux.

« Wallis, dit-il. Elle était brésilienne.

— Vous l'avez rencontrée là-bas ? Au Brésil ? »

Dieu merci, le Brésil était loin. Mais il y était retourné il n'y avait pas si longtemps…

« Non, dit-il. En Californie. Elle était à Stanford. Je bossais à Palo Alto, à l'époque. Une boîte d'informatique.

— Étudiante ?

— Non, prof. Arts numériques, si on peut dire. Elle créait des effets spéciaux sur ordinateur. Pour des jeux, des choses comme ça.

— Elle était belle ?

— Mais qu'est-ce que ça peut… (Il secoua la tête, gêné.) Elle était belle pour moi. Enfin, Hanna, qu'est-ce que c'est que ces questions ?

— Vous ne l'avez pas épousée ?

— Je n'épousais personne. Et elle est morte. »

Hanna prit les trois mots en pleine figure, froids et coupants.

« Que lui est-il arrivé ? demanda-t-elle doucement.

— On ne sait pas trop. AVC. Rupture d'anévrisme. Un matin, elle ne s'est pas réveillée, c'est tout.

— Vous étiez là ?

— Oui. »

Bouleversée, elle réalisa que sans doute, ce moment-là dans la vie de Michael avait été le fondateur de ses principes amoureux : ne jamais s'attacher à personne, profiter de l'instant présent, se construire des souvenirs. Il laissa passer un silence puis se leva, rafla quelque chose dans un tiroir et fit le tour de la grande table couverte de photographies pour venir la prendre dans ses bras. Les yeux fermés, Hanna sentit la main chaude de son amant se refermer sur la sienne. Quelque chose avait effleuré ses doigts. Elle ouvrit les yeux et vit ce que c'était : à son annulaire, une bague.

« Jusque-là, dit Michael, je n'épousais personne. »

34

« Ils sont arrivés à l'été 1962. »

Siobhan Kelley avait grand mal à se servir de sa main droite, mais détestait qu'on le remarque et qu'on fasse les choses à sa place. Edwyn Collins avait un sens parfait du timing : il ne remplissait sa propre tasse qu'à moitié, la portait brièvement à ses lèvres, puis soulevait de nouveau la théière :

« Siobhan, en veux-tu toi aussi ? »

La vieille dame n'était pas dupe, mais faisait bonne figure.

Hanna avait longuement observé les tableaux qui les entouraient, se demandant comment une artiste peintre vivait la déchéance de ses mains ; elle avait un peu honte, à ne plus utiliser les siennes. Ce n'était pas loyal pour celles que l'arthrose déformait.

Michael semblait à l'aise ici – davantage que chez sa propre mère. Edwyn Collins les avait laissés entre eux après les cordialités d'usage, s'assurant que la tasse de Siobhan était bien remplie. Elle était calée dans son fauteuil, dans la demi-ombre de la fenêtre découpée comme une meurtrière dans un mur de château fort. Les pierres étaient si épaisses qu'à travers elles les saisons ne devaient guère transpirer.

La vieille dame ne ressemblait à personne d'autre – et surtout pas à une autre vieille dame. Sa peau préservée par les briques, le chaume et le parasol opaque qu'elle avait longtemps emporté partout où elle peignait était lisse et blanche, au point d'en être presque transparente sur les tempes et la mâchoire. Ses cheveux du roux typique d'une Irlandaise étaient réunis en une natte désordonnée sur une épaule ; elle n'avait pas sacrifié à l'usage du quatrième âge de se couper les cheveux et de les laisser blanchir. Ses yeux étaient à demi cachés derrière des verres un peu fumés – la réverbération de l'eau du port les avait fragilisés. Elle était minuscule, portait une robe large et blanche, comme une longue chemise de peintre aux manches bouffantes. Des tennis en toile étaient sa seule concession à la modernité.

« Ils sont arrivés à l'été 1962... Lui était très beau, et très grand, comme toi, Michael. À côté de lui, elle paraissait toute petite, comme vous, Hanna. Une porcelaine ravissante, blanche et cuivrée. »

Michael soupira, bougea à côté d'elle. Hanna s'angoissait pour lui. Ainsi on y était : l'histoire commençait. Elle savait à quel point il était partagé entre le soin jaloux qu'il mettait à protéger sa vie, et le sens du devoir qui lui imposait de donner une lignée à la nouvelle famille qui venait de lui tomber dessus. Qu'allait-il découvrir qu'il n'avait pas envie d'entendre ? Et tout ça, c'était sa faute, à elle.

Siobhan souleva sa tasse de sa main gauche, tremblotante. Parkinson, devina Hanna. Mais comme pour Zelda, la maladie était taboue.

« Peu avant leur arrivée, il y avait eu un peu de remue-ménage du côté de la ferme des Hawkins. Le vieux y vivait tout seul depuis la mort de sa femme, et il ne s'en sortait pas avec les chevaux, l'entretien... »

Elle rit, moqueuse.

« C'était une vraie grange, là-dedans. Les poules picoraient dans la cuisine, Hawkins gueulait comme un cochon qu'on égorge sitôt qu'on toquait à sa porte. Le facteur n'osait même plus y aller. Et puis un jour, miraculeusement, le vieux est parti tout guilleret avec sa valise, en laissant les chevaux derrière lui. On a dit à Kinsale qu'il avait touché un pactole pour aller s'installer dans un appartement tout confort à Cork. Tout ce que peuvent dire les gens… »

Elle secoua la tête, reposant sa tasse.

« Bref, la maison était vide, et aussitôt le défilé a commencé, là-bas. Charpentier pour remettre le toit en état, maçons pour boucher les trous autour des portes et des fenêtres… C'est que le cottage avait au moins deux siècles et demi, c'était le palais des courants d'air. Les ouvriers n'étaient jamais là-bas en même temps, les travaux étaient faits dans la discrétion, mais comme les gars étaient tous de Kinsale, ça parlait un peu. On disait que le nouveau propriétaire pilotait tout ça d'Amérique. »

Siobhan haussa les épaules.

« Enfin, ça n'intéressait pas grand monde, les gens ici ne sont pas curieux. Et puis le cottage était isolé, on ne voyait déjà pas trop Hawkins quand il y était, alors peu importait qui viendrait s'enterrer là. »

Michael eut un rire sans joie. Il voyait très bien ce qu'elle voulait dire. L'isolement et l'enterrement en bout de falaise, il avait expérimenté.

« C'était tranquille, n'est-ce pas ? » sourit Siobhan, complice.

Il acquiesça. Hanna remua un peu contre lui, craignant de perdre le contact. Cette partie de sa vie n'appartenait qu'à lui.

« Donc, dit-elle, on a jamais vraiment su quand ils étaient arrivés. À la fin de l'été, elle venait faire ses courses dans le coin, puis de temps en temps on les voyait se balader sur le port. Ils étaient là, c'est tout. On le remarquait surtout lui, parce qu'il ne ressemblait pas aux gars d'ici. »

Elle rit franchement.

« Mais alors, pas du tout. Ses vêtements étaient bien coupés, il portait un chapeau mou, les mains dans les poches… On aurait dit une affiche. Et ces yeux, ma chère », dit-elle à Hanna.

Cette fois, c'est avec elle que le lien se faisait. Siobhan prit le temps de siroter une gorgée de thé et de reposer sa tasse.

« Il ne faisait pas de bruit, poli mais taiseux, mais elle… Elle était vraiment effacée. Elle marchait en regardant ses pieds, ou alors le nez dans sa veste quand elle était avec lui. Mais quand elle levait la tête, elle était lumineuse. »

La vieille dame réfléchit, réalisant quelque chose.

« Je crois que si elle n'avait pas aimé ma peinture, je n'aurais jamais entendu le son de sa voix. C'est vrai, quand j'y pense. Elle aimait l'océan, les bateaux, les goélands. Il y avait tout ça dans mes tableaux, alors elle s'est rapprochée petit à petit de mon chevalet, sans faire de bruit… Michael, veux-tu bien me servir un verre d'eau, ce thé me sèche la gorge. »

Il s'exécuta, muet. Hanna ne quittait pas ses mains des yeux – elle n'était jamais suffisamment près de lui. Zelda avait connu ce sentiment-là, elle aussi.

« Ils s'aimaient follement, confirma doucement la vieille dame. Je n'avais jamais vu ça chez d'autres personnes. Par ici, vous savez, à cette époque, on se mariait par accommodement, on flirtait un peu étant jeunes, pas de quoi soulever les jupes. Les sentiments n'avaient pas cette dimension… (Elle chercha ses mots, les yeux sur elle :) … mélodramatique. Ce besoin vital de l'autre, cette impression de ne pas être complète sans lui. Alors, quand il est parti, j'ai bien cru qu'elle allait se laisser mourir. Et c'est ce qu'elle aurait probablement fait si tu n'avais pas été là. »

Michael s'éclaircit la gorge. Hanna s'arrêta de respirer, sentant sa voix de basse rebondir contre son oreille. « Parti ? dit-il. Il est mort ? » Siobhan soupira.

« Il l'est, bien sûr. Mais à l'époque, on ne l'a pas su. Ta mère non plus, c'est ce qui a été le plus épouvantable, pour elle. Ce qui l'a sauvée, c'est que tu venais de naître, et qu'elle te protégeait comme une louve son petit. Elle t'avait tellement attendu… Elle pensait ne pas pouvoir avoir d'enfant. Elle avait souffert mille morts avec la maternité, en Amérique. Des choses pas nettes, et puis des avortements…

— Je n'ai pas envie de savoir ça. »

Siobhan ne se démonta pas.

« Bien sûr. Bien sûr… Mais si tu sais tout ça, tu comprendras mieux les choix de ta mère. Pour avoir un enfant, elle avait besoin d'éloignement et de protection. C'est son histoire, alors c'est ton histoire. »

Un silence se fit, autour duquel des images voletèrent : une enfance, une maison, un pays.

« D'accord, dit Michael. Donc, il est parti.

— Attention, ne te méprends pas ! Il n'est pas parti à cause de toi, jamais de la vie ! Ne te découvre pas un père pour te l'enlever aussitôt, Michael, je te jure qu'ils étaient heureux. Terriblement heureux.

— Pourtant, il est parti. Pourquoi ?

— C'était un voyage sans importance, avait-il dit. Juste un aller-retour en Amérique. Une histoire familiale, je crois. Il n'avait pas envie d'y aller. Il ne voulait pas la laisser seule. Il s'occupait très bien de la ferme, des moutons, de la laine, des chevaux… Il y avait pris goût. Mais il n'est jamais revenu. »

Le silence s'installa de nouveau. Fascinée, Hanna regarda les mains noueuses de Siobhan porter le verre d'eau à ses lèvres, puis essuyer la goutte qui tombait sur son menton. L'histoire de Zelda faisait écho à la sienne, et aussi à celle de Gail, et cela lui coupait le souffle. Cet amour fou, cet enfant inespéré, ce père volatil… *Mon Dieu en qui je ne crois pas, faites qu'Eleanor et Patti soient heureuses – que nous soyons capables de les rendre heureuses.*

« Bien sûr, poursuivit Siobhan, je n'ai appris tout cela qu'après sa disparition. C'est à ce moment-là que Zelda s'est rapprochée de moi. Elle était si seule, si désemparée. Un fantôme en cristal. À chaque pas, on aurait cru qu'elle allait se casser. Elle restait de longs moments sur la jetée, avec toi, face à l'océan. Pas loin de moi. Je peignais, je la laissais tranquille. Elle a mis longtemps avant de me parler.

— Elle ne l'a pas cherché ?

— Il faut que tu comprennes. Elle ne le pouvait pas. Elle n'avait plus aucun contact avec l'Amérique. Cela faisait partie du contrat. Personne ne devait savoir où elle était. Ton père le lui avait fait jurer sur son âme.

— Pourquoi ? Que fuyait-elle ? »

Siobhan eut un drôle de sourire, un peu amer, un peu nostalgique.

« Tout, dit-elle simplement. Sa vie. Les gens importants qu'elle avait fréquentés. Les excès. Les secrets bien gardés. Ton père l'a sauvée de ce qu'elle allait devenir. (Elle haussa les épaules.) Puis il est retourné en Amérique alors qu'il n'aurait jamais dû. On devait l'attendre, là-bas, il était gênant, on lui voulait du mal. C'était mieux qu'il disparaisse.

— Que faisait-il ?

— Ton père ? Ce qu'il faisait dans la vie ? Eh bien… »

Un temps de réflexion. Siobhan rit en secouant doucement la tête.

« Elle disait qu'il était vétérinaire, qu'il venait de l'Est. Mais si tu veux mon avis, cet homme n'avait jamais vu un mouton avant d'arriver à Kinsale. Des chevaux, oui, ça, il savait faire. Et puis cet accent, mon Dieu… Il parlait haut… Quand il parlait, il mâchait ses mots comme Humphrey Bogart, cette voix qui traînait un peu. Rien à voir avec la Pologne ou la Hongrie. Je ne l'ai entendu qu'une ou deux fois, mais je sais reconnaître un accent américain, on avait eu quelques GI par ici, après la guerre…

— Alors ? »

Siobhan ne bougea pas, ses yeux clairs parfaitement découpés dans la quasi-obscurité, comme ceux d'un chat.

« Alors ? Il travaillait pour le gouvernement des États-Unis, Michael. CIA, FBI, services secrets, je n'en sais rien, elle ne me l'a jamais précisé, elle disait que c'était la limite à ne pas franchir. Le cottage, le gros chèque à Hawkins pour qu'il laisse son bout de lande isolé, leur discrétion, il y avait pas mal de choses derrière. L'histoire de deux amants qui voulaient vivre leur vie à eux, mais à quel prix ? »

La vieille dame ne cilla pas, et lâcha du bout des lèvres :

« Pour cela, ils ont été aidés. Je ne sais pas qui cela arrangeait que ta mère disparaisse. Mais elle avait pris ses précautions au cas où il lui arrive quelque chose de malheureux ici… (La vieille dame se pencha, et poussa avec effort une pile de cahiers reliés sur la table basse.) Tout est là. Un journal qu'elle a tenu cinquante ans durant, une assurance vie. Si on la protégeait et qu'on vous laissait tranquille, il ne sortait pas d'ici. Sinon… »

Hanna tressaillit. Michael était aussi immobile qu'un rocher.

« Ma mère… » dit-il, sans pouvoir rien ajouter.

Siobhan secoua lentement la tête, les yeux mi-clos.

« C'est à toi de découvrir la vérité, Michael. Elle est dans ce journal. »

C'était un grenat monté sur un simple anneau en or. Bien sûr, Hanna savait d'où il venait, les yeux de Zelda semblaient encore se refléter dans la pierre ancienne aux contours dépolis. Michael l'avait reçue avec une ultime consigne, calligraphiée à l'ancienne sur un bout de papier blanc : « Ne passe pas à côté, mon fils. Arrête-toi. »

Elle contempla la bague, essuya la buée sur la glace de la salle de bains et resta un long moment à se fixer dans la vapeur d'eau chaude.

Depuis que la pluie s'était abattue sur son pare-brise, un matin d'hiver, elle avait traversé le miroir. Quelle femme avait-elle laissée derrière elle sur la route de Cork ? Quelle autre femme qui ne disait pas son histoire avait-elle trouvée au Mercy Hospital ?

Repoussant ses cheveux mouillés derrière ses oreilles, elle observa son reflet pleine face, comme si elle ne l'avait jamais vu. Son visage était plus mince, la ligne de sa mâchoire plus fine que dans ses souvenirs, ses joues plus creuses. Ses yeux plus grands, plus foncés. Sa bouche prenait plus de place, aussi. C'était joli, tout compte fait. Il faudrait qu'elle prenne plus de soin à se maquiller, elle finirait par y trouver du plaisir.

Elle peigna ses sourcils foncés du bout des doigts, passant l'index sur les petites rides nacrées qui avaient fait leur apparition entre eux. Les fines strates de deux années compressées.

Ainsi, elle était cette femme-là. Une mère, une fille, une sœur, celle que Michael aimait. Celle que Zelda Zonk avait choisie pour lui.

Elle le trouva sur le canapé du salon, ses longues jambes croisées sur la table basse. Seul le feulement des pages qu'il tournait rompait le silence. Elle le regarda un moment, un peu gênée, essayant de lire dans ses pensées. Puis secoua la tête et renonça. C'était son intimité à lui.

Elle tira sur les manches de son vieux pull marine, se jurant d'être jolie tous les jours. De bien veiller à cela.

La porte du placard coulissa, et elle s'arrêta de respirer pour mieux prendre son élan. Sans bruit, elle tira sur le tissu épais, s'assura que le petit sac de fils y était bien accroché.

Trouva la boîte à couture. Les bras chargés, elle referma le placard du bout des orteils, et fit attention à ne pas se prendre les pieds nus dans le tapis.

Quand elle s'installa auprès de Michael, il ne bougea pas, plongé dans sa lecture. Elle déplia le tissu, jeta un œil acéré sur le jardin brodé. Bien, Zelda en était... Elle chercha. Là.

Elle choisit un coton vert foncé, saisit l'aiguille, pinça le fil, fronça le nez. Merde, il lui fallait des lunettes, c'était nouveau, ça.

Hanna lâcha un gros mot à voix basse, Michael rit doucement et la ramena contre lui.

ÉPILOGUE

La première chose que les passagers voyaient en sortant de l'avion, c'était le drapeau, déployé de tout son long sur les murs de l'aéroport, bien avant qu'on arrive à récupérer ses bagages. Pas de doute, on était en Amérique. Hanna sourit. Elle était contente de rentrer, de plus en plus chaque fois. Elle aimait bien ce patriotisme puéril étalé un peu partout sur les façades, planté dans les jardins. Cela avait quelque chose d'émouvant. Surtout à New York.

Sa valise mit des heures à débouler sur le tapis. Elle en profita pour vérifier que son rouge à lèvres n'avait pas filé. Il n'était pas facile de se maquiller dans les toilettes d'un Boeing, un coup à se crever un œil. Elle lissa ses cheveux entre deux doigts, bénissant les lingettes déodorantes lorsqu'elle souleva le bras. Ça irait. Et puis elle était bronzée. Gail l'avait enduite de crème hydratante avant qu'elle ne prenne l'avion, pour éviter la desquamation due à l'air conditionné. Marrakech en mai, c'était l'idéal, après il faisait une chaleur à crever, avait dit Evelyn.

Ces quinze jours à ne rien faire lui avaient fait le plus grand bien, Evelyn et William l'avaient mise sous perfusion de miel et de thé à la menthe hyper-sucré, Gail lui avait fait des massages et des shampooings tous les jours, mais maintenant c'était bon, elle voulait rentrer. Avec trois kilos en plus et probablement du diabète et un mélanome, mais une peau et des cheveux que Kate Moss aurait voulu acheter.

Impatiente, elle tira trop fort sur sa valise à roulettes et faillit valdinguer à travers la douane, se rattrapant sur ses talons de justesse. Un homme plutôt jeune, genre beau routard buriné, tendit un bras vers elle en souriant. Ses yeux brillaient. Il n'avait pas ce regard qu'on lance à une pauvre gourde qui se casse la gueule devant tout le monde, mais plutôt celui qu'on adresse à… Kate Moss, tiens, se dit-elle en refusant poliment son aide. Son bronzage et ses cheveux devaient décidément être une tuerie pour allumer une telle lumière dans les yeux d'un inconnu.

La porte automatique s'ouvrit, et elle sentit la maladie familière la gagner. Son cœur battait trop vite, rebondissait jusque derrière son nombril, ses mains étaient moites, sa bouche sèche, ses chevilles tremblaient.

Elle les vit avant qu'ils ne la voient. Deux têtes brunes l'une contre l'autre. Michael semblait vouloir persuader Eleanor de quelque chose – que non, l'avion n'était pas si en retard que cela, ou qu'elle veuille bien enlever sa main pleine d'Oreo de ses cheveux, Hanna ne savait pas, mais elle aurait aimé boire ses paroles.

Elle avança en lévitation, une grosse bulle de chaleur explosant autour d'elle.

« Salut », dit-elle.

Michael tourna la tête vers elle, remontant Eleanor sur sa hanche.

« Eh, regarde qui est là… » dit-il.

Sa voix, ses yeux.

En se penchant sur tout ce qu'elle avait fait depuis qu'elle était sa femme, sur toutes ses journées à Pemberley, ses voyages à Cork, à Kinsale ou à Marrakech, tous les thés de cinq heures qu'elle avait pris avec Sybil, le rideau de fer descendu à sept heures, le chemin parcouru à pied sur

Broadway, les vols en avion pour retrouver Marsha, Gail, Evelyn, elle se rendait compte qu'elle ne vivait que pour ces retrouvailles. Que le temps n'avait parfois que la valeur de l'attente, et qu'elle était heureuse à chaque moment de sa vie, par écho.

La petite fille que Michael posait doucement à ses pieds, la valise qu'il attrapait – ou l'inverse, quand lui rentrait de voyage –, tous ces gestes brassaient des flots de bonheur.

Elle retardait avec délices le moment où ils partiraient ensemble, reviendraient ensemble. C'était un idéal, le Saint-Graal, sans cesse repoussé. Pour le moment, elle voulait lui manquer. C'était idiot, c'était un jeu.

« Mon cœur, ce soir, tu veux qu'on dorme chez maman, ou chez papa ? » Michael s'amusait. Chez papa, Eleanor grignotait des grillons frits qu'on achetait en sachets dans la boutique roots du coin de la rue, et faisait des châteaux de sable sous la véranda.

« Vous lui avez fait manger des insectes ? C'est dégoûtant. Michael, elle n'a que trois ans, elle ne sait pas ce qu'elle mange, plus tard elle sera traumatisée.

— J'ai bien réussi à vous faire avaler des escargots à Paris.

— Oui, mais moi je voulais… (Hanna baissa la voix :) … coucher avec vous. »

Michael avait trouvé une maison, avec une volée de marches et des bow-windows, dans l'East Village, entre deux salons de tatouage et de piercing. Ce n'était pas « la » maison, celle où ses parents s'étaient aimés avant de partir en Irlande, mais peut-être la dénicherait-il un jour. En tout cas, il avait obtenu sa carte verte avec une facilité qui l'avait fait sourire. Peut-être y avait-il quelques avantages à être une ligne dans les dossiers des services secrets…

Michael ne venait que rarement à l'appartement de Madison Square. Hanna devinait qu'il avait des scrupules à mettre ses pas dans ceux de Jeffrey. Les deux hommes ne s'étaient jamais croisés. Jeff passait parfois après le boulot voir Eleanor, mais il prévenait toujours largement à l'avance. La transition s'était faite en douceur. Jeff ne voulait pas être pour la petite fille un vieux souvenir bizarre qu'elle ressortirait plus tard sur le divan d'un psy. Jeffrey avait l'air bien. Son nouveau livre, exigeant, très documenté, sur un type englué dans la mafia de la côte Est, ferait bientôt l'objet d'une adaptation cinématographique. Hanna l'avait lu. Il parlait de regrets et d'impossibilité de changer ce qu'on était.

Jeffrey avait présenté Marianne à Hanna sans demander la réciproque. Sans doute craignait-il de voir en Michael tout ce qu'il n'était pas. Pourtant, il lui ressemblait à bien des égards. C'était juste que Michael n'avait pas le même mode d'emploi de ses qualités.

Hanna n'avait pas non plus présenté Michael à Gail, ni à sa mère. Elle ne voulait pas qu'il fasse partie de la famille, non qu'elle craigne que le secret de ses origines fût éventé, mais parce qu'elle souhaitait préserver sa singularité. Gail respectait son choix comme une punition méritée.

Dans le taxi, Hanna enfouit son nez dans les cheveux d'Eleanor qui n'arrêtait pas de parler. Elle avait trop de choses à raconter à sa mère : l'ours polaire du zoo de Central Park qui faisait toujours les mêmes allers-retours dans l'eau, le monsieur chez Barnes & Noble, l'autre jour, qui avait un iguane sur l'épaule, la dame du PetCo qui toilettait les chiens dans la vitrine, le vendeur de gyros qui l'adorait – « Mon Dieu, Michael, elle a aussi mangé des gyros ? Avec de la sauce pimentée ? ».

Eleanor chantait aussi beaucoup. Son père disait qu'elle avait avalé l'intégrale de Carly Rae Jepsen, ce qui lui sciait les nerfs. Mais bon sang, que c'était bon de l'entendre, se dit Hanna.

Elle sourit à Michael, des feux d'artifice dans le regard. Son parfum, mon Dieu, sans lui l'air se raréfiait.

Elle chercha sa main derrière Eleanor, serrant Carly Rae Jepsen plus fort, en plein milieu d'un refrain. Son petit monde était là.

« Ça va ? » demanda Michael, pour la forme.

Elle hocha doucement la tête, plongeant dans ses yeux. Oh oui, ça allait, il le voyait bien. Vivement la maison. Elle transgresserait les règles, et ne serait pas beaucoup chez elle, dans les jours qui venaient. Quelques jours à eux.

« La semaine prochaine... » commença-t-elle.

Michael colla un baiser sonore sur le front d'Eleanor pour la calmer un peu.

« Mon cœur, change de disque, papa devient dingue. La semaine prochaine, je ne pars pas », dit-il d'un ton neutre.

Hanna sentit une colombe s'envoler quelque part entre son pubis et son estomac.

« Ah bon ? Mais les photos à Bogotá ? L'expo sur les banlieues du monde ?

— L'année prochaine. Bogotá restera là où elle est, pas de souci.

— Le galeriste a repoussé ?

— Non, c'est moi qui ai repoussé.

— Et il n'a rien dit ? Il vous passe tous vos caprices, l'anonymat, les retards, c'est dingue. Vous êtes ingérable.

— Il a vendu beaucoup, la dernière fois à Paris. Alors vous savez ce que dit le proverbe chinois : *Ne chie pas là où tu manges.*

— Ah ! Vive Confucius. Et c'est quoi, l'excuse, cette fois ?

— Je pars en Irlande avec ma femme et ma fille pour attendre la naissance de mon fils. »

Une petite bombe explosa dans le cœur d'Hanna. C'était vrai ?

« Michael, je vais vous avoir sur le dos pendant quatre mois ? demanda-t-elle, ravie.

— Tout à fait. Un calvaire. Cette fois, je ne raterai rien. »

Eleanor s'était tue. Elle était sage. L'excitation finissait toujours par l'épuiser, et elle passait de longs moments à contempler tout ce qu'il y avait autour d'elle.

En regardant les buildings de Madison Avenue défiler dans ses yeux si clairs, Hanna se dit que ce serait certainement elle qui, un jour, trouverait la maison secrète de sa grand-mère. Elle chercha dans le ciel, rêveuse.

Zelda, la voyez-vous, votre petite-fille ?

Michael la tira de sa torpeur.

« Hanna. Je veux que notre fils naisse à Kinsale. »

Elle caressa la joue de sa fille, des frémissements dans la paume. Sourit à l'homme qu'elle aimait et qui l'avait épousée, deux ans auparavant, en présence de Marsha et d'Edwyn Collins.

Et puis il n'avait fallu que quelques heures à Michael pour adopter sa propre fille, quelques jours pour qu'elle s'endorme dans ses bras, quelques mois pour qu'il puisse se vanter de lui avoir à peu près tout appris de la vie – la marche, les panneaux des rues, les rudiments de la photo... La petite avait une collection de clichés de ses propres chaussures assez impressionnante, admirait-il.

Et il ne lui avait fallu que deux ans pour vouloir un deuxième enfant – Hanna se serait volontiers contentée de lui et d'Eleanor, mais ils l'avaient fait... c'était si simple.

« Michael, ce n'est peut-être pas un garçon.

— Si, j'ai vu.

— Qu'est-ce que vous y connaissez en échographie ? Vous voyez ça sur les photos ?

— Il suffit de regarder plus loin que l'image... Vous le savez, non ? »

Le taxi prit un virage un peu sec. Hanna rit comme au manège, regarda par la fenêtre. Elle retournerait à Pemberley demain matin, elle avait hâte. L'année dernière, Cole avait épousé Elena, lui offrant une carte verte qui tardait à venir. Le jeune Mo collaborait à un Comics, le professeur

Allenwood enseignait la littérature aux ballerines russes, Alice Wood secondait Sybil lorsque Hanna partait. Elle allait avoir du travail dans les mois à venir, se dit-elle en serrant la main de son mari.

Quelquefois, ils passaient à pied à l'angle de la 53e Rue et de Lexington. Là, entre l'Oxford Café-Pizza et le Relais de Venise, un type toujours voûté balayait la grande grille d'aération de métro dix ou douze fois par jour, dans l'indifférence générale. Michael et Hanna ralentissaient le pas sans s'y arrêter – comme aucun touriste, d'ailleurs.

Mais ils avaient tous deux la même apparition : celle d'une blonde ronde et nacrée, dont la jupe plissée se soulevait dans une envolée d'air chaud.

Imprimé en France par CPI
en octobre 2015
N° d'impression : 3014054

Composition et mise en pages
Nord Compo à Villeneuve-d'Ascq

Les Éditions KERO utilisent des papiers composés de fibres naturelles,
renouvelables, recyclables et fabriquées à partir de bois issu de forêts
qui adoptent un système d'aménagement durable.

Dépôt légal : novembre 2015